Julian Barnes

Dover-Calais

Erzählungen

Deutsch von
Gertraude Krueger

Rowohlt Taschenbuch Verlag

Veröffentlicht im Rowohlt Taschenbuch Verlag
GmbH, Reinbek bei Hamburg, September 1999

Die Originalausgabe erschien 1996
unter dem Titel «Cross Channel»
bei Jonathan Cape Ltd., London

Umschlaggestaltung C. Günther/W. Hellmann
(Foto: G+J Photonica/B. Pritzker)
Satz aus der Caslon PostScript (PageOne)
Gesamtherstellung Clausen & Bosse, Leck
Printed in Germany
ISBN 3 499 22129 2

Für Pat

Inhalt

Atmosphärische Störungen

Er wartete sehnsüchtig auf den Tod, und er wartete sehnsüchtig auf das Eintreffen seiner Grammophonplatten. Die übrigen Geschäfte des Lebens waren abgeschlossen. Sein Werk war getan; in künftigen Jahren würde es entweder vergessen oder gerühmt werden, je nachdem, ob die Dummheit der Menschen zunahm oder abnahm. Auch die Sache mit Adeline war erledigt: Was sie ihm jetzt noch zu bieten hatte, war zumeist Torheit und Gefühlsduselei. Frauen, so hatte er befunden, waren im Grunde den Konventionen verhaftet: Selbst die Freigeister unter ihnen gaben am Ende klein bei. Daher auch dieser widerwärtige Auftritt neulich. Als könnte man sich in diesem Stadium noch Fesseln anlegen lassen, wo nichts mehr blieb als ein letzter, einsamer Höhenflug.

Er warf einen Blick durch den Raum. In der Ecke stand das Grammophon, eine riesige lackierte Lilie. Das Rundfunkgerät war auf dem Waschtisch aufgestellt, von dem man Krug und Schüssel entfernt hatte: Er stand nicht mehr auf, um seinen ausgezehrten Körper zu erfrischen. Ein niedriger Korbsessel, in dem Adeline immer viel zu lange saß, da sie sich einbildete, wenn sie nur genügend von den Petitessen des Lebens schwärme, werde er vielleicht im nachhinein Geschmack daran finden. Ein Korbtisch, auf dem seine Brille lag, seine Arznei, Nietzsche und der neueste Edgar Wallace. Ein Schriftsteller von der Zügellosigkeit eines zweitrangigen italienischen Komponisten. «Der Wallace zur Mittagszeit ist eingetroffen», pflegte Adeline in unermüdlicher Wiederholung des Scherzes zu verkünden, der eigentlich von ihm selbst stammte. Die Freigabe des Wallace zur Mittagszeit bereitete dem Zoll in Calais offenbar keine Schwierigkeiten. Die seiner «Vier englischen

Jahreszeiten» aber sehr wohl. Da verlangten sie den Nachweis, daß die Schallplatten nicht zu Handelszwecken eingeführt wurden. Absurd! Er hätte Adeline nach Calais geschickt, würde sie nicht hier am Ort gebraucht.

Sein Fenster ging nach Norden hinaus. Das Dorf war ihm nur mehr ein einziges Ärgernis. Die Fleischersfrau mit ihren Maschinen. Die Bauernhöfe, die zu jeder Tages- und Nachtzeit ihr Viehfutter pumpten. Der Bäcker mit *seinen* Maschinen. Das amerikanische Haus mit seinem infernalischen neumodischen Badezimmer. Für einen Moment schickte er seine Gedanken über die Dorfgrenzen hinaus, über die Marne hinweg und weiter nach Compiègne, Amiens, Calais, London. Seit dreißig – vielleicht fast schon vierzig – Jahren war er nicht mehr heimgefahren, und auch seine Knochen würden nicht an seiner Stelle zurückkehren. Er hatte Anweisungen gegeben. Adeline würde gehorchen.

Er überlegte, was Boult für ein Mensch sein mochte. «Dein junger Kämpe», wie Adeline ihn immer bezeichnete. Wobei sie vergaß, daß es ironisch gemeint war, als er dem Dirigenten einst diesen Beinamen verlieh. Von deinen Verächtern hast du nichts zu erwarten, und von deinen Anhängern noch viel weniger. Das war stets sein Motto gewesen. Er hatte auch Boult seine Anweisungen zukommen lassen. Ob der Bursche die Grundregeln des kinetischen Impressionismus begriff, blieb abzuwarten. Womöglich hörten sich die verfluchten Herren vom Zoll just in diesem Moment an, was dabei herausgekommen war. Er hatte nach Calais geschrieben und die Lage der Dinge erläutert. Er hatte der Grammophongesellschaft telegraphiert mit der Bitte, ob man nicht einen weiteren Satz als Konterbande absenden könne. Er hatte Boult telegraphiert, er möge seinen Einfluß geltend machen, damit er seine Suite hören könne, bevor er starb. Seine Formulierung des Anliegens hatte Adeline nicht gefallen; allerdings gefiel Adeline heutzutage überhaupt nicht viel.

Sie bereitete ihm mittlerweile nur noch Verdruß. Als sie sich zusammentaten, in Berlin und dann in Montparnasse, da hatte sie an seine Arbeit geglaubt und an seine Lebensgrundsätze auch. Später war sie besitzergreifend geworden, eifersüchtig und kritisch. Als ob sie von seiner Karriere mehr verstünde, nur weil sie die ihre aufgegeben hatte. Sie hatte sich ein kleines Repertoire von Kopfnicken und Lippenschürzen zurechtgelegt, das ihren eigentlichen Worten zuwiderlief. Als er ihr Plan und Absicht der «Vier englischen Jahreszeiten» darlegte, hatte sie nur allzu gewohnheitsmäßig erwidert: «Es wird bestimmt sehr schön, Leonard», doch während sie das sagte, war ihr Nacken verspannt, und sie schaute mit unnötigem Nachdruck auf ihre Stopfarbeit. Warum sagst du nicht, was du denkst, Frau? Sie wurde allmählich geheimniskrämerisch und unaufrichtig. Zum Beispiel hatte er den starken Verdacht, daß sie im Laufe der letzten Jahre zur Betschwester geworden war. *Punaise de sacristie*, hatte er gestichelt. Das hatte ihr nicht gefallen. Noch weniger hatte es ihr gefallen, als er ein weiteres kleines Spielchen von ihr durchschaute. «Ich lasse keinen Pfaffen an mich heran», hatte er erklärt. «Besser gesagt, wenn ich einen Pfaffen hier auch nur rieche, gehe ich mit der Feuerzange auf ihn los.» Das hatte ihr nicht gefallen, o nein. «Wir sind beide alt geworden, Leonard», hatte sie gemurmelt.

«Da hast du recht. Und sollte ich nicht mit der Feuerzange auf ihn losgehen, darfst du mich für senil halten.»

Er pochte auf die Dielen, und das Mädchen, wie immer es heißen mochte, kam angetrottet. «Numéro six», sagte er. Sie gab wohlweislich keine Antwort, sondern nickte, zog das Grammophon auf, legte den ersten Satz der Bratschensonate auf und verfolgte das unbewegliche Vorrücken der Nadel, bis es an der Zeit war, mit flinkem und geübtem Griff die Platte umzudrehen. Die da war ganz geschickt: ein kurzer Halt wie an einem Bahnübergang, und schon setzte die Musik wieder ein. Er war zufrieden. Tertis verstand sein Geschäft. Ja, dachte er, als sie die Nadel hob, das können sie ihm nicht absprechen. «Merci», murmelte er, und damit war das Mädchen entlassen.

Als Adeline zurückkehrte, sah sie Marie-Thérèse wie immer fragend an.

«Numéro six», antwortete das Mädchen.

Der erste Satz der Bratschensonate. Also war er wütend gewesen; oder aber er machte sich plötzlich Sorgen um seinen Ruhm. Mittlerweile verstand sie die Kürzel seiner Wünsche, konnte aus der Musik, die er hören wollte, seine Stimmung erschließen. Vor drei Monaten hatte er zum letzten Mal Grieg gehört, vor zwei Monaten den letzten Chopin. Danach nicht einmal seine Freunde Busoni und Sibelius; nur noch die Musik von Leonard Verity. Das Zweite Klavierquartett, die Berlin-Suite, die Oboenphantasie (mit dem verehrten Goossens), die Heidnische Symphonie, die Neun Französischen Lieder, die Bratschensonate … Sie wußte, was sein Werk zum Ausdruck brachte, wie sie einst gewußt hatte, was sein Körper zum Ausdruck brachte. Und sie gab zu, daß er im allgemeinen erkannte, was das Beste aus seinem Schaffen war.

Die «Vier englischen Jahreszeiten» jedoch nicht. Vom ersten Moment an, da er von dem Stück sprach und es dann mit seinen dünn gewordenen Fingern auf dem Klavier umriß, hatte sie gemeint, daß es von der Anlage her verfehlt war. Als er ihr erklärte, es sei in vier Sätze gegliedert, für jede Jahreszeit einen, am Anfang der Frühling und am Ende der Winter, hielt sie das für banal. Als er erläuterte, es handele sich natürlich nicht um eine rein programmatische Darstellung der Jahreszeiten, sondern um ein kinetisches Beschwören der Erinnerung an diese Jahreszeiten durch den Filter der wohlbekannten Realität anderer, nichtenglischer Jahreszeiten, hielt sie das für ein theoretisches Konstrukt. Als er stillvergnügt in sich hineinlachte bei dem Gedanken, daß jeder Satz genau auf die zwei Seiten einer Grammophonplatte passen würde, hielt sie das für berechnend. Die ersten Entwürfe beäugte sie mit Mißtrauen, und die gedruckte Version gefiel ihr nicht besser; ob das Anhören des Werkes sie bekehren würde, daran zweifelte sie.

Sie waren sich immer einig gewesen, von Anfang an, die Wahrheit höher zu halten als bloße gesellschaftliche Formen. Doch wenn verschiedene Wahrheiten aufeinanderprallten und eine davon als die erbärmliche persönliche Meinung einer unwissenden, törichten Französin abgetan wurde, dann hatten gesellschaftliche Formen vielleicht doch etwas für sich. Sie hatte seine Musik weiß Gott immer bewundert. Ihm zuliebe hatte sie ihre Karriere, ihr Leben aufgegeben; doch statt bei ihm ins Gewicht zu fallen, sprach das nun offenbar gegen sie. Die Wahrheit, dachte sie – und das war *ihre* Wahrheit –, ist die, daß manche Komponisten eine glanzvolle späte Blüte erleben und andere nicht. Die «Elegie für Cello solo» mochte Bestand haben, auch wenn Leonard ihr allzu häufiges Lob dieses Werkes mittlerweile verdächtig wurde; die «Vier englischen Jahreszeiten» jedoch nicht. Das kannst du Elgar überlassen, hatte sie gesagt. Gemeint hatte sie: Mir scheint, du buhlst um das Land, das du mit Absicht verlassen hast, und schwelgst in einer Nostalgie, die du stets verachtet hast; schlimmer noch, du scheinst dir eine Nostalgie zu erdichten, die du nicht wahrhaft empfindest, um darin zu schwelgen. Früher hast du den Ruhm verschmäht, jetzt sieht es so aus, als suchest du ihn. Hättest du mir doch triumphierend erklärt, dein Werk werde *nicht* auf Grammophonplatten passen.

Es gab noch andere Wahrheiten, oder erbärmliche persönliche Meinungen, die sie ihm nicht übermitteln konnte. Daß sie selbst nicht gesund war und der Doktor von einer Operation gesprochen hatte. Sie hatte erwidert, sie wolle warten, bis die augenblickliche Krisis vorüber sei. Womit sie meinte, bis Leonard tot ist, wenn es mir nicht mehr darauf ankommt, ob ich mich einem operativen Eingriff unterziehe oder nicht. Sein Tod hatte Vorrang vor dem ihren. Das kränkte sie nicht.

Es kränkte sie allerdings, als *punaise de sacristie* bezeichnet zu werden. Sie hatte die Messe nicht mehr besucht, und der Gedanke an eine Beichte erschien ihr nach all den Jahrzehnten grotesk. Doch muß sich jeder Mensch auf seine Weise auf die Ewigkeit vorbereiten, und wenn sie allein in einer leeren Kirche saß, sann sie über das Ausgelöschtwerden nach, nicht über dessen Linderung durch ein Ritual. Leonard gab vor, da keinen Unterschied zu erkennen. «Wehret den Anfängen», sagte er gern – hatte er damals gesagt. Für sie war es einfach so, daß sie eine unterschiedliche Haltung gegenüber dem Unvermeidlichen einnahmen. Natürlich war ihm das nicht lieb oder nicht verständlich. Er wurde immer despotischer, als es auf das Ende zuging. Je mehr seine Kraft nachließ, desto stärker machte er sie geltend.

Die Feuerzange klopfte den Auftakt von Beethovens Fünfter an die Decke. Er hatte wohl gehört oder erraten, daß sie zurückgekehrt war. Sie rannte schwerfällig nach oben und stieß sich dabei den Ellenbogen an der Geländerkrümmung. Er saß mit erhobener Feuerzange im Bett. «Hast du deinen Pfaffen mitgebracht?» wollte er wissen. Aber ausnahmsweise lächelte er. Sie machte sich an seinen Decken zu schaffen, und er tat, als wolle er protestieren; doch als sie sich bei ihm niederbeugte, legte er die Hand auf ihren Nacken, genau unter den gewundenen Knoten ihres grau werdenden Haares, und nannte sie *ma Berlinoise*.

Als sie nach Saint-Maure-de-Vercelles zogen, hatte sie nicht vorausgesehen, daß sie gar so abgesondert vom Dorf leben würden. Er hatte es ihr noch einmal Punkt für Punkt erläutert. Er war Künstler, sah sie das nicht ein? Er war nicht im Exil, denn das setzte ein Land voraus, in das er zurückkehren konnte oder wollte. Ein Einwanderer war er auch nicht, denn das setzte den Wunsch voraus, akzeptiert zu werden, sich dem Land der Wahl zu unterwerfen. Aber man verließ nicht ein Land mit seinen gesellschaftlichen Formen und Regeln und Petitessen, um sich die entsprechenden Formen und Regeln und Petitessen eines anderen Landes aufzubürden. Nein, er war Künstler. Darum lebte er allein mit seiner Kunst, in aller Stille und Freiheit. Er hatte England nicht verlassen, danke ergebenst, um zum *vin d'honneur* in der *mairie* aufzukreuzen oder sich auf der *kermesse* des Dorfes die Schenkel zu klopfen und einem quäkenden Hornisten mit blödsinnigem Grinsen Beifall zu spenden.

Adeline lernte, daß sie im Umgang mit dem Dorf kurz und nüchtern sein mußte. Auch fand sie Übersetzungen für Leonards *profession de foi*, die nicht gar so brüskierend waren. M'sieur war ein berühmter Künstler, ein Komponist, dessen Werke von Helsinki bis Barcelona gespielt wurden; man durfte seine Konzentration nicht stören, auf daß die wunderbaren Melodien, die in ihm Gestalt annahmen, nicht unterbrochen würden und auf ewig verloren wären. M'sieur ist eben so, er schwebt mit dem Kopf in den Wolken, es liegt nur daran, daß er Sie nicht sieht, ansonsten würde er selbstverständlich den Hut ziehen, wahrhaftig, manchmal nimmt er nicht einmal mich wahr, auch wenn ich direkt vor ihm stehe ...

Als sie bereits rund zehn Jahre in Saint-Maure wohnten, hatte der Bäcker, der in der Kapelle der *sapeurs-pompiers* das dritte Kornett spielte, schüchtern bei ihr angefragt, ob M'sieur als besondere Ehre zu ihrem fünfundzwanzigjährigen Jubiläum einen Tanz für sie schreiben würde, am liebsten eine Polka. Adeline erklärte das für unwahrscheinlich, erbot sich aber, Leonard die Bitte vorzutragen. Sie wählte einen Zeitpunkt, da er nicht an einer Komposition arbeitete und in heiterer Gemütsverfassung schien. Später bereute sie, nicht einen Augenblick übler Laune gewählt zu haben. Denn mit einem seltsamen Lächeln sagte er, ja, es sei ihm ein Vergnügen, für die Kapelle eine Polka zu schreiben; er, dessen Werke von Helsinki bis Barcelona aufgeführt wurden, sei nicht so hochnäsig, daß er dergleichen nicht täte. Zwei Tage darauf übergab er ihr einen versiegelten braunen Umschlag. Der Bäcker war überglücklich und bat sie, M'sieur seinen ganz besonderen Dank und seine vorzügliche Hochachtung zu übermitteln. Eine Woche später wollte er sie, als sie die *boulangerie* betrat, keines Blickes und keines Wortes würdigen. Schließlich fragte er, warum M'sieur sich über sie lustig machen wollte. Er hatte das Stück für dreihundert Musiker gesetzt, wo sie doch nur zwölf waren. Er hatte es eine Polka genannt, aber es hatte nicht den Rhythmus einer Polka; vielmehr hatte es den Rhythmus eines Trauermarsches. Auch konnten weder Pierre-Marc noch Jean-Simon, die beide musikalisch bewandert waren, die geringste Melodie darin erkennen. Der Bäcker war bekümmert, aber zugleich auch wütend und tief verletzt. Vielleicht, meinte Adeline, habe sie aus Versehen die falsche Komposition mitgenommen. Er reichte ihr den braunen Umschlag und fragte, was das englische Wort «poxy» bedeute. Sie sagte, sie wisse es nicht genau. Sie zog die Partitur heraus. Da stand als Titel «Poxy Polka for Poxy Pompiers». Sie sagte, ihrer Meinung nach bedeute das Wort «lebhaft», «munter», «strahlend wie das Messing an Ihrer Uniform». Nun ja, Madame, bedauerlicherweise wirke das Stück nicht lebhaft und munter auf die Musiker, die es nun nicht spielen würden.

Weitere Jahre gingen ins Land, der Bäcker übergab das Geschäft an seinen Sohn, und nun mußte der englische Künstler, der ungebührliche M'sieur, der nicht einmal vor dem Curé den Hut zog, wenn er ihm begegnete, seinerseits um einen Gefallen bitten. Saint-Maure-de-Vercelles lag gerade noch im Sendebereich der British Broadcasting Corporation. Der englische Künstler besaß einen leistungsstarken Rundfunkapparat, der es ihm ermöglichte, Musik aus London zu empfangen. Doch leider war die Qualität des Empfangs erheblichen Schwankungen unterworfen. Das lag mitunter an der Atmosphäre, es gab Stürme und Ungewitter, dagegen war nichts zu machen. Auch die Hügel jenseits der Marne waren eher hinderlich. Jedoch hatte M'sieur, als eines Tages jedes einzelne Haus im Dorf wegen einer Hochzeit verstummt war, auf indirektem Wege entdeckt, daß es auch hier am Ort Störungen durch alle möglichen elektrischen Maschinen gab. Der Fleischer besaß ein solches Gerät, zwei Bauern pumpten ihr Viehfutter damit, und dann natürlich der Bäcker mit seinem Brot ... Ob man sie wohl bitten könne, nur für einen Nachmittag, rein als Experiment natürlich ... Daraufhin hörte der englische Künstler die Eröffnungstakte von Sibelius' Vierter Symphonie, dieses düstere Grummeln der tiefen Streicher und Fagotte, das normalerweise unterhalb der Wahrnehmungsschwelle lag, mit jäher und ungewohnter Klarheit. Und so sollte das Experiment von Zeit zu Zeit wiederholt werden, ihre Erlaubnis vorausgesetzt. Adeline fungierte dabei als Vermittlerin, ein wenig kleinlaut zwar, doch nutzte sie auch den dünkelhaften Stolz darauf, daß Saint-Maure-de-Vercelles einen großen Künstler in seiner Mitte wußte, dessen Größe dem Dorf zur Zier gereichte und dessen Ruhm um so glänzender strahlen würde, wenn nur die Bauern ihr Viehfutter mit der Hand pumpten, der *boulanger* sein Brot ohne Elektrizität bereitete und auch die Fleischersfrau ihre Maschine abstellte. Eines Nachmittags entdeckte Leonard eine neue Störungsquelle, die mit detektivischem Spürsinn ermittelt und dann in feinfühligen Verhandlungen unschädlich gemacht werden mußte. Die amerikanischen Ladies, die in der Sommerfrische die umgebaute Mühle hinter dem *lavoir* bewohnten, hatten natürlich alle möglichen Geräte installieren lassen, die in Leonards Augen zum Leben durchaus entbehrlich waren. Eines davon beeinträchtigte den Empfang von M'sieurs leistungsstarkem Rundfunkapparat in besonderem Maße. Der englische Künstler hatte nicht einmal ein Telephon; die beiden amerikanischen Ladies hingegen hatten die Dekadenz und Dreistigkeit besessen, ein elektrisch betriebenes Wasserklosett einzubauen! Es bedurfte eines gewissen Taktgefühls, eine Eigenschaft, die Adeline im Laufe der Jahre immer stärker entwickelt hatte, sie zu überreden, bei gewissen Gelegenheiten das Spülen zu verschieben.

Es war schwer, Leonard zu erklären, er könne nicht verlangen, daß das Dorf jedesmal die Rolläden dichtmachte, wenn er ein Konzert hören wollte. Außerdem kam es vor, daß die amerikanischen Ladies das Verlangen des Engländers einfach vergaßen oder sich den Anschein gaben, sie hätten es vergessen; und wenn Adeline die *boulangerie* betrat und des Bäckers alten Vater, noch immer dritter Kornettist bei den *sapeurs-pompiers*, dort schalten und walten sah, dann wußte sie, es hatte wenig Zweck, auch nur zu fragen. Wenn ihr kein Erfolg beschieden war, geriet Leonard leicht in Zorn, und seine gewohnte Blässe lief puterrot an. Es wäre einfacher gewesen, hätte er sich in der Lage gesehen, von sich aus ein persönliches Dankeswort, vielleicht sogar ein kleines Präsent anzubieten; aber nein, er tat, als habe er ein Anrecht auf landesweite Stille. Als er dann schwer erkrankte und der Rundfunkapparat in sein Schlafzimmer geschafft wurde, wünschte er mehr und mehr Konzerte zu hören, was das Wohlwollen des Dorfes auf eine harte Probe stellte. In den letzten Monaten hatte er zum Glück nur nach seiner eigenen Musik verlangt. Zwar wurde Adeline bisweilen noch ausgeschickt, dem Dorf ein Schweigegelübde abzunehmen, doch sie gehorchte nur noch zum Schein, da sie gewiß war, daß Leonard bis zum angesetzten Beginn des Konzerts beschlossen hatte, sich an dem Abend nicht mit dem Rundfunkapparat abzugeben. Statt dessen sollte sie dann das Grammophon aufziehen, den Trichter zurechtrücken und ihm die Oboenphantasie, die Französischen Lieder oder den langsamen Satz aus der Heidnischen Symphonie vorspielen.

Glanzvolle Zeiten waren das gewesen, damals in Berlin, Leipzig, Helsinki, Paris. England war der Tod des wahren Künstlers. Um dort Erfolg zu haben, mußte man ein zweiter Mendelssohn sein: Auf den warteten sie dort wie auf einen zweiten Messias. In England waren die Gehirne vernebelt. Die Leute bildeten sich ein, sie redeten über Kunst, dabei redeten sie nur über Geschmack. Sie hatten keinen Begriff von Freiheit, von den Bedürfnissen eines Künstlers. In London ging es nur um Jesus und ums Heiraten. Sir Edward Elgar, zum Ritter geschlagen, mit dem Verdienstorden ausgezeichnet, zum Master of the King's Music ernannt, Baronet, Ehemann. «Falstaff» war ganz ordentlich, es gab schöne Stellen in der Einleitung und im Allegro, aber er hatte seine Zeit mit Jesus vertrödelt, mit diesen infernalischen Oratorien. Parry! Der hätte die gesamte Bibel vertont, wenn er lange genug gelebt hätte.

In England war es nicht erlaubt, Künstler zu sein. Vielleicht durfte man Maler sein oder Komponist oder so etwas wie ein Schreiberling, doch die wesentliche Grundvoraussetzung hinter all diesen abgeleiteten Berufen konnten die vernebelten Gehirne da nicht begreifen: die des *Künstlerseins*. Auf dem europäischen Kontinent machte man sich darüber nicht lustig. Er hatte schöne Zeiten, glanzvolle Tage erlebt. Mit Busoni, mit Sibelius. Seine Wandertour in Tirol, als er seinen geliebten Nietzsche auf deutsch gelesen hatte. Das Christentum predigt den Tod. Die Sünde ist eine Erfindung der Juden. Keuschheit bringt ebensoviel seelische Verderbtheit hervor wie Wollust. Der Mensch ist das grausamste Tier. Mitleid bedeutet Schwäche.

In England lebte die Seele auf den Knien dahin und schlurfte wie ein Fleischersbursche dem nicht vorhandenen Gott entgegen. Die Religion hatte die Kunst vergiftet. Der «Gerontius» war zum Speien. Palestrina war reine Mathematik. Gregorianischer Gesang war kalter Kaffee. Man mußte aus England fortgehen, um die höheren Gefilde zu finden, die Seele emporschweben zu lassen. Diese gemütliche Insel zog den Menschen in Weichlichkeit und Kleingeisterei hinab, in Jesus und den Ehestand hinein. Musik ist eine Emanation, eine Erhebung des Geistes, und wie kann Musik strömen, wenn der Geist gefesselt und geknebelt ist? Dies alles hatte er Adeline erläutert, gleich als er sie kennenlernte. Sie hatte es verstanden. Wäre sie Engländerin gewesen, so hätte sie erwartet, daß er sonntags die Orgel spielte und ihr beim Marmeladekochen half. Doch Adeline war damals selbst Künstlerin gewesen. Ihre Stimme war rauh, aber doch ausdrucksvoll. Und sie sah ein, daß ihre Kunst hinter die seine zurücktreten mußte, wenn er seiner Bestimmung folgen sollte. In Fesseln konnte man keine Höhenflüge machen. Auch das hatte sie damals verstanden.

Es war ihm von dringlicher Wichtigkeit, daß die «Vier englischen Jahreszeiten» ihre Bewunderung fanden. Sie wurde mehr und mehr den Konventionen verhaftet, und ihr Gehirn wurde immer vernebelter: Das war die Strafe des Alters. Sie hatte nun endlich die unermeßlich große Leere vor sich entdeckt und wußte nicht, wie sie sich dazu verhalten sollte. Er schon. Wer sich nicht am Mast festband, der wurde fortgerissen. Deshalb hielt er sich immer strikter und entschiedener an die strengen Lebensregeln und Kunstprinzipien, auf deren Aufstellung er so viel Zeit verwandt hatte. Wer Schwäche zeigte, der war verloren und hätte bald den Pfaffen, das Telephon und Palestrinas gesammelte Werke im Haus.

Als das Telegramm von Boult eintraf, wies er Marie-Thérèse an, Madame bei Strafe der Entlassung nichts davon zu verraten. Dann setzte er in der *Radio Times* ein zusätzliches Bleistiftkreuz neben das Dienstagskonzert. «Das werden wir uns anhören», ließ er Adeline wissen. «Alarmiere das Dorf.» Als sie über seine Finger hinweg auf die Zeitung sah, spürte er ihre Verwirrung. Eine Ouvertüre von Glinka, danach Schumann und Tschaikowsky: wohl kaum das, was Leonard Verity am liebsten hörte. Nicht einmal Grieg, geschweige denn Busoni oder Sibelius. «Wir werden feststellen, was mein junger Kämpe mit diesen alten Sachen anstellt», sagte er als Erläuterung. «Alarmiere das Dorf, hörst du?» – «Ja, Leonard», antwortete sie.

Er wußte, es war eins seiner Meisterwerke; er wußte, wenn sie es wahrhaft hörte, würde sie das erkennen. Doch es mußte unverhofft über sie hereinbrechen. Der einleitende Zauber der aus der Erinnerung auftauchenden bukolischen Idylle, ein pianissimo gespieltes *cor anglais*, in das kaum wahrnehmbare Rauschen gedämpfter Bratschen gehüllt. Er stellte sich die sachte Verwandlung ihres Gesichtes vor, die Augen, die sich ihm zuwandten wie damals in Berlin und Montparnasse … Er liebte sie genug, um es als seine Aufgabe zu betrachten, sie vor ihrem eigenen späteren Ich zu erretten. Doch es mußte auch Wahrheit zwischen ihnen herrschen. Während sie seine Decke glattstrich, sagte er daher abrupt: «Diese Geschichte ist ja nicht mit *le coup du chapeau* zu kurieren.»

Sie hastete weinend hinaus. Ob seine Anerkenntnis des Todes die Tränen ausgelöst hatte oder der Verweis auf ihre ersten gemeinsamen Wochen, konnte er nicht beurteilen. Vielleicht beides zugleich. In Berlin, wo sie sich kennengelernt hatten, war er zu ihrem zweiten Rendezvous nicht erschienen, doch statt beleidigt zu sein, wie andere Frauen es vielleicht gewesen wären, kam Adeline auf sein Zimmer und fand ihn dort mit einer grippalen Erkältung daniederliegend. Er konnte sich noch an den Strohhut erinnern, den sie trotz der fortgeschrittenen Jahreszeit trug, an ihre ausdrucksvollen, klaren Augen, den kühlen Akkord ihrer Finger und den Schwung ihrer Hüfte, als sie sich abwandte.

«Wir werden dich mit *le coup du chapeau* kurieren», hatte sie verkündet. Das war offenbar ein medizinischer Brauch oder wohl eher Aberglaube der Bauern aus ihrer Gegend. Nähere Erläuterungen lehnte sie ab, statt dessen ging sie fort und kehrte mit einer eingewickelten Flasche zurück. Sie sagte, er solle es sich bequem machen und die Füße zusammenlegen. Als sie einen sanften *puy* in dem Bett bildeten, holte sie seinen Hut und legte ihn über die Füße. Dann schenkte sie ihm einen großen Becher Cognac ein und sagte, er solle das trinken. Damals mochte er lieber Bier als hochprozentige Getränke, doch er tat wie geheißen und verwunderte sich darüber, wie unwahrscheinlich eine derartige Szene in England gewesen wäre.

Nach zwei großen Gläsern wollte sie wissen, ob er seinen Hut noch sehen könne. Er antwortete, natürlich könne er das. «Beobachte ihn weiter», hatte sie gesagt und ihm ein drittes Glas eingeschenkt. Er durfte nicht reden und hatte keine Erinnerung mehr daran, wovon sie dann noch geplappert hatte. Er trank einfach nur und beobachtete seinen Hut. Endlich, als das fünfte Glas zur Hälfte geleert war, hatte er angefangen zu kichern und verkündet: «Jetzt sehe ich zwei Hüte.»

«Gut», hatte sie mit jäher Munterkeit gesagt. «Dann schlägt die Behandlung an.» Sie hatte noch einmal diesen weiten Akkord auf seiner Stirn gespielt und war gegangen, wobei sie die Flasche mitnahm. Er fiel in ein Koma, wachte zwanzig Stunden später wieder auf und fühlte sich viel besser. Das lag nicht zuletzt daran, daß da kein Hut zu sehen war, als er die Augen aufschlug und zu seinen Füßen hinunterblickte, sondern nur das Profil seiner Adeline, die er bereits ins Herz geschlossen hatte und die auf einem niedrigen Stühlchen saß und in einem Buch las. An dem Tag erklärte er ihr auch, er werde ein großer Komponist werden. Opus 1 für Streichquartett, Flöte, Mezzosopran und Sousaphon sollte «Le Coup du Chapeau» heißen. Mit seiner neuentdeckten Methode des kinetischen Impressionismus würde es die Qualen eines leidenden Künstlers schildern, der durch eine schöne Gehilfin und eine Flasche Cognac von Grippe und Liebesleid kuriert wurde. Ob sie die Zueignung annehme, hatte er gefragt. Nur wenn das Stück ihre Bewunderung finde, gab sie mit einer koketten Neigung des Kopfes zurück.

«Wenn ich es schreibe, wird es deine Bewunderung finden.» Das war keine eitle oder autoritäre Feststellung, sondern eher das Gegenteil. Unsere Geschicke, hatte er gemeint, sind nunmehr verbunden, und ich erachte jede meiner Kompositionen als wertlos, so sie dir nicht gefällt. Das sollten seine Worte besagen, und sie hatte es verstanden.

Wie sie nun unten in der Küche stand und das Fett von den

Rindsknochen für Leonards Bouillon abzog, dachte sie an jene ersten Monate in Berlin zurück. Wie vergnügt er gewesen war mit seinem Spazierstöckchen, seinem verschmitzten Zwinkern und seinem Repertoire an Varietéschlagern; so gar nicht der steife Engländer des nationalen Klischees. Und daß er damals einen ganz anderen Patienten abgegeben hatte, als sie ihm *le coup du chapeau* verabreichte. Das war der Beginn ihrer Liebe gewesen; jetzt, da sie zu Ende ging, pflegte sie ihn erneut. In Berlin hatte er nach seiner Genesung versprochen, sie würde eine große Sängerin werden und er ein großer Komponist; er würde seine Musik für ihre Stimme schreiben, und gemeinsam würden sie Europa erobern.

Es war anders gekommen. Sie hatte größere Zweifel an ihrem eigenen Talent gehabt als an dem seinen. Statt dessen schlossen sie einen Künstlerpakt. Sie verbanden sich einander, seelenverwandt im Leben wie in der Musik, doch nie in der Ehe. Frei von den Zwängen, die das Dasein der meisten Menschen beherrschten, wollten sie fliegen und sich statt dessen den höheren Zwängen der Kunst unterwerfen. Sie wollten unbeschwert am Boden ruhen, um desto höher entschweben zu können. Sie wollten sich nicht in die Petitessen des Lebens verstricken. Es sollte keine Kinder geben.

Und so hatten sie denn gelebt: in Berlin, Leipzig, Helsinki, Paris und jetzt in einem sanft gewölbten Tal nördlich von Coulommiers. Seit über zwanzig Jahren ruhten sie hier nun schon unbeschwert am Boden. Leonards Ruhm war gewachsen und damit auch seine Menschenscheu. Es gab kein Telephon im Haus; Zeitungen waren verboten; der leistungsstarke Rundfunkapparat wurde nur benutzt, um Konzerte zu hören. Journalisten und Verehrer wurden abgewiesen; die meisten Briefe blieben unbeantwortet. Bis Leonard krank wurde, reisten sie einmal im Jahr in den Süden, nach Menton, Antibes, Toulon, befremdliche Orte, wo Leonard es kaum erwarten konnte, wieder in sein feuchtes Tal und die einsame Strenge seiner gewohnten Lebensweise zurückzukehren. Auf diesen Reisen ließ Adeline sich bisweilen zu heftigeren Klageliedern um die Familie hinreißen, mit der sie sich vor Jahren entzweit hatte. Mitunter verweilte ihr Blick in einem Café auf dem Gesicht eines schwärmerischen jungen Mannes, und für einen Moment sah sie einen unbekannten Neffen in ihm. Leonard tat diese Spekulationen als Gefühlsduselei ab.

Für Adeline hatte das Künstlerleben mit Geselligkeit und Warmherzigkeit begonnen; jetzt endete es in Einsamkeit und Entsagung. Als sie Leonard zaghaft vorschlug, sie könnten sich heimlich trauen lassen, hatte sie nur zwei Dinge im Sinn. Zum einen, daß sie dann eher in der Lage wäre, seine Werke zu schützen und über seine Urheberrechte zu wachen; und zum andern, eigennützigerweise, daß sie dann in dem Haus bleiben könnte, das sie so lange gemeinsam bewohnt hatten.

Sie setzte Leonard die rigide Haltung des französischen Rechts gegenüber dem Konkubinat auseinander, doch er wollte nicht hören. Er war in Wut geraten und hatte mit der Feuerzange auf den Boden geschlagen, so daß Marie-Thérèse gerannt kam. Wie konnte sie daran denken, die grundlegenden Prinzipien ihres Zusammenlebens zu verraten? Seine Musik gehörte niemandem und dem ganzen Planeten zugleich. Nach seinem Tod würde sie gespielt werden oder auch nicht, je nach Intelligenz oder Dummheit der Welt; mehr gab es dazu nicht zu sagen. Und was sie selbst anbetraf, so war ihm nicht klar gewesen, als sie ihren Pakt schlossen, daß es ihr um pekuniäre Vorteile zu tun war, und falls sie das beunruhigte, dann sollte sie nur nehmen, was sie an Geld im Hause finden konnte, wenn er auf seinem Sterbebett lag. Seinetwegen konnte sie ruhig zu ihrer Familie zurückkehren und diese imaginären Neffen hätscheln, um die sie ständig greinte. Da, nimm den Gauguin von der Wand und verkauf ihn auf der Stelle, wenn das deine Sorge ist. Aber hör mit dem Gejammer auf.

«Es ist soweit», sagte Leonard Verity.

«Ja.»

«Jetzt werden wir sehen, aus welchem Holz mein ‹junger Kämpe› geschnitzt ist.»

«Ach Leonard, hören wir uns doch noch einmal die Oboenphantasie an.»

«Dreh es nur an, Frau. Es ist fast Zeit.»

Während das Rundfunkgerät langsam summend warm wurde und der Regen an der Fensterscheibe ein sanftes Pizzikato spielte, sagte sie sich, es sei nicht von Bedeutung, daß sie das Dorf nicht alarmiert hatte. Sie bezweifelte, daß er über die Ouvertüre zu «Ruslan und Ludmilla» hinaus ausharren würde, welche ohnehin grell genug war, um durch fast alle atmosphärischen Störungen hindurchzudringen.

«Queen's Hall ... Nichtöffentliches Konzert ... Der Musikalische Leiter der British Broadcasting Corporation ...» Sie lauschten der gewohnten Litanei von ihren gewohnten Plätzen aus: er hoch oben im Bett, sie in dem niedrigen Korbstuhl gleich neben dem Apparat für den Fall, daß die Einstellung reguliert werden mußte. «Eine Änderung des angekündigten Programms ... Glinka ... neues Werk des englischen Komponisten Leonard Verity ... aus Anlaß seines bevorstehenden siebzigsten Geburtstags ... ‹Vier englische ...›»

Sie heulte auf. Er hatte noch nie einen derartigen Laut aus ihr hervorbrechen hören. Sie schleppte sich schwerfällig nach unten, schenkte Marie-Thérèse keinerlei Beachtung und rannte hinaus in den regnerisch dunklen Nachmittag. Unter ihr schrillte das Dorf vor Licht und blitzte vor Lärm: Gigantische Motoren kreisten und dröhnten. In ihrem Kopf war eine *kermesse* ausgebrochen mit Zugmaschinen und Flutlichtscheinwerfern, dem lustigen Tand der Karusselldrehorgel, dem blechernen Geklapper der Schießbude, dem unbekümmerten Schmettern von Kornett und Horn, Gelächter, vorgeblicher Furcht, blinkenden Lichtern und stumpfsinnigen Schlagern. Sie rannte den Pfad entlang zu dem ersten dieser orgiastischen

Schauplätze hin. Der alte *boulanger* drehte sich forschend um, als die wilde, nasse, nachlässig gekleidete Frau in den Laden seines Sohnes einbrach, ihn mit einem irren Blick bedachte, aufheulte und wieder hinausrannte. Sie, die jahrelang so sachlich gewesen war, so kurz und nüchtern im Umgang mit dem Dorf, konnte sich jetzt nicht einmal verständlich machen. Sie wollte die gesamte Gegend mit göttlichem Feuer zum Schweigen bringen. Sie rannte in die Fleischerei, wo Madame ihre mächtige Turbine betrieb: ein pochendes Band, ein herzzerreißender Schrei, Blut überall. Sie rannte zum nächstgelegenen Bauernhof und sah Futter für hunderttausend Stück Vieh von hundert elektrischen Pumpen gerührt und verströmt. Sie rannte zu dem amerikanischen Haus, doch ihr Klopfen fand bei dem grotesken Gespül eines Dutzends elektrischer Wasserklosetts kein Gehör. Das Dorf hatte sich verschworen, wie sich die Welt stets gegen den Künstler verschwor und seinen schwächsten Moment abwartete, um ihn dann zu vernichten. Die Welt tat das gedankenlos, ohne zu wissen, warum, ohne zu begreifen, warum, drückte einfach den Daumen auf einen Schalter mit gleichgültigem Klack. Und die Welt nahm es nicht einmal wahr, hörte nicht zu, genau wie sie jetzt die Worte in ihrem Munde anscheinend nicht hörten, diese ringsum versammelten Gesichter, die sie anstarrten. Er hatte recht, natürlich hatte er recht, er hatte immer recht gehabt. Und sie hatte ihn am Ende doch verraten, auch damit hatte er recht gehabt.

In der Küche stand Marie-Thérèse in unbehaglicher Verschwörung mit dem Curé. Adeline ging hinauf in das Schlafzimmer und schloß die Tür. Er war tot, natürlich, das wußte sie ja. Seine Augen waren geschlossen, ob von Natur oder durch menschliche Einmischung. Seine Haare wirkten wie frisch gekämmt, und der Mund war zu einem letzten Schmollen verzogen. Sie löste sacht die Feuerzange aus seiner Hand, berührte die Stirn in einem weiten Akkord und legte sich dann neben ihn auf das Bett. Sein Körper gab im Tode so wenig nach wie im Leben. Endlich beruhigte sie sich, und als sie wieder bei Sinnen war, wurde ihr vage bewußt, daß da Schumanns Klavierkonzert durch das statische Knistern holperte.

Sie ließ aus Paris einen *mouleur* kommen, der einen Abdruck vom Gesicht des Komponisten nahm und einen von seiner rechten Hand. Die British Broadcasting Corporation gab den Tod von Leonard Verity bekannt, doch da man erst vor kurzem die Uraufführung seines letzten Werkes übertragen hatte, wurde weiterer musikalischer Tribut für entbehrlich erachtet.

Drei Wochen nach der Beerdigung traf ein quadratisches Päckchen mit der Aufschrift FRAGILE im Hause ein. Adeline war allein. Sie brach das Siegelwachs von den zwei dicken Knoten, entfaltete mehrere Schichten von Wellpappe und fand einen katzbuckelnden Brief des Direktors der Grammophongesellschaft. Sie zog die «Vier englischen Jahreszeiten» einzeln aus ihrem steifen braunen Umschlag und legte sie sich auf die Knie. Bedächtig, umsichtig, wie es Leonard gefallen hätte, ordnete sie die Sätze. Frühling, Sommer, Herbst, Winter. Sie blickte unverwandt auf die Ecke des Küchentischs und hörte andere Melodien.

Sie zerbrachen wie Kekse. Ihr Daumen blutete.

Verbindungswege

Der Sonntag war dem Haareschneiden und Hundewaschen vorbehalten. Das Grüppchen Franzosen, das von Rouen angereist kam, war zunächst enttäuscht. Madame Julie hatte Geschichten von Zigeunern gehört, von *banditti*, wandernden Israeliten und Heuschrecken, die das Land kahlfraßen. Sie hatte bei ihrem Gatten angefragt, ob sie nicht Gerätschaften zu ihrem Schutz mitführen sollten; doch Dr. Achille wollte, was Führung und eventuelle Verteidigung anging, lieber auf einen seiner Studenten der Medizin vertrauen, Charles-André, einen kräftigen, schüchternen, aus der großen Kalkebene hinter Barentin gebürtigen jungen Mann. Doch in der Barackensiedlung war alles friedlich. Auch war die Ruhe nicht, wie sie anfangs argwöhnten, eine Folge trunkener Benommenheit, denn die Männer wurden nicht vor Monatsende ausgezahlt und sollten erst dann zu einer lüsternen, rauflustigen Zechtour aufbrechen, ihren Lohn in *cabarets* und billigen Kneipen durchbringen, französischen Brandy hinunterspülen wie englisches Bier, sich einen Rausch antrinken und diesen dann mit Fleiß aufrechterhalten, so daß, bis alles wieder zusammengetrommelt war, die Pferde an der Abbaustelle ganze drei Tage geruht hatten. Vielmehr bekam das Grüppchen Franzosen die Ruhe wohlanständiger Muße zu sehen. Ein Vormann in scharlachrotem Plüschwams und Manchester-Kniehosen ließ sich von einem französischen Wanderbarbier rasieren, wobei er zuvorkommend die Stummelpfeife von einem Mundwinkel in den anderen schob, um ihm die Aufgabe zu erleichtern. Nicht weit davon seifte ein Streckenarbeiter seinen Spürhund ein, der ob dieser Demütigung winselte und tat, als wolle er seinen Herrn beißen, was mit einem Klaps von rauher Hand quittiert wurde.

Vor einer unförmigen Torfhütte stand eine alte Hexe bei einem Suppenkessel, in dessen grau brodelnden Wassern auf geheimnisvolle Weise ein rundes Dutzend dicker Schnüre verschwand. Jede Schnur trug an ihrem trockenen Ende ein großes braunes Schild. Charles-André hatte von einem Kommilitonen gehört, ein englischer Streckenarbeiter könne an einem ganz gewöhnlichen Tag bis zu fünf Kilogramm Rindfleisch vertilgen. Doch ließ sich diese Spekulation nicht überprüfen, da die Hexe das weitere Näherkommen hinderte, indem sie die Kelle gegen den Suppenkessel schlug, als gelte es, Dämonen zu vertreiben.

* * *

Yorkey Tom war stolz, ein Brassey-Mann zu sein. Manche waren schon von Anfang an in seinem Trupp, wie Bristol Joe und Tenton Punch und Hedgehog und Streaky Bill und Straight-up Nobby. In seinem Trupp seit der Chester und Crewe, der London und Southampton, sogar der Grand Junction. Wenn ein Streckenarbeiter krank wurde, fütterte Mr. Brassey ihn durch, bis er wieder arbeitsfähig war; wenn ein Mann starb, unterstützte er die Angehörigen. Yorkey Tom hatte schon so manchen Todesfall erlebt. Da wurden Männer durch Felsschlag zermalmt, Sprengarbeiter durch unbesonnenen Gebrauch von Schwarzpulver ins Jenseits befördert, Jungen unter den Rädern von Abraumwagen zweigeteilt. Als Three-Finger Slen seine restlichen sieben Finger und dazu noch beide Unterarme verlor, zahlte Mr. Brassey ihm vierzig Pfund und hätte auch sechzig gezahlt, wäre Three-Finger damals nicht betrunken gewesen und hätte den Bremsschuh mit der eigenen Schulter angestoßen. Mr. Brassey war freundlich im Umgang, aber fest in seinen Entschlüssen. Er zahlte guten Lohn für gute Arbeit; er wußte, daß schlechtbezahlte Männer die Arbeit langsam angingen und es an Sorgfalt fehlen ließen; doch er kannte auch die menschlichen Schwächen und duldete weder Marketenderei, noch ließ er fahrende Bierverkäufer mit seinen Männern Handel treiben.

Mr. Brassey hatte sie durch den teuflischen Winter vor drei Jahren gebracht. Hungrige Streckenarbeiter trieben sich auf den Boulevards von Rouen herum; die Arbeit auf der Strecke von Paris war eingestellt, und daheim in England war nichts in Aussicht. Almosen und Suppenküchen hatten sie am Leben gehalten. Es war so kalt, daß das Wild sich verkrochen hatte; Streaky Bills Spürhund stöberte den ganzen Winter über kaum einen Hasen auf. Damals war der junge Mr. Brassey, der Sohn des Unternehmers, angereist, um die Schachtarbeiten zu verfolgen, und hatte nichts als verhungernde, müßige Streckenarbeiter gesehen. Sein Vater hatte oft und mit Nachdruck die Ansicht kundgetan, Nächstenliebe sei kein Ersatz für rege Arbeit.

Und an reger Arbeit hatte es im großen und ganzen nie gefehlt seit dem Frühjahr 1841, als sie die 82 Meilen von Paris nach Rouen in Angriff nahmen. Die fünftausend von Mr. Brassey und Mr. Mackenzie ins Land gebrachten britischen Arbeiter erwiesen sich als unzureichend; die Unternehmer sahen sich genötigt, eine zweite Armee von Festlandsbewohnern anzuheuern, noch einmal fünftausend Mann: Franzosen, Belgier, Piemontesen, Polen, Holländer, Spanier. Yorkey Tom hatte sie mit angelernt. Ihnen das Rindfleischessen beigebracht. Ihnen beigebracht, was da verlangt wurde. Die beste Methode war die von Rainbow Ratty: Der ließ sie antreten, zeigte auf die Arbeit, die getan werden sollte, stampfte mit den Füßen und schrie *Verd - - - t.*

Nun wurde er von diesem Mossöh Franzmann nebst seiner Madame und einem jungen Burschen beäugt, der gaffend und glotzend hinterdrein getrottet kam. Na, sollen sie gucken. Sollen sie ruhig sehen, wie sorgsam Mossöh Barbier mit dem Rasiermesser umgeht: Jeder wußte, was geschehen war, als Pigtail Punch durch einen ungeschickten Schnitt zu bluten anfing. Jetzt machten sie Bemerkungen über seine Joppe und seine

Kniehosen, als wäre er ein Wunderwesen im zoologischen Garten. Vielleicht sollte er knurren und die Zähne fletschen, mit den Füßen stampfen und *Verd - - - t* schreien.

* * *

Der Curé von Pavilly war schwärmerisch in seinem Glauben, ängstlich um seine Schäfchen besorgt und insgeheim enttäuscht über die tolerante Weltlichkeit seines Bischofs. Der Curé war zehn Jahre jünger als das Jahrhundert und während der ketzerischen und gotteslästerlichen Ereignisse von Ménilmontant Seminarist gewesen; später hatte er den Prozeß von 1832 und die Zerschlagung der Sekte mit freudiger Erleichterung aufgenommen. Obzwar seine gegenwärtigen Gemeindemitglieder wenig von den Finessen des Saint-Simonismus verstanden – auch nicht die hochgestochene Mademoiselle Delisle, die einmal einen Brief von Madame Sand erhalten hatte –, fand der Priester es doch geraten, in seiner Predigt hier und da auf den *Nouveau Christianisme* und das teuflische Gebaren der Anhänger von Enfantin anzuspielen. Sie lieferten ihm hilfreiche und läuternde Exempel für die Allgegenwart des Bösen. Er gehörte nicht zu denen, die bei der Betrachtung der Welt Unwissenheit für Reinheit des Herzens ansahen; er wußte, daß Versuchungen zur Stärkung des wahren Glaubens über die Erde geschickt wurden. Doch wußte er auch, daß manch einer im Angesicht der Versuchung seine Seele in Gefahr bringen und zu Fall kommen mochte; und im stillen litt er Seelenqualen um diese Sünder gegenwärtiger wie künftiger Zeiten.

Als die Rouen and Le Havre Railway sich in den Nordwestbogen von Le Houlme nach Barentin schob, als die Feldlager näher kamen, als man das eine oder andere Stück Vieh zu vermissen begann, als die Armee des Teufels näher rückte, wurde der Curé von Pavilly mit Sorge erfüllt.

* * *

Der *Fanal de Rouen*, der aktuelle Ereignisse gern im Lichte der Historie betrachtete, bemerkte kundig, dies sei nicht das erste Mal, daß *les Rosbifs* zum Fortschritt des Verkehrswesens der Nation beitrugen: Die erste Straße zwischen Lyon und Clermont-Ferrand war unter Kaiser Claudius in den Jahren des HErrn 45 und 46 von britischen Gefangenen angelegt worden. Dann zog die Zeitung einen Vergleich zwischen dem Jahr 1418, als die Stadt dem Ansturm des englischen Königs Heinrich V. und seiner schrecklichen *Goddons* über Monate hinweg heroisch standgehalten hatte, und dem Jahr 1842, als sie sich kampflos der mächtigen Armee von Mister Thomas Brassey ergab, dessen Krieger an Stelle des sagenhaften Langbogens Hacken und Schaufeln über der Schulter trugen. Schließlich berichtete der *Fanal*, ohne in der Angelegenheit zu einem eigenen Urteil zu kommen, maßgebliche Persönlichkeiten stellten den Bau der europäischen Eisenbahnanlagen bisweilen auf eine Stufe mit der Errichtung der großen Kathedralen des Mittelalters. Diesen Stimmen zufolge glichen die englischen Ingenieure und Unternehmer den wandernden italienischen Handwerksburschen, unter deren Anleitung einheimische Mauersleute die hiesigen prachtvollen Monumente zur Ehre Gottes errichtet hatten.

«Dieser Bursche da», sagte Charles-André, als der englische Vormann sie nicht mehr hören konnte, «ist imstande, an einem Tag zwanzig Tonnen Erde zu schaufeln. Er hebt sie über das eigene Haupt hinweg und in einen Wagen hinein. Zwanzig Tonnen!»

«Zweifelsohne ein Monstrum», entgegnete Madame Julie. «Und nährt sich auch wie ein Monstrum.» Sie schüttelte das hübsche Köpfchen, und der Student sah ihre Löckchen zittern wie vom Windhauch bewegte Lüsterkristalle. Dr. Achille, ein großer, langnasiger Mann mit dem noch nicht ergrauten, energischen Bart der beginnenden mittleren Jahre, rückte nachsichtig die wunderlichen Phantasien seiner Gattin zurecht: «Dann schau dir nur die prunkvollen Gemächer des Minotaurus und seiner Kameraden an.» Er deutete auf eine Reihe verwanzter, höhlenartiger Löcher, die direkt seitlich in den Abhang geschlagen waren. Kaum besser waren die Torfhütten, langgestreckten Gemeinschaftsbaracken und hölzernen Verschläge, an denen sie vorüberkamen. Aus einer dieser Behausungen hörte man streitende Stimmen, darunter die einer Frau.

«Ich habe mir sagen lassen, ihr Hochzeitsritual sei höchst pittoresk», bemerkte Charles-André. «Man läßt das glückliche Paar über einen Besenstiel springen. Das ist alles. Dann werden sie für verheiratet erklärt.»

«Leicht getan», sagte Madame Julie.

«Und leicht wieder ungetan gemacht», fuhr der Student fort. Er hatte einen Hang zum Hochgeistigen und war eifrig bedacht, des Doktors Gattin zu erfreuen, fürchtete allerdings, sie zu schockieren. «Ich habe gehört ... es heißt, sie verkaufen ihre Frauen, wenn sie ihrer überdrüssig sind. Sie verkaufen sie ... oftmals ... wie es scheint ... für eine Gallone Bier.»

«Eine Gallone *englischen* Biers?» erkundigte sich der Doktor, wobei er mit seiner schalkhaften Art dem Studenten die Befangenheit nahm. «Nun, das ist wirklich ein allzu geringer Preis.» Seine Gattin gab ihm einen ausgelassenen Klaps auf den Arm. «*Dich*, meine Liebe, würde ich nicht für weniger als einen *tonneau* des edelsten Bordeaux verkaufen», fuhr er fort und erhielt zu seinem Vergnügen wieder einen Klaps. Charles-André betrachtete diese Vertraulichkeit mit neidischen Augen.

* * *

Beim Bau der 82 Meilen langen Paris and Rouen Railway brauchte der Ingenieur Mr. Joseph Locke lediglich dem gemächlichen Gefälle der Seine zwischen diesen beiden großen Städten zu folgen. Doch die Verlängerung nach Le Havre – wo es Anschluß an den Dampferverkehr über den Ärmelkanal und weiter an die London and Southampton Railway gab, was die Verbindung von Paris nach London komplettierte – stellte seine Ingenieurskünste auf eine härtere Probe. Diese Mühsal schlug sich auch in den veranschlagten Kosten nieder: £ 15 700 pro Meile für die Paris und Rouen, mehr als £ 23 000 pro Meile für die weiteren 58 Meilen der Rouen und Le Havre. Obendrein bestand die französische Regierung auf einer Überprüfung der vorgesehenen Neigung. Mr. Locke hatte ursprünglich mit maximal 1 zu 110 gerechnet. Auf französischer Seite plädierte man aus Sicherheitsgründen für 1 zu 200, was entweder eine ungleich längere Strecke erfordert oder aber bedeutend mehr Einschnitte und Dämme und somit einen erheblichen Kostenanstieg nach sich gezogen hätte. Als Kompromiß einigten sich beide Seiten schließlich auf eine Neigung von 1 zu 125.

Mr. Brassey hatte sich wieder in Rouen niedergelassen, dieses Mal in Begleitung seiner Frau Maria, die fließend Französisch sprach und gegenüber den Beamten des französischen Ministeriums als Dolmetscherin fungieren konnte. Sie machten dem Konsul ihre Aufwartung und wurden in der anglikanischen Kirche Aller Heiligen auf der Ile Lacroix vorstellig. Sie erkundigten sich nach einer Leihbibliothek englischer Bücher, doch war bislang keine solche eingerichtet worden. In ihren Mußestunden besuchte Mrs. Brassey die großen gotischen Bauwerke der Stadt: die Kirche Saint-Ouen mit ihrem hochaufragenden Triforium und ihrer funkelnden Fensterrose; Saint-Maclou mit ihren geschnitzten Portalen und dem grotesken Jüngsten Gericht; und die Kathedrale Notre Dame, wo sich ihr ein Kirchendiener in vollem Staat mit Federhut, Rapier und Amtsstab aufdrängte. Er wies sie auf den Umfang der Amboise-Glocke hin, auf die Grabstätte des Pierre de Brézé, das Bildnis der Diane de Poitiers und eine verstümmelte Statue vom Grabmal des Richard Coeur-de-Lion. Er zeigte ihr das Fratzenfenster und erzählte ihr die Legende von der Tour de Beurre, die im siebzehnten Jahrhundert mit dem Geld errichtet worden war, das der Ablaßhandel für den Verzehr von Butter während der Fastenzeit einbrachte.

Mr. Brasseys Männer nahmen die Strecke am Endbahnhof der Paris und Rouen auf, leiteten sie auf einer neuen Brücke über die Seine und lenkten sie dann in einer nördlichen Schleife über die Hügel und Täler der Stadt. Sie bauten den 1600 Meter langen Sainte-Catherine-Tunnel, errichteten den Darnétal-Viadukt und sprengten die Tunnel von Beauvoisine, Saint Maur und Mont Riboudet in den Fels. Sie überquerten südlich von Malaunay den Fluß Cailly. Dann lag das Flüßchen Austreberthe vor ihnen, das bei Barentin von einem schönen und eleganten Viadukt überspannt werden sollte. Mrs. Brassey berichtete ihrem Gatten von der Tour de Beurre und sann darüber nach, welche Bauwerke man in ihren Tagen durch den Verkauf von Ablaßbriefen errichten könnte.

* * *

«Bereitet dem HErrn den Weg, macht auf dem Gefilde eine ebene Bahn unserm Gott! Alle Täler sollen erhöht werden, und alle Berge und Hügel sollen erniedrigt werden, und was ungleich ist, soll eben, und was höckericht ist, soll schlicht werden.» Die versammelten Dorfbewohner von Pavilly warteten brav auf einen Appell an willige Helfer, um den holperigen Pfad instand zu setzen, der von der Kirche zum Friedhof führte. Doch schien zwischen der einleitenden Lesung des Curé aus dem Buche Jesaja und seinen nachfolgenden Ausführungen kein unmittelbarer Zusammenhang zu bestehen. Er warnte seine Schäfchen, und das nicht zum ersten Mal, vor den Fährnissen einer Lehre, von der nur wenige gehört hatten und noch weniger sich hätten in Versuchung führen lassen. Der Bauer, dessen Ländereien bei Les Pucelles lagen, rutschte bei den gelehrten Worten des Priesters unruhig hin und her. In der letzten Bank brach Adèle, die in der Woche von ihrer Herrin stärker als gewöhnlich herangenommen worden war, in unverhohlenes Gähnen aus.

Der Curé erläuterte, die größte Gefahr für die christlichen Glaubenssätze gehe gerade von den ketzerischen Lehren aus, die sich als wohlgefällige und verführerische Lesart des wahren Glaubens darboten: Das eben sei des Teufels Art. So hatte zum Beispiel der Comte de Saint-Simon neben anderem verkündet, die Gesellschaft müsse sich die Verbesserung der moralischen und materiellen Lebensumstände der ärmsten Klasse zum Ziel setzen. Wer mit den Lehren Unseres HErrn aus der Bergpredigt vertraut war, dem war dieser Gedanke nicht fremd. Doch was war, bei Lichte besehen, die wahre Absicht des Ketzers? Daß die Leitung der Gesellschaft, der christlichen Gesellschaft, in die Hände von Männern der Wissenschaft und Industriehäuptlingen gelegt werde! Daß die geistliche Führerschaft der Welt dem Heiligen Vater in Rom entrissen und Maschinenfabrikanten übertragen werde!

Und ferner, wie hatten die Jünger dieses falschen Propheten sich aufgeführt, als sie sich in sündiger Gemeinschaft zusammenrotteten, um den frevelhaften Geboten ihres verstorbenen Anführers zu huldigen? In aller Öffentlichkeit waren sie für die Gütergemeinschaft eingetreten, die Abschaffung des Erbrechts und das Wahlrecht für Frauen. Was samt und sonders zu bedeuten hatte, daß unverheiratete Menschen beiderlei Geschlechts gemeinschaftlich zusammenlebten wie die wilden Polygamisten des Orients; indem sie gar die Gleichheit von Frau und Mann proklamierten, frönten sie schamlos der Prostitution. Die Theorie von der Leiblichkeit des Göttlichen, die er selbst ohne nähere Prüfung als gotteslästerlich erkannt hatte, ersparte der Curé von Pavilly seinen Zuhörern und warnte sie statt dessen vor den Gefahren, die mit absonderlicher und exzentrischer Kleidung einhergingen. Die sich der wahren Herrschaft des Wortes Gottes entgegenstellten, taten sich oft gern durch das Anlegen einer Uniform hervor. So hatte man in der kommunistischen Gemeinschaft zu Ménilmontant weiße Hosen als Symbol der Liebe getragen, ein rotes Wams als Symbol der Arbeit und einen blauen Rock als Symbol des Glaubens. Dieses letzte Gewand war so geschnitten, daß es hinten geknöpft war, eine Besonderheit, welche die Polygamisten als Beweis ihrer Brüderlichkeit hinstellten, da niemand ohne die Hilfe eines anderen seinen Rock anlegen konnte. An dieser Stelle nun ließ der Curé eine gottesfürchtige Stille eintreten, in deren Verlauf einige unter seinen Gemeindemitgliedern richtig errieten, was auszudrücken er sich nicht in der Lage sah: daß die Polygamisten daher auch nicht imstande waren, sich ohne Beistand zu entkleiden.

Adèle in der letzten Reihe war mittlerweile voll gespannter Aufmerksamkeit und starrte die Knöpfe an der Vorderseite der priesterlichen Soutane an, als sehe sie die leibhaftige Tugend vor sich; doch zugleich kam ihr ein scharlachrotes Plüschwams in den Sinn, auf das ihr Blick erst wenige Tage zuvor gefallen war. Der Curé gab seine Absicht kund, am folgenden Sonntag noch einmal auf ebendieses Thema zurückzukommen, und begann den Segen auszuteilen.

* * *

Das Grüppchen Franzosen spazierte weiter bis zu dem Einschnitt hin. Bei der berüchtigten Gottlosigkeit der englischen Streckenarbeiter hegten sie die lebhafte Erwartung, zumindest einige Männer bei gotteslästerlicher Arbeit am Sabbattag zu erblicken; doch es blieb alles ruhig. Der aufgerissene Erdboden stellte friedlich seine dicken Streifen von weißem Kalk, gelbem Kies und orangerotem Lehm zur Schau. Dr. Achille bewunderte den fein säuberlichen Schnitt, den diese rauhen Männer in die Haut des Planeten gezogen hatten.

Im Innern der Kalkschlucht lagen die Karrenlaufschienen verlassen da. Als Liebhaber der Schachtarbeiten versuchte Charles-André sich an einer Erklärung des Verfahrens: die auf den Steilhang gelegten Bohlen, der Mast auf der Dammkrone, der Flaschenzug am Mast, das Pferd an einem Zugseil, mit dessen Hilfe der Streckenarbeiter seinen vollen Karren den Abhang hinaufbeförderte. Charles-André hatte beobachtet, wie auf diese Weise ungeheure Lasten hinaufgezogen wurden; er hatte auch Schlamm die nassen Bohlen hinunterströmen sehen, ein scheuendes Pferd, das sich nicht mehr auf den Beinen halten konnte, und einen Streckenarbeiter, der sich zur Seite warf, um nicht von dem eigenen Karren zermalmt zu werden. Nur die kräftigsten Burschen, die Titanen des Unternehmens, besaßen die Seelenstärke und Kühnheit zu solcher Arbeit.

«Fünf Kilo Rindfleisch», bemerkte Dr. Achille.

«Dennoch», sagte Madame Julie eingedenk der beträchtlichen Gefahren des Unterfangens, «man sollte meinen, nicht wahr, mit ein wenig Erfindungsgeist würde statt dessen eine Maschine die Erde befördern?»

«Es wurde eine erfunden, soviel ich weiß. Eine bewegliche Plattform. Die Streckenarbeiter sahen eine Bedrohung ihrer Löhne darin und zerstörten sie.»

«Ich bin froh, daß sie keine Heiligen sind», erwiderte Dr. Achille.

Als sie zum Lager zurückwanderten, hörten sie eine Sprache, die nicht die ihre, aber auch keine fremde Zunge war. Zwei Männer setzten eine Schaufel instand, deren Stiel sich vom Blatt gelöst hatte. Der größere der beiden, der die Anweisungen gab, war ein englischer Vormann, und der kleinere, der Besitzer der Schaufel, ein französischer Bauer. Als *lingua franca* benutzten sie ein Patois, das teils Englisch, teils Französisch war und im übrigen eine *olla podrida* aus anderen Sprachen. Doch selbst die den Lauschern vertrauten Wörter waren in eine verzerrte Fasson gepreßt; und jede Grammatik war gewaltsam verrenkt. Aber die Schaufelflicker, die dieses Makkaroni fließend beherrschten, verstanden einander tadellos.

«So werden wir in Zukunft alle reden», behauptete der Student mit jäher Zuversicht. «Keine Mißverständnisse mehr. Die Völker bringen ihre Differenzen in Ordnung, wie diese beiden Burschen ihre Schaufel in Ordnung bringen.»

«Das Ende aller Poesie», sagte Madame Julie mit einem Seufzer.

«Das Ende aller Kriege», konterte Charles-André.

«Unsinn», gab Dr. Achille zurück. «Lediglich andere Poesie, andere Kriege.»

* * *

Der Curé von Pavilly kam auf Kapitel 40 des Buches Jesaja zurück. Adèle blickte unverwandt auf die tugendsamen Knöpfe des Priesters, doch er hatte nichts mehr über den tieferen Sinn der Kleidung zu sagen. Statt dessen begann er darzulegen, daß der Prozeß gegen die Polygamisten zu Ménilmontant und ihre abschließende Verurteilung wegen gesellschaftsschädlicher Umtriebe ein Haupt der Hydra abgeschlagen habe, doch seien dafür andere nachgewachsen. Was Ketzerlehre nicht erreicht habe, solle nun mit Hilfe der Ingenieurskünste erzielt werden. Bekanntlich betätigten sich viele Mitglieder der aufgelösten Sekte nunmehr als Wissenschaftler und Ingenieure und verbreiteten sich wie ein Krebsgeschwür über den Leib Frankreichs. Einige unter ihnen trugen sich seit Jahren mit der Absicht, am Isthmus von Suez einen Kanal zu bauen. Dann war da der Jude Pereire, der die Eisenbahn unverhohlen zu einem Instrument der Zivilisation erklärte. Es waren gotteslästerliche Vergleiche gezogen worden mit jenen frommen Handwerksleuten, welche die großen Kathedralen errichtet hatten. Dagegen verwahrte sich der Curé: Die treffendere Analogie war die mit den heidnischen Pyramidenbauern des alten Ägypten. Die englischen Ingenieure und ihre gottlosen Streckenarbeiter waren lediglich gekommen, um die neuen törichten Prachtbauten des modernen Zeitalters zu errichten und damit abermals die Eitelkeit des Menschen in seiner Anbetung falscher Götter kundzutun.

Damit wollte er nicht sagen, daß solcher Wegebau an sich im Widerspruch zu dem christlichen Glauben stand. Doch wenn die Täler erhöht und die Berge und Hügel erniedrigt werden sollten, wenn das Ungleiche eben und das Höckerichte schlicht werden sollte, wie beim Überqueren des Flusses Cailly bei Malaunay und dem geplanten Viadukt bei Barentin geschehen, dann mußten solche Taten vollbracht werden, wie Jesaja lehrte, um dem HErrn den Weg zu bereiten, um Gott auf dem Gefilde eine ebene Bahn zu machen. Wenn das Wollen des Menschen sich nicht von dem höheren Ratschluß der göttlichen Gebote leiten ließ, dann blieb der Mensch ein wildes Tier, und all sein Mühen führte zu nichts anderem als der Sünde des Stolzes.

In der hintersten Reihe nickte Adèle ein. Der Bauer, dessen Ländereien bei Les Pucelles lagen und der bei der Bereitstellung von Land für die Rouen and Le Havre Railway ein hübsches Sümmchen verdient und obendrein vor aller Augen für den Witwen- und Waisenfonds der Diözese gespendet hatte, beschwerte sich schriftlich beim Bischof über des jungen Priesters Hang zu theoretischem Gewettere. Was die Gemeinde brauche, sei handfeste moralische Unterweisung in Angelegenheiten von lokalem Interesse und Belang. Der Bischof vermahnte den Curé von Pavilly nach Gebühr und beglückwünschte sich zugleich für seinen Scharfsinn, den jungen Mann in sicherer Entfernung von der Stadt einzusetzen. Mochte er sein Feuer und seinen Zorn unter schlichten Gemütern verrauchen lassen, wo er wenig Schaden anrichten konnte. Die Kirche war eine Stätte des Glaubens, nicht der Ideen.

* * *

Das Grüppchen Franzosen wanderte zu den ersten Hütten der Siedlung zurück.

«So sind wir denn nicht von banditti überfallen worden?» bemerkte Dr. Achille.

«Bislang nicht», antwortete seine Gattin.

«Und nicht von Zigeunern ausgeraubt?»

«Nein.»

«Auch nicht von einer Heuschreckenplage angegriffen?»

«Im Grunde nicht.»

«Und haben kein Auspeitschen der Pyramidensklaven gesehen?»

Sie schlug ihm schelmisch auf den Arm, und er lächelte.

Der Streckenarbeiter, der seinen Spürhund eingeseift hatte, war verschwunden. «Diese Hunde sind abgerichtet, um unser Wild zu töten», klagte Charles-André. «Zwei davon können ein ausgewachsenes Schaf reißen, wie man sagt.»

Doch Dr. Achille ließ sich in seiner guten Laune nicht beirren. «Es gibt Kaninchen genug in unserem Land. Ich würde eine Eisenbahn gegen ein paar Karnickel eintauschen.»

Yorkey Tom saß wie zuvor auf seinem harten Stühlchen und wärmte das frischrasierte Kinn in der Sonne. Die in den Mundwinkel geklemmte Stummelpfeife zeigte beinahe senkrecht nach oben, und er schien die Augen fest geschlossen zu haben. Vorsichtig beäugte das Grüppchen Franzosen noch einmal diesen wilden Rindfleischvertilger, diesen kraftstrotzenden Jäger und Sammler. Der Vormann hatte nichts vom französischen Kleidungsstil angenommen. Er trug einen breitschwänzigen Samtrock, ein scharlachrotes, schwarzgetüpfeltes Plüschwams und Kniehosen aus Manchesterkord, die von einem Lederriemen in der Taille gehalten wurden und auch am Knie Bänder hatten, und unter dem Knie verschwanden schwellende Waden in dicken Halbstiefeln. Ein weißer Filzhut mit aufgebogener Krempe lag neben ihm auf einem Schemel. Der Mann wirkte exotisch und doch robust, ein seltsames, aber vernünftiges Tier. Er war es auch durchaus zufrieden, sich beobachten zu lassen, denn das Augenlid, das er zu einem Viertel offenhielt, um seinen Hut zu bewachen, bot ihm auch einen Blick auf diese gaffenden Schneckenfresser.

Wenigstens hielten sie sich in höflicher Entfernung. Er war

jetzt schon bald fünf Jahre in Frankreich und war in dieser Zeit gepufft und geknufft, angeglotzt und angespuckt worden; man hatte Hunde auf ihn gehetzt, und Dorfschläger hatten fälschlicherweise das Verlangen gezeigt, ihre Kräfte zu erproben. Andernteils war er auch belobigt, abgeküßt, umarmt, bewirtet und gefeiert worden. Vielerorts sahen die einheimischen Franzmänner die Schachtarbeiten als eine Art Gratisunterhaltung an, und die englischen Streckenarbeiter gingen bisweilen darauf ein und protzten damit, wie hart sie arbeiten konnten. Ginger Billy, der sich an der Paris und Rouen für ein paar Jahre eine Französin zur Frau genommen hatte, übersetzte ihnen die mannigfaltigen Äußerungen des Erstaunens, die Yorkey Tom und seine Mannschaft mit Vergnügen herausforderten. Sie waren Könige der Arbeit, und das wußten sie auch. Es dauerte ein Jahr, bis ein gesunder englischer Bauernknecht zu einem Streckenarbeiter gestählt war, und bei einem französischen Klappergestell, das nur Brot, Gemüse und Obst zu sich nahm, das ständig ausruhen mußte und einen Vorrat an Taschentüchern brauchte, um sich das arme Gesicht zu wischen, war die Verwandlung gar noch größer.

Jetzt wurde das Grüppchen Franzosen durch eine Streiterei bei der Nachbarhütte abgelenkt. Die alte Hexe zerrte an einer der dicken Schnüre, die in der dreckigen Brühe ihres Suppenkessels verschwanden. Neben ihr stand ein grollender, bärtiger Hüne und prüfte argwöhnisch die Hieroglyphe am Ende des Stricks. Es kam ein eingetauchter Fleischklumpen zum Vorschein, der in der Mitte von der Schnur durchbohrt war. Die alte Vettel warf ihn auf einen Teller und tat einen Kanten Brot dazu. Nun übertrug der haarige Streckenarbeiter seinen Argwohn von dem Schild auf die Speise. Diese hatte in den wenigen Stunden unter der Obhut des alten Weibes offenbar einiges von ihrer Form, viel von ihrer Farbe und ihre gesamte Identität eingebüßt. Der Hüne begann die Alte zu beschimpfen, ob wegen ihrer Kochkünste oder ihrer mangelnden Ehrlichkeit war allerdings nicht auszumachen; obwohl beide Parteien aus England kamen, wurde ihr Gebrüll und Gekreisch doch in der für Außenstehende unverständlichen *lingua franca* der Feldlager geführt.

Das Grüppchen Franzosen lächelte noch über diese Komödie, als es zu seiner Kutsche zurückkehrte.

* * *

Der Curé von Pavilly, von seinem Bischof zur Ordnung gerufen, ließ die Gefilde der reinen Theorie hinter sich. Es war seine Pflicht, seine Gemeinde auf das strengste vor dem Kontakt mit der anrückenden Armee von Philistern und Barbaren zu warnen. Er hatte Untersuchungen angestellt, wobei er sich sogar selbst unter diese Leute begab, und folgende Erkenntnis gewonnen. Zum ersten, daß sie weder in bezug auf die Einhaltung der Glaubensregeln noch in bezug auf ihre moralische Führung Christen waren. Zum Beweis dessen hatten sie die Namen ihrer christlichen Taufe abgelegt und zogen es vor, unter falschem Namen aufzutreten, zweifellos in der Absicht, die Ordnungsmächte zu täuschen. Sie hielten den Sabbattag nicht ein, indem sie an diesem heiligen Tage arbeiteten oder aber ihn Umtrieben vorbehielten, die vom Frivolen wie dem Hundewaschen bis hin zum Verbrecherischen wie dem Gebrauch dieser selben Hunde zum Diebstahl von Wild und Vieh reichten. Zwar arbeiteten sie hart und wurden für ihre Mühen gerecht entlohnt, doch warf ihr dreifacher Lohn sie nur dreimal so tief in das Viehische hinab. Auch kannten sie keinerlei Sparsamkeit und gaben ihr Geld aus, wie sie es bekamen, vorzugsweise für berauschende Getränke. Sie stahlen ohne den geringsten Versuch, das zu verbergen. Des weiteren spotteten sie der Gesetze der christlichen Ehe, sie lebten im Stande unverhohlener Unzucht mit Frauen und verweigerten diesen Frauen auch die geringste Schicklichkeit; ihre Gemeinschaftshütten stellten nichts anderes dar als Höhlen der Prostitution. Die ihre angestammte Muttersprache sprachen, führten während der Arbeit beständig gotteslästerliche Reden; die aber, welche die gebräuchliche Sprache der Erdarbeiter sprachen, waren nicht besser als die Errichter des Turmbaus zu Babel – und war der Turmbau nicht unvollendet geblieben und aller Länder Sprache verwirrt und die Erbauer zerstreut in alle Länder? Zum letzten und wichtigsten waren die Streckenarbeiter Gotteslästerer allein schon durch ihr Tun, da sie die Täler erhöhten und das Höckerichte schlicht machten zu ihren eigenen Zwecken, ohne des göttlichen Ratschlusses eingedenk zu sein und seiner spottend.

Der Bauer, dessen Felder bei Les Pucelles lagen, nickte dem Priester beifällig zu. Ging man nicht eigens dazu in die Kirche, um andere machtvoll angeprangert und damit die eigene Tugend stillschweigend bestätigt zu finden? Auch das Mädchen Adèle in der letzten Bank hatte aufmerksam und bisweilen mit offenem Mund gelauscht.

* * *

Das Grüppchen Franzosen, das zu regelmäßigen Gaffern bei den Schachtarbeiten geworden war, die Kunstfertigkeit der Karrenlaufschienen ebenso bestaunt hatte wie die Gefahren, denen sie trotzten, und nunmehr verstand, warum ein englischer Streckenarbeiter mit 3 Shilling 6 Pence bis zu 3 Shilling 9 Pence pro Tag entlohnt wurde, während sein französisches Pendant 1 Shilling 8 Pence bis 2 Shilling 3 Pence erhielt, besuchte die Eisenbahnbaustelle gegen Ende des Jahres 1845 ein letztes Mal. Der Viadukt von Barentin war nun beinahe vollendet. Über bereifte Felder hinweg betrachteten sie das Bauwerk: über 30 Meter hoch, eine Drittel Meile lang, mit siebenundzwanzig Bögen, die jeweils eine Spannweite von gut 15 Metern aufzuweisen hatten. Es hatte, wie Charles-André ihnen versicherte, etwa fünfzigtausend englische Pfund gekostet und sollte demnächst von dem Minister für Öffentliche Bauten und anderen hohen französischen Beamten inspiziert werden.

Dr. Achille musterte den sanften Bogen des Viadukts über die Talsohle hinweg und zählte leise die eleganten, symmetrischen Bögen ab. «Ich kann nicht begreifen», sagte er endlich, «warum mein Bruder, der ein Künstler sein will, die ungeheure Schönheit der Eisenbahn nicht erkennt. Warum lehnt er sie so vehement ab? Er ist zu jung, um so altmodisch zu sein.»

«Er ist wohl der Meinung», antwortete Madame Julie mit einigem Bedacht, «daß Fortschritte der Wissenschaft uns blind machen gegen moralische Schwächen. Sie wiegen uns in der Illusion, wir kämen voran, was dein Bruder für gefährlich erachtet. So sagt er wenigstens», fügte sie wie als Einschränkung hinzu.

«Das paßt zu seinem Charakter», sagte ihr Gatte. «Zuviel Verstand, um die schlichte Wahrheit zu erkennen. Sieh dir das Bauwerk da vor uns an. Ein Chirurg kann jetzt schneller anreisen, um das Bein eines Patienten zu retten. Wo ist da die Illusion?»

* * *

In den ersten Januartagen des Jahres 1846, kurz nach dem anerkennenden Besuch des französischen Ministers für Öffentliche Bauten, gingen in dem Gebiet nördlich von Rouen sintflutartige Regenfälle nieder. Am 10. Januar gegen sechs Uhr früh barst der fünfte Bogen des Viadukts von Barentin und stürzte ein. Die anderen Bögen folgten einer nach dem anderen, bis die gesamte Anlage in Trümmern auf dem aufgeweichten Talboden lag. Ob der Fehler in einer allzu hastigen Bauweise, minderwertigem heimischen Kalk oder den stürmischen Witterungsbedingungen lag, blieb unklar; die französischen Zeitungen, darunter auch der *Fanal de Rouen*, leisteten jedoch einer fremdenfeindlichen Reaktion auf die Katastrophe Vorschub. Nicht nur waren der Ingenieur Mr. Locke ebenso wie die Unternehmer Mr. Brassey und Mr. Mackenzie allesamt Engländer, sondern auch die meisten Arbeiter sowie die meisten Financiers des Vorhabens. Welches Interesse konnten sie verfolgen, außer Geld aus Frankreich herauszuholen und dabei mangelhafte Arbeit zu hinterlassen?

Der Curé von Pavilly fühlte sich bestätigt. Der Turmbau zu Babel war gefallen, und die Arbeiter waren verwirrt. Die Gott gelästert hatten, indem sie sich als die neuen Kathedralenerbauer bezeichneten, waren erniedrigt worden. Der HErr hatte sein Mißfallen gezeigt. Sollen sie ihren sinnlosen Prachtbau ruhig wieder aufbauen, so hoch sie wollen, denn nichts konnte nun die göttliche Geste tilgen. Die Sünde des Stolzes war bestraft worden; doch um sich nicht selbst auf diesen nämlichen Pfad locken zu lassen, widmete der Priester seine Predigt am darauffolgenden Sonntag dem Gebot der Wohltätigkeit. Der Bauer, dessen Felder bei Les Pucelles lagen, steuerte großzügiger als sonst zur Kollekte bei. Das Mädchen Adèle fehlte in der letzten Bank. Sie war in den vergangenen Wochen oftmals nicht im Dorf gewesen, und ihr Wortschatz war von seltsamen Mischlingswörtern verseucht. Nicht alle in Pavilly waren überrascht; ihre Herrin hatte oft bemerkt, daß Adèle wohl eher fett als ehrbar werden würde.

Mr. Brassey und Mr. Mackenzie hatte das Unglück von Barentin tief getroffen, doch sie reagierten mannhaft. Sie warteten weder Rechtsstreitigkeiten noch Schuldzuweisungen ab und machten sich umgehend auf die Suche nach mehreren Millionen neuer Ziegelsteine. Da sie den heimischen Kalk als mutmaßliche Ursache der Katastrophe ansahen, ließen sie hydraulischen Kalk aus entfernteren Regionen anliefern. Mit Tatkraft und Entschlossenheit sowie dem Geschick ihrer Arbeitskräfte gelang Mr. Brassey und Mr. Mackenzie der Wiederaufbau des Viadukts in weniger als einem halben Jahr, und sie trugen die gesamten Kosten selbst.

* * *

Der Curé von Pavilly blieb der Eröffnungszeremonie der Rouen and Le Havre Railway fern. Eine militärische Ehrenformation war angetreten, und es war gute Gesellschaft beiderlei Geschlechts zugegen, darunter auch Dr. Achille und Madame Julie. Priester in Chorröcken mit Flügelärmeln hielten dicke Kerzen empor, die bis zum Dampfdom der Lokomotive reichten. Der Ingenieur Mr. Locke und seine zwei Bauunternehmer zogen den Hut, während der Bischof die glänzende zylindrische Lokomotive abschritt, die Mr. William Buddicom, vormals Leitender Direktor in Crewe, in seiner neuen Fabrik in Sotteville gebaut hatte. Der Bischof besprengte die Feuerbüchse, den Dampfkessel und die Rauchkammer mit Weihwasser; er spritzte es zu dem Dampfabsperrhahn und den Sicherheitsventilen hinauf; dann ging er, als sei er noch nicht zufrieden, wieder zurück und besprühte die Räder, die Treibachse und die Pleuelstangen, die Puffer und den Schornstein und die Antriebskurbel und den Umlauf. Auch den Tender vergaß er nicht, in dem bereits mehrere hohe Würdenträger saßen. Er bedachte die Kuppeleisen, den Wasserkasten und die Stoßpuffer; er wässerte die Bremse, als sei er Sankt Christophorus persönlich. Die Lokomotive wurde gänzlich gesegnet, ihre Wege und Ziele dem Schutze Gottes und seiner Heiligen anbefohlen.

Später gab es ein Festmahl für die englischen Streckenarbeiter. Die französische Kavallerie stand Wache, während mehrere Ochsen gebraten wurden und die Arbeiter nach Herzenslust becherten. Sie blieben auch im Rausch gutmütig und schwangen hernach kräftig das Tanzbein, wobei sie ihre Partnerinnen mit dem sicheren Geschick dirigierten, das sie tagtäglich bei ihren Karren walten ließen. Adèle wurde zwischen Yorkey Tom und Straight-up Nobby herumgewirbelt. Als es dunkelte, ließen sie zur Feier des Tages Knallkapseln explodieren, und der plötzliche Lärm versetzte ängstliche Gemüter in Angst und Schrecken. Der *Fanal de Rouen* berichtete ausführlich über das Ereignis und erinnerte zwar noch einmal an den Einsturz des

Viadukts von Barentin, pries aber die homerische Statur der englischen Streckenarbeiter und stellte sie in gütiger Verwechslung der Kulturen noch ein letztes Mal auf eine Stufe mit den Erbauern der großen Kathedralen.

Zehn Jahre nach Eröffnung der Rouen and Le Havre Railway wurde Thomas Brassey für seine vielen Werke in Frankreich offiziell belohnt. Inzwischen hatte er auch die Orléans and Bordeaux Railway gebaut, die Amiens und Boulogne, die Rouen und Dieppe, die Nantes und Caen, die Caen und Cherbourg. Kaiser Napoleon III. lud ihn zu einem Diner in den Tuilerien. Der Unternehmer saß nicht weit von der Kaiserin und war besonders gerührt, daß sie so liebenswürdig war und zumeist englisch mit ihm sprach. Im Laufe des Abends verlieh der Kaiser der Franzosen Mr. Brassey feierlich das Kreuz der Légion d'honneur. Der ausländische Unternehmer nahm dieses Insigne mit den bescheidenen Worten entgegen: «Mrs. Brassey wird sich sehr darüber freuen.»

Experimente

Seine Geschichte hatte nicht immer denselben Anfang. In der bevorzugten Version war mein Onkel Freddy geschäftlich in Paris, als Reisender für eine Firma, die echtes Bohnerwachs herstellte. Er ging in eine Bar und bestellte sich ein Glas Weißwein. Der Mann neben ihm fragte, in welchem Bereich er tätig sei, und er antwortete: «Cire réaliste.»

Aber ich habe meinen Onkel das auch anders erzählen gehört. Zum Beispiel hatte ihn ein reicher Gönner nach Paris mitgenommen, wo er bei einer Autorallye als Franzer fungieren sollte. Der Fremde in der Bar (wir befinden uns jetzt übrigens im Ritz) war vornehm und überheblich, daher mußte sich meines Onkels Französisch dem Anlaß gewachsen zeigen. Als er nach dem Zweck seines Besuchs gefragt wurde, antwortete er: «Je suis, sire, rallyiste.» In einer dritten und, wie mir schien, ganz und gar unglaubwürdigen Version – doch schließlich ist das alltägliche Leben oft so widersinnig, daß das Widersinnige umgekehrt auch glaubwürdig sein kann – war der Weißwein vor meinem Onkel ein Reuilly. Dieser stammte, wie er dann gern erläuterte, von einer kleinen *appellation* an der Loire und war einem Sancerre nicht unähnlich. Mein Onkel war neu in Paris und hatte bereits mehrere Gläser zu sich genommen (der Ort der Handlung hatte sich in einen *petit zinc* im *quartier Latin* verlagert), daher geriet er, als der Fremde (der diesmal nicht überheblich war) ihn fragte, was er da trinke, in die Panik eines Menschen, dem eine fremdländische Wendung partout nicht einfallen will und der in seiner Verzweiflung zudem eine englische Redensart übersetzt. Er hielt sich an das idiomatische Muster: «I'm on the beer» und sagte daher: «Je suis sur Reuillys.» Als ich meinem Onkel einmal die Widersprüchlichkeit seiner Erinnerungen vorhielt, lächelte er zufrieden vor sich hin. «Phantastische Einrichtung, das Unterbewußtsein, nicht wahr?» gab er zurück. «So einfallsreich.»

Nahm der Trinknachbar verschiedene Erscheinungsformen an, so stellte er sich auch abwechselnd als Tanguy, Prévert, Duhamel und Unik vor; einmal sogar als Breton persönlich. Zumindest können wir uns des Datums dieser wenig vertrauenswürdigen Begegnung sicher sein: März 1928. Des weiteren ist – war – mein Onkel, darüber besteht selbst unter den vorsichtigsten Kommentatoren Einigkeit, niemand anders als der nur leicht verfremdete «T. F.», der in Gespräch 5(a) der bemerkenswert unplatonischen Debatten der surrealistischen Gruppe über Sexualität auftritt. Das Protokoll dieses Gesprächs wurde im Anhang zu den *Recherchen im Reich der Sinne: die zwölf Gespräche der Surrealisten über Sexualität 1928–1932* veröffentlicht. Aus den Aufzeichnungen geht hervor, daß mein Onkel mit an Sicherheit grenzender Wahrscheinlichkeit von Pierre Unik in die Gruppe eingeführt wurde und daß «T. F.» im Gegensatz zu den späteren Kapriolen seines Unterbewußtseins in Wirklichkeit auf Urlaub in Paris war.

Wir sollten dem unverdienten Entree meines Onkels im Kreis der Surrealisten nicht allzu viel Skepsis entgegenbringen. Immerhin ließen sie hin und wieder tatsächlich Außenstehende – einen exkommunizierten Priester, einen militanten Anhänger der Kommunistischen Partei – an ihren Gesprächen teilnehmen. Und vielleicht dachten sie, ein biederer neunundzwanzigjähriger Engländer, der ihnen vermutlich durch ein sprachliches Mißverständnis zugelaufen war, könnte den Rahmen ihrer Untersuchungen sinnvoll erweitern. Mein Onkel schrieb seine Zulassung gern dem französischen Diktum zu, in jedem Juristen schlummere ein Rest von einem Poeten. Ich gehöre wohlverstanden keiner dieser Welten an (und mein Onkel auch nicht). Ist diese Weisheit wahrer als ihr Gegenteil: daß in jedem Poeten ein Rest von einem Juristen schlummert?

Onkel Freddy hat behauptet, das Gespräch, an dem er teilnahm, habe in der Wohnung des Mannes stattgefunden, den er in der Bar kennengelernt hatte; das schränkt die Zahl der möglichen Schauplätze auf fünf ein. Meinem Onkel zufolge waren etwa ein Dutzend Gesprächsteilnehmer zugegen; den *Recherchen* zufolge waren es neun. Ich sollte klarstellen, daß Gespräch 5(a) erst 1990 veröffentlicht wurde und mein Onkel 1985 starb, so daß er sich stets nur mit selbstverschuldeten Widersprüchen konfrontiert sah. Des weiteren war die Geschichte von Onkel Freddy und den Surrealisten strikt – wie er sich ausdrückte – dem Herrenzimmer vorbehalten, wo sich erzählerische Libertinage eher schickte. Er ließ die Zuhörer lebenslanges Stillschweigen vis-à-vis Tante Kate schwören und verbreitete sich dann über die ungenierten Ausschweifungen des längst vergangenen Jahres 1928. Mal wollte er schockiert gewesen sein und versicherte, er habe an einem Abend unter Pariser Intellektuellen mehr Schweinereien zu hören bekommen als in drei Jahren Kasernenleben während des letzten Krieges. Ein andermal stellte er sich als englischen Lebemann dar, als Spaßvogel, als Dandy, der dieser Versammlung von Franzosen nur allzu gerne ein paar Tips, ein paar praktisch-technische Raffinessen zukommen ließ, da sie derart vergeistigt waren, daß ihre normalen sinnlichen Reaktionen seiner Ansicht nach Schaden litten.

Das veröffentlichte Gespräch bestätigt selbstverständlich weder die eine noch die andere Version. Wer die *Recherchen* gelesen hat, der kennt ihre seltsame Mischung von pseudowissenschaftlichen Fragestellungen und freimütig subjektiven Antworten. In Wahrheit redet jeder Mensch anders über Sex, genau wie jeder, so nehmen wir naturgemäß an, es anders tut. André Breton, die treibende Kraft der Gruppe, ist eine hochmütige, sokratische Gestalt, streng und gelegentlich abweisend («Keine Berührung an mir. Ich verabscheue das.»). Die anderen sind je nachdem gutmütig bis zynisch, selbstironisch bis prahlerisch, offenherzig bis satirisch. Zum Glück sind die Gespräche voller Humor; bisweilen einem der unfreiwilligen Art, durch das frigide Urteil der Nachwelt auferlegt; doch häufiger beabsichtigt, von der wehmütigen Anerkennung unserer menschlichen Schwächen gespeist. Zum Beispiel examiniert Breton in Gespräch 3 seine männlichen Gefährten, ob sie akzeptieren würden, daß eine Frau ihr Geschlecht berührt, wenn es nicht erigiert ist. Marcel Noll antwortet, er verabscheue das. Benjamin Péret sagt, er würde sich erniedrigt fühlen, wenn eine Frau das täte. Breton pflichtet ihm bei: Erniedrigt ist genau der richtige Ausdruck dafür, wie er sich fühlen würde. Worauf Louis Aragon erwidert: «Wenn eine Frau mein Geschlecht nur berühren würde, wenn es erigiert ist, dann wäre es nicht sehr oft erigiert.»

Aber ich schweife ab. Außerdem will ich mich wahrscheinlich vor dem Geständnis drücken, daß die Beteiligung meines Onkels an Gespräch 5(a), ehrlich gesagt, fast durchweg enttäuschend ist. Vielleicht beruht die Annahme, ein aufgrund eines verbalen Schnitzers in einer Bar aufgelesener Engländer hätte vor diesem bohrenden Tribunal wichtige Aussagen zu machen, auf einem falschen Demokratieverständnis. «T. F.» bekommt viele der üblichen Fragen gestellt: Unter welchen Bedingungen er den Liebesakt am liebsten vollzieht; wie er seine Unschuld verloren hat; inwieweit und mit welchem Verfahren er den Orgasmus der Frau erkennen kann; mit wie vielen Personen er geschlafen hat; wann er sich das letzte Mal selbst befriedigt hat; wie oft hintereinander er einen Orgasmus haben kann; und so weiter. Ich will die Antworten meines Onkels hier gar nicht erst wiedergeben, denn sie sind entweder banal oder entsprechen, wie ich vermute, nicht ganz der Wahrheit. Als Breton ihm die typische Kompaktfrage stellt: «Abgesehen von der Ejakulation in die Scheide, den Mund oder das Rektum der Frau, wo würden Sie diese Ejakulation gern stattfinden lassen, in der Reihenfolge Ihrer Vorliebe: 1. Achselhöhle, 2. zwischen die Brüste, 3. auf den Bauch?», antwortet Onkel Freddy – und hier muß ich aus dem Französischen zurückübersetzen, daher ist dies nicht als der genaue Wortlaut zu verstehen: «Ist die hohle Hand gestattet?» Befragt, welche sexuelle Stellung er am liebsten hat, antwortet mein Onkel, daß er gern auf dem Rücken liegt, die Frau aufrecht auf ihm sitzend. «Aha», sagt Benjamin Péret, «die sogenannte ‹faule Position›.»

Dann wird mein Onkel über den britischen Hang zur Somodie verhört, woraufhin er in die Defensive geht, bis sich herausstellt, daß nicht von Homosexualität die Rede ist, sondern von Sodomie zwischen Mann und Frau. Da ist mein Onkel perplex. «Das habe ich noch nie gemacht», erwidert er, «und ich habe auch nie gehört, daß jemand das macht.» – «Aber träumen Sie davon, es zu tun?» fragt Breton. «Ich habe nie davon geträumt, das zu tun», gibt «T. F.» eigensinnig zurück. «Haben Sie je davon geträumt, es in einer Kirche mit einer Nonne zu treiben?» lautet Bretons nächste Frage. «Nein, niemals.» – «Und mit einem Priester oder Mönch?» fragt Queneau. «Nein, auch nicht», ist die Antwort.

Es wundert mich nicht, daß Gespräch 5(a) in den Anhang verbannt ist. Verhörer wie Beichtbrüder sind lethargisch und bewegen sich in gewohnten Bahnen; der Überraschungsgast aber verweigert ständig die Aussage. Dann, gegen Ende des Abends, kommt ein Moment, wo die Anwesenheit des Engländers vorübergehend gerechtfertigt erscheint. Ich meine, hier sollte ich den vollen Wortlaut der Niederschrift anführen.

André Breton: Was halten Sie von der Liebe?

«T. F.»: Wenn zwei Menschen heiraten …

André Breton: Nein, nein, nein! Das Wort *Heirat* ist antisurrealistisch.

Jean Baldensperger: Was können Sie uns über sexuelle Beziehungen mit Tieren erzählen?

«T. F.»: Was meinen Sie damit?

JEAN BALDENSPERGER: Schafe. Esel.

«T. F.»: Bei uns in Ealing gibt es sehr wenig Esel. Wir hatten ein Kaninchen als Haustier.

JEAN BALDENSPERGER: Hatten Sie intime Beziehungen mit dem Kaninchen?

«T. F.»: Nein.

JEAN BALDENSPERGER: Haben Sie davon geträumt, intime Beziehungen mit dem Kaninchen zu haben?

«T. F.»: Nein.

ANDRÉ BRETON: Ich kann nicht glauben, daß Ihr Sexualleben so bar jeder Phantasie und jedes Surrealismus ist, wie Sie es hinstellen.

JACQUES PRÉVERT: Können Sie uns die wesentlichen Unterschiede zwischen sexuellen Beziehungen mit einer Engländerin und solchen mit einer Französin schildern?

«T. F.»: Ich bin erst gestern in Frankreich angekommen.

JACQUES PRÉVERT: Sind Sie frigide? Nein, seien Sie nicht beleidigt. Das sollte ein Scherz sein.

«T. F.»: Vielleicht kann ich etwas beitragen, wenn ich beschreibe, wovon ich früher einmal geträumt habe.

JEAN BALDENSPERGER: Hat es mit Eseln zu tun?

«T. F.»: Nein. Bei uns in der Straße wohnten einmal Zwillingsschwestern.

JEAN BALDENSPERGER: Und Sie wollten mit beiden gleichzeitig schlafen?

RAYMOND QUENEAU: Wie alt waren sie? Waren es junge Mädchen?

PIERRE UNIK: Lesbianismus erregt Sie? Schauen Sie gern zu, wenn Frauen einander liebkosen?

ANDRÉ BRETON: Bitte, meine Herren, lassen Sie unseren Gast sprechen. Ich weiß, wir sind Surrealisten, aber das ist ja das reinste Chaos.

«T. F.»: Ich habe mir diese Zwillingsschwestern, die äußerlich völlig gleich aussahen, immer angeschaut und mich gefragt, wie weit diese Gleichheit wohl geht.

André Breton: Sie meinen, wenn Sie mit einer schlafen würden, woher wüßten Sie dann, daß sie das ist und nicht die andere?

«T. F.»: Genau. So fing es an. Und das hat dann zu einer weiteren Frage geführt. Was wäre, wenn es zwei Menschen - zwei Frauen – gäbe, deren …

André Breton: Deren Sexualverhalten …

«T. F.»: Deren Sexualverhalten vollkommen gleich ist, aber in jeder anderen Hinsicht sind sie völlig verschieden.

Pierre Unik: Erotische Doppelgänger und gesellschaftliche Antipoden.

André Breton: Exakt. Das ist ein wertvoller Beitrag. Wenn ich mich unserem englischen Gast gegenüber so ausdrücken darf, sogar ein quasi surrealistischer Beitrag.

Jacques Prévert: Sie waren also noch nicht mit einer Französin im Bett?

«T. F.»: Ich hab doch gesagt, ich bin erst gestern angekommen.

Hier endet Onkel Freddys urkundlich belegte Teilnahme an Gespräch 5(a), das sich dann wieder bereits in Gespräch 3 erörterten Fragen zuwandte, nämlich der Unterscheidung zwischen Orgasmus und Ejakulation sowie dem Zusammenhang zwischen Träumen und dem Willen zum Masturbieren. Zu diesen Themen hatte mein Onkel offenbar wenig beizutragen.

Von diesem künftigen Beleg hatte ich natürlich keine Ahnung, als ich meinen Onkel zum letzten Mal sah. Das war im November 1984. Tante Kate war mittlerweile schon tot, und meine Besuche bei «T. F.» (wie ich ihn heute gern nenne) hatten sich mehr und mehr zu Anstandsvisiten entwickelt. Es kommt oft vor, daß Neffen die Tante lieber haben als den Onkel. Tante Kate war verträumt und nachsichtig; sie hatte etwas

Verschleiertes und Geheimniskrämerisches an sich. Onkel Freddy stand auf geradezu unanständige Weise mit beiden Beinen fest auf der Erde; er schien die Daumen in der Westentasche zu haben, selbst wenn er gar keine Weste trug. Seine innere wie äußere Haltung erweckte den einschüchternden Eindruck, daß er wußte, was wahre Männlichkeit ausmacht, daß seine Generation wie durch ein Wunder das labile Gleichgewicht zwischen der früheren Repression und der nachfolgenden Laxheit getroffen hatte und daß jede Abweichung von diesem *beau idéal* bedauerlich, wenn nicht geradezu pervers war. Infolgedessen war mir in der Gesellschaft des künftigen «T. F.» immer etwas unwohl zumute. Einmal verkündete er, als Onkel habe er die Pflicht, mich zum Weinkenner zu erziehen, doch seine Pedanterie und Schulmeisterei hat mir das Thema bis vor ganz kurzem verleidet.

Es hatte sich nach Tante Kates Tod eingebürgert, daß ich Onkel Freddy an seinem Geburtstag zum Essen ausführte und daß wir hinterher in seine Wohnung in der Nähe der Cromwell Road gingen und uns dumm und dämlich tranken. Ihm konnten die Folgen herzlich egal sein; ich aber mußte an meine Patienten denken und versuchte alljährlich zu vermeiden, daß ich so betrunken wurde wie im Jahr zuvor. Ich kann nicht behaupten, daß mir das je gelang, denn mein Vorsatz wurde zwar mit jedem Jahr stärker, doch die Gegenkraft von meines Onkels Langweiligkeit ebenso. Meiner Erfahrung nach gibt es verschiedene gute, wenn auch zweitrangige Gründe – Scham, Angst, Leid, Freude –, beim Trinken etwas über die Stränge zu schlagen, und einen erstrangigen Grund, sehr über die Stränge zu schlagen: Langeweile. Ich kannte einmal einen cleveren Alkoholiker, der steif und fest behauptete, er trinke, weil das Dinge in Gang setze, die er in nüchternem Zustand nie erlebte. Ich habe ihm das so halbwegs abgenommen, obwohl das Trinken meiner Meinung nach eigentlich nichts in Gang setzt, es hilft einfach nur über den Kummer hinweg, daß nichts in Gang kommt. Beispielsweise über den Kummer darüber, daß mein Onkel an seinem Geburtstag immer ganz besonders langweilig war.

Da knisterte das Eis, wenn es auf den Whisky traf, da pochte der Mantel des Gasheizofens, da entzündete Onkel Freddy seine – wie er behauptete – einzige Zigarre im Jahr, und die Konversation drehte sich wieder einmal um das, was bei mir jetzt Gespräch 5(a) heißt.

«Wie war das noch gleich, Onkel, was hast du da wirklich in Paris getrieben?»

«Hab versucht, meinen Mann zu stehen. Wie alle jungen Burschen.» Inzwischen waren wir bei unserer zweiten Halbliterflasche Whisky angelangt; es würde noch einer dritten bedürfen, bevor eine nur allzu willkommene Form der Narkose einträte. «Die Aufgabe des starken Geschlechts seit alters her, meinst du nicht auch?»

«Und – hast du?»

«Hab ich was?»

«Deinen Mann gestanden?»

«Für dein Alter hast du eine ganz schön schmutzige Phantasie», sagte er mit der jäh ausschlagenden Aggressivität, die aus dem Alkohol erwächst.

«Der Apfel fällt nicht weit vom Stamm, Onkel Freddy.» Das war natürlich nicht ernst gemeint.

«Hab ich dir eigentlich schon erzählt …», und damit war er in seinem Fahrwasser, wenn dieser Ausdruck nicht eine zu lebhafte Vorstellung von Geradlinigkeit und Zielbewußtsein vermittelt. Diesmal wollte er wieder als Kartenleser und Mechaniker für irgendeinen englischen Lord in Paris gewesen sein.

«Was für ein Auto war es denn? Nur so interessehalber.»

«Ein Panhard», antwortete er hochnäsig. Es war immer ein Panhard, wenn er diese Version erzählte. Ich pflegte mich mit der Frage zu zerstreuen, ob durch solche Konsequenz auf seiten meines Onkels dieses Element der Geschichte eher wahr oder eher falsch wurde.

«Und wohin ging die Rallye?»

«Über Berg und Tal, mein Junge. Hierhin und dorthin. Von einem Landesende zum anderen.»

«Und du hast versucht, deinen Mann zu stehen.»

«Man sollte dir deinen losen Mund verbieten.»

«Der Apfel fällt nicht weit ...»

«Also, ich war da in dieser Bar ...»

Ich ließ ihm die nötigen Fragen angedeihen, bis er den üblichen Höhepunkt seiner Geschichte erreichte, der eines der wenigen Momente war, in denen mein Onkel mit dem später veröffentlichten Gespräch 5(a) übereinstimmte.

... und da sagt mein Kumpel zu mir: ‹Hast du es schon mit einem französischen Mädchen getrieben?›, und ich sag: ‹Laß mir ein bißchen Zeit, ich bin doch erst gestern vom Schiff gestiegen!›»

Normalerweise hätte ich eine Reihe geheuchelter, ersterbender Gluckser von mir gegeben, noch etwas Scotch nachgeschenkt und auf Onkel Freddys nächstes Thema gewartet. Diesmal wollte ich seinen Schluß aus irgendeinem Grund nicht hinnehmen.

«Und – hast du?»

«Hab ich was?»

«Es mit einem französischen Mädchen getrieben?»

Das war gegen die Spielregeln, und seine Antwort war so etwas wie ein Rüffel; jedenfalls faßte ich es so auf. «Deine Tante Kate war so rein wie frischer Schnee», verkündete er mit einem Hickser. «Die Sehnsucht wird ja nicht weniger mit den Jahren. Ich kann es kaum erwarten, wieder bei ihr zu sein.»

«Nun laß mal nicht den Kopf hängen, Onkel Freddy.» Solche Redensarten gebrauche ich normalerweise nicht. Um ein Haar hätte ich hinzugefügt: «Du bist doch noch ganz gut beieinander», so wirkte der ansteckende, ja pestilenzartige Einfluß meines Onkels. Statt dessen fragte ich noch einmal: «Und hast du es nun mit einem französischen Mädchen getrieben?»

«Daran hängt ein Märlein, mein Junge, und das hat keine Menschenseele je vernommen.»

Ich glaube, wenn ich an der Stelle echtes Interesse gezeigt hätte, dann hätte ich ihn womöglich noch abgeschreckt, aber ich war in ein bedrückendes Nachsinnen darüber verfallen, daß mein Onkel nicht nur ein alter Langweiler, sondern geradezu die Karikatur eines alten Langweilers war. Warum schnallte er sich nicht ein Holzbein an und hüpfte tonpfeifenschwenkend in einer auf gemütlich getrimmten Kneipe herum? «Daran hängt ein Märlein, und das hat keine Menschenseele je vernommen.» So redete doch kein Mensch mehr. Nur mein Onkel, und zwar gerade eben.

«Sie haben da nämlich was für mich arrangiert.»

«Wer hat was für dich arrangiert?»

«Die Surrealistenbande. Meine neugewonnenen Freunde.»

«Du meinst, sie haben dir einen Job besorgt?»

«Bist du heute dämlich oder bloß normal? Ich kann das gar nicht mehr auseinanderhalten. Sie haben was mit einer Frau für mich arrangiert. Mit zwei Frauen, genauer gesagt.»

Da wurde ich hellhörig. Selbstverständlich glaubte ich meinem Onkel nicht. Wahrscheinlich war er es leid, daß er mit der x-ten Neuauflage der Geschichte «Wie ich die Surrealisten kennenlernte» so gar keinen Eindruck schinden konnte, und hatte sich einen neuen Schnörkel zurechtgelegt.

«Weißt du, meiner wohlerwogenen Meinung nach waren diese Versammlungen ... Die wollten alle zusammenhocken und Zoten reißen, aber das durften sie nicht zugeben, und darum haben sie gesagt, da steckt ein wissenschaftlicher Zweck dahinter. In Wirklichkeit konnten sie gar nicht besonders gut Zoten reißen. Regelrecht verklemmt, würd ich sagen. Intellektuelle. Kein Temperament im Leib, alles bloß Ideen. Mein Gott, in meinen drei Jahren bei der Armee ... «

Dieses rituelle Ablenkungsmanöver erspare ich uns.

«... ich hab also geahnt, worauf sie aus waren, aber den Gefallen wollte ich ihnen nicht tun. Das ist doch fast, als ob man sein Land verrät, Zoten reißen vor einer Gruppe von Ausländern. Unpatriotisch, meinst du nicht auch?«

«Hab's nie versucht, Onkel.»

«Ha. Du hast heute aber ein freches Mundwerk. Hab's nie versucht. Genau wie die, die wollten auch wissen, was ich nie versucht hatte. Das Problem bei solchen Leuten ist, wenn du sagst, du hast das und das nie machen wollen, dann nehmen sie dir das nicht ab. Ja, bloß weil du sagst, du willst das und das *nicht* machen, unterstellen sie dir, daß du im tiefsten Innern geradezu platzt, genau das zu machen. Bekloppt, was?»

«Schon möglich.»

«Daher hielt ich es für meine Pflicht und Schuldigkeit, das Niveau der Zusammenkunft zu heben. Lach nicht, ich weiß, was ich sage. Wart nur, bis du mal mit einem Haufen Intellektueller zusammensitzt, die allesamt über ihr bestes Stück reden. Ich sag also, ich hab eine knifflige Frage. Mal angenommen, es gibt zwei Mädchen, die im Bett genau gleich sind. Ganz genau gleich, so daß man mit geschlossenen Augen keinen Unterschied feststellen kann. Das wär doch was, sag ich. Und auf dieses Problem waren die mit ihrem ganzen Grips noch nicht gekommen. Die haben vielleicht geguckt, das kann ich dir sagen.»

Wundert mich gar nicht. Das ist eine der Fragen, die man gemeinhin nicht stellt. Weder in bezug auf sich selbst (gibt es noch jemand, der es genauso macht wie ich, ohne jeden Unterschied?) noch in bezug auf andere. Beim Sex nehmen wir Besonderheiten wahr und keine Gemeinsamkeiten. Sie/er ist/war gut/nicht so gut/umwerfend/ein bißchen langweilig/unglaubwürdig oder sonstwas; aber in aller Regel denken wir nicht, oh, mit der ins Bett zu gehen war fast so wie mit der und der vor ein paar Jahren. Wirklich und wahrhaftig, wenn ich die Augen zumache ... So denken wir im allgemeinen nicht. Zum Teil wohl aus Höflichkeit, aus dem Wunsch heraus, die Individualität anderer Leute zu wahren. Und vielleicht aus

Angst, wenn man das mit denen macht, dann fangen sie am Ende womöglich an, umgekehrt über einen selbst genauso zu denken.

«Meine neuen Freunde haben also was für mich arrangiert.»

«...?»

«Sie wollten sich für meinen Beitrag zu ihren Debatten erkenntlich zeigen. Wo ich ihnen doch so eine Hilfe war. Der Bursche, den ich in der Bar kennengelernt hab, hat gesagt, er würde sich bei mir melden.»

«Mittlerweile sollte doch sicher die Rallye anfangen, Onkel?» Na ja, der Versuchung konnte man nur schwer widerstehen.

«Am nächsten Tag kam er an und sagte, die Gruppe will mir ein Geschenk machen, ein surrealistisches Geschenk, wie er sich ausdrückte. Es hatte sie gerührt, daß ich bislang noch nicht die Gunst eines französischen Mädchens genossen hatte, und sie waren gewillt, diesem Mißstand abzuhelfen.»

«Wie außerordentlich großzügig.» Was für eine außerordentliche Phantasie, dachte ich in Wirklichkeit.

«Er hat gesagt, sie hätten mir für den nächsten Tag um drei Uhr nachmittags in einem Hotel bei der Kirche Saint-Sulpice ein Zimmer reserviert. Er hat gesagt, er wäre auch da. Das kam mir etwas komisch vor, aber andererseits – einem geschenkten Gaul und so weiter. ‹Was wollen Sie denn da?› hab ich gefragt. ‹Ich brauch niemand zum Händchenhalten.› Da hat er mir das Arrangement erklärt. Ich sollte an einem Test teilnehmen. Sie wollten wissen, ob Sex mit einer Französin anders ist als Sex mit einer Engländerin. Ich hab gesagt, wieso sie denn mich dazu brauchen, um das herauszufinden. Sie haben gesagt, sie glauben, ich wäre unverfälschter in meinen Reaktionen. Womit sie wohl meinten, ich würde nicht wie sie rumsitzen und mir ständig Gedanken darüber machen.

Ich hab gesagt: ‹Bloß daß ich das recht versteh. Ich soll mich also ein paar Stunden mit einem französischen Mädchen vergnügen und dann am nächsten Tag vorbeikommen und Ihnen berichten, wie's war?› – ‹Nein›, sagt der Bursche, ‹nicht am nächsten Tag, am übernächsten. Für den *nächsten* Tag haben wir Ihnen dasselbe Zimmer mit einem anderen Mädchen reserviert.› – ‹Das ist aber nobel›, sag ich, ‹zwei französische Mädchen für einen Preis.› – ‹Nicht ganz›, sagt er, ‹eine davon ist Engländerin. Sie sollen herausfinden, wer was ist.› – ‹Na ja›, sag ich, ‹dazu brauch ich bloß Bonjour zu sagen und sie mir anzuschauen.› – ‹Genau darum›, sagt er, ‹dürfen Sie nicht Bonjour sagen, und Sie dürfen sie nicht anschauen. Wenn Sie kommen, bin ich schon da und verbinde Ihnen die Augen, dann laß ich das Mädchen rein. Wenn sie weg ist und Sie hören die Tür zuklappen, dann können Sie die Augenbinde abnehmen. Was meinen Sie dazu?›

Was ich dazu meinte? Tja, ich war völlig geplättet. Eben hatte ich noch gedacht, einem geschenkten Gaul guckt man nicht ins Maul, und jetzt ging es darum, daß ich *zwei* geschenkten Gäulen nicht ins Maul oder sonstwohin gucke. Was ich dazu meinte? Von Mann zu Mann, mir war, als wär Ostern und Weihnachten auf einen Schlag. Ein Teil von mir war nicht so wahnsinnig begeistert von der Sache mit der Augenbinde; aber, von Mann zu Mann, ein anderer Teil von mir um so mehr.»

Ist es nicht erbärmlich, was alte Männer über ihre Bettgeschichten von früher zusammenlügen? Was könnte offenkundiger von A bis Z erfunden sein? Paris, Jugend, eine Frau, *zwei* Frauen, ein Hotelzimmer am Nachmittag, alles von anderen in die Wege geleitet und bezahlt? Mir kannst du doch nichts vormachen, Onkel. Zwanzig Minuten in einem *hôtel de passe* mit einem rauhen Handtuch und nachfolgendem Tripper, das kommt schon eher hin. Wozu brauchen alte Männer diesen Trost? Und was für abgedroschene Handlungsabläufe sie sich da zusammenfaseln. Okay, Onkel, nun spul mal deinen Softporno ab. Das mit dem Franzen bei der Rallye vergessen wir vorerst.

«Also hab ich gesagt, ich bin dabei. Und am nächsten Nachmittag bin ich dann zu dem Hotel hinter der Saint-Sulpice gegangen. Es hat angefangen zu regnen, und ich mußte von der Métrostation aus rennen, und als ich ankam, war ich völlig verschwitzt.» Nicht schlecht – ich hatte einen strahlenden Frühlingstag erwartet samt Ziehharmonikaspielern, die ihn mit ihren Ständchen durch die Jardins du Luxembourg geleiteten. «Ich kam in das Zimmer, der Bursche war da, nahm mir Hut und Mantel ab. Ich hatte eigentlich nicht vor, mich vor dem edlen Spender splitternackt auszuziehen, wie du dir vielleicht denken kannst. Er sagte: ‹Keine Sorge, den Rest besorgt sie.› Er hat mich einfach da aufs Bett gesetzt, mir so einen Schal um den Kopf gewickelt, zwei Knoten reingemacht, mir mein großes englisches Ehrenwort abgenommen, daß ich nicht gucke, und ist gegangen. Ein paar Minuten später hörte ich, wie die Tür aufging.»

Mein Onkel stellte seinen Whisky hin, legte den Kopf zurück und machte die Augen zu, um so der Erinnerung an etwas nachzuhängen, das er ja sowieso nicht gesehen hatte. Nachsichtig ließ ich ihn die Pause hinausziehen. Schließlich sagte er: «Und dann am nächsten Tag. Wieder. Geregnet hat es auch wieder.»

Der Gasheizofen hielt geräuschvoll den Atem an, die Eiswürfel trillerten in meinem Glas, als wollten sie Onkel Freddy auf die Sprünge helfen. Doch der wollte anscheinend nicht weitererzählen. Oder vielleicht war er wirklich am Ende. So ging das nicht. Das war ja – wie soll ich sagen? – erzählerische Schwanztriezerei.

«Und?»

«Und», wiederholte mein Onkel leise. «Nichts – und.»

Einen Moment lang saßen wir schweigend da, bis ich mir die Frage nicht länger verkneifen konnte. «Und was *war* nun der Unterschied?»

Onkel Freddy stieß, noch immer mit dem Kopf im Nacken

und fest geschlossenen Augen, einen Laut aus, ein Mittelding zwischen Seufzen und Wimmern. Endlich sagte er: «Das französische Mädchen hat mir die Regentropfen vom Gesicht geleckt.» Er machte die Augen wieder auf und zeigte mir seine Tränen.

Ich war seltsam berührt. Gleichzeitig war ich auf lustlose Weise mißtrauisch, aber das hinderte mich nicht, gerührt zu sein. *Das französische Mädchen hat mir die Regentropfen vom Gesicht geleckt.* Jetzt konnte sich mein Onkel – ob glaubwürdiger Lügner oder rührseliger Erinnerungsschwelger – meines Neides sicher sein.

«Du hast es gemerkt?»

«Was gemerkt?» Er wirkte halb abwesend, von Erinnerungen gezwirbelt und gekitzelt.

«Welche die Engländerin und welche die Französin war?»

«O ja, ich hab es gemerkt.»

«Woran?»

«Was glaubst du?»

«Knoblauchgeruch?»

Er lachte in sich hinein. «Nein. Tatsächlich haben beide Parfüm getragen. Ziemlich starkes sogar. Nicht das gleiche, natürlich.»

«Das heißt ... sie haben verschiedene Sachen gemacht? Oder war es die Art, wie sie es gemacht haben?»

«Betriebsgeheimnis.» Jetzt setzte er wieder seine selbstgefällige Miene auf.

«Nun sag schon, Onkel Freddy.»

«Ich hab es mir stets zur Regel gemacht, meine Freundinnen nicht zu verpfeifen.»

«Onkel Freddy, du hast sie nie zu Gesicht bekommen. Sie wurden dir zur Verfügung gestellt. Das waren doch keine Freundinnen.»

«Für mich ja. Alle beide. So habe ich sie empfunden. So habe ich sie immer angesehen.»

Es war schier zum Verzweifeln, nicht zuletzt deshalb, weil ich mich hatte verleiten lassen, den Hirngespinsten meines Onkels Glauben zu schenken. Und wozu denkt sich jemand eine Geschichte aus und behält dann das Wesentliche für sich?

«Aber du kannst es mir doch erzählen, Onkel, schließlich hast du es denen auch erzählt.»

«Denen?»

«Der Gruppe. Du hast ihnen am nächsten Tag Bericht erstattet.»

«Tja, ein Engländer steht zu seinem Wort, und Ausnahmen bestätigen die Regel. Du bist alt genug, um das zu wissen. Und außerdem ... um die Wahrheit zu sagen, ich hatte so das Gefühl, nicht so sehr beim ersten Mal, aber das zweite Mal deutlicher, daß ich beobachtet werde.»

«Saß da jemand im Kleiderschrank?»

«Ich weiß nicht. Wie und wo. Ich hab's nur irgendwie gespürt. Ich kam mir deshalb ein bißchen schäbig vor. Und wie gesagt, ich hab's mir zur Regel gemacht, meine Freundinnen nie zu verpfeifen. Also hab ich tags darauf die Fähre nach Hause genommen.»

Und damit die Autorallye oder die Karriere in echtem Bohnerwachs, oder was es sonst gewesen sein mochte, in den Wind geschlagen.

«Und *das*», fuhr mein Onkel fort, «war das Klügste, was ich je getan habe.» Er sah mich an, als hätte seine ganze Geschichte auf diesen Moment abgezielt. «Denn da hab ich deine Tante Kate kennengelernt. Auf der Fähre.»

«Davon hab ich ja überhaupt nichts gewußt.»

«Warum solltest du auch. Im selben Monat verlobt, in drei Monaten verheiratet.»

Wahrlich ein umtriebiger Frühling. «Und was hat *sie* zu deinem Abenteuer gesagt?»

Seine Miene wurde wieder verschlossen. «Deine Tante Kate war so rein wie frischer Schnee. Ich hätte darüber ebensowenig gesprochen wie … mir in der Öffentlichkeit in den Zähnen herumzustochern.»

«Du hast ihr nie davon erzählt?»

«Kein Sterbenswörtchen. Überhaupt, sieh das doch mal von ihrer Warte aus. Sie lernt einen vielversprechenden Burschen kennen, ist ein bißchen verschossen in ihn, fragt, was er in Paris so getrieben hat, und er erzählt ihr, er hätte pro Tag ein Mädchen flachgelegt und vorher versprochen, danach wiederzukommen und über sie Zoten zu reißen. Da wäre sie doch nicht lange in ihn verschossen, oder?»

Meiner beschränkten Wahrnehmung zufolge waren Tante Kate und Onkel Freddy einander herzlich zugetan. Seine Trauer über ihren Tod hatte, selbst wenn sie durch Alkohol ins Melodramatische gesteigert war, ganz echt gewirkt. Daß er sie um sechs Jahre überlebte, schrieb ich lediglich dem Zwang der Gewohnheit zu. Zwei Monate nach diesem letzten Geburtstagsabend gab er diese Gewohnheit auf. Die Beerdigung war wie üblich spärlich besucht und peinlich: Ein surrealistischer Kranz mit einem obszönen Motiv wäre da ganz nützlich gewesen.

Fünf Jahre später erschienen die *Recherchen im Reich der Sinne*, und die Geschichte meines Onkels wurde teilweise bestätigt. Auch meine Neugier und Frustration lebte wieder auf; ich saß da und zerbrach mir den Kopf über dieselben alten Fragen. Es ärgerte mich, daß mein Onkel die Schotten dicht gemacht hatte und mich mit nichts als *«Das französische Mädchen hat mir die Regentropfen vom Gesicht geleckt»* sitzenließ.

Wie bereits erwähnt, wurde das Zusammentreffen meines Onkels mit der surrealistischen Gruppe in den Anhang verbannt. Die *Recherchen* haben natürlich einen ausgedehnten Apparat: Vorwort, Einführung, Text, Anmerkungen, Fußnoten zum Text, Fußnoten zu den Anmerkungen, Fußnoten zu den Fußnoten. Wahrscheinlich habe ich als einziger etwas entdeckt, das bestenfalls für die Familie interessant ist. In Fußnote

23 zu Gespräch 5(a) steht, der mit «T. F.» bezeichnete Engländer sei einmal Gegenstand eines sogenannten «Versuchs einer Untermauerung der surrealistischen Theorie (vgl. Fußnote 12 zu Anmerkung 3)» gewesen, doch seien keine Aufzeichnungen über das Ergebnis erhalten. Fußnote 12 zu Anmerkung 3 schildert diese «Versuche einer Untermauerung» und erwähnt auch, daß bisweilen eine Engländerin daran beteiligt war. Diese Frau heißt dort einfach nur «K».

Mir fallen nur zwei abschließende Bemerkungen zu der Sache ein. Die erste ist, wenn Wissenschaftler Freiwillige zu ihren Forschungsprojekten heranziehen, dann enthalten sie diesen Beteiligten häufig den wahren Zweck der Untersuchung vor, da sie fürchten, dieses Wissen könne, bewußt oder unbewußt, die methodische Sauberkeit und die Exaktheit der Ergebnisse beeinträchtigen.

Der zweite Gedanke ist mir erst kürzlich gekommen. Vielleicht erwähnte ich schon, daß ich mich neuerdings für Wein interessiere. Ich gehöre einer kleinen Gruppe an, die sich zweimal im Monat trifft: Jeder von uns bringt eine Flasche mit, und dann wird der Wein blind verkostet. Meistens raten wir falsch, manchmal raten wir richtig, obwohl es eine knifflige Sache ist, was dabei nun falsch ist und was richtig. Wenn ein Wein für jemanden wie ein junger australischer Chardonnay schmeckt, dann ist er das in gewissem Sinne auch. Das Etikett mag ihn später als teuren Burgunder ausweisen, aber wenn er das im Mund nicht war, dann kann er nie wirklich dazu werden.

Das wollte ich eigentlich nicht sagen. Ich wollte sagen, daß wir vor ein paar Wochen eine Gastreferentin hatten. Das war eine bekannte diplomierte Weinprüferin, und sie hat uns etwas Interessantes erzählt. Wenn man eine Magnumflasche nimmt und in zwei verschiedene Flaschen dekantiert und diese blind verkostet, dann kommen selbst ausgefuchste Trinker so gut wie nie darauf, daß der Wein in diesen beiden Flaschen in Wirklichkeit ein und derselbe ist. Die Leute gehen davon aus, daß alle Weine verschieden sind, und daher verkündet ihr Gaumen beharrlich, sie seien es auch. Sie meinte, das sei ein sehr aufschlußreiches Experiment, und daß es so gut wie immer klappt.

Melonen

Meine liebste Cousine –

Eine Woche ehe Mr. Hawkins & ich aufbrachen, necktest Du mich mit artigem Spott wegen der Eitelkeit meiner Expedition – daß ich gewiß die Gesellschaft suchen werde, welche der meinen am ähnlichsten sei, & die resultierenden Erfahrungen nicht mehr als das wechselseitige Lecken von Bärenwelpen – & Du trugst mir auf, ich solle kultiviert & geputzt heimkehren wie ein holländischer Skipper vom Walfischfang. Aus eben diesem Grunde ordnete ich unlängst Änderungen unseres Reiseweges an – & sollte der Überfall von Briganten, die Nachlässigkeit eines Landarztes oder das Gift einer Viper mich dahinraffen, so bist Du die Ursach, Mademoiselle Evelina – denn es ist Dein Werk, daß wir von unserem Kurs auf Italien abwichen und nach Montpelier kamen. Mr. Hawkins wußte hinsichtlich unseres veränderten Reiseziels einige Bemerkungen zu machen – daß er Dich nie als eine solche Autorität auf dem Gebiete der französischen Geographie gekannt, habest Du Dich doch nicht näher an Gallien gewagt als bis zu der Bibliothek in Nesfield.

Meine Bemerkungen über Briganten & Vipern waren nicht ernsthafter Natur, Evelina – Du darfst solches nicht denken, noch Dich verantwortlich halten, sollte Mr. Hawkins & mir etwas widerfahren – obendrein ist er, wie ich Dir bereits sagte, mit einem Musketon bewaffnet, welches Briganten & Vipern gleichermaßen verschrecken muß. Montpelier ist in jedem Fall eine hübsche Stadt – sie ist bien percée, um den französischen Ausdruck zu gebrauchen, & in der Tat bin ich ein solcher Galloman geworden, daß ich mich kaum auf die englischen Pendants der französischen Ausdrücke besinne, welche ich verwende. Es ist, wie wir es ausdrücken würden, eine gefällig angelegte Stadt – wir haben im Cheval Blanc Logis genommen, welches für die beste auberge der Stadt geachtet wird, doch Mr. Hawkins kondemniert es als ein erbärmliches Loch, wo der Reisende gerupft werde wie ein Zugvogel und jede Hand sich strecke, eine Feder auszureißen. Mr. Hawkins hat keine hohe Meinung von den französischen Wirtshäusern und behauptet, ihre Qualität habe sich nicht gebessert, seit er zuletzt in Frankreich weilte, nämlich zu Zeiten Charlemagnes, als Du noch in den Kinderschuhen stecktest, liebe Cousine – ich aber bin diesbezüglich generöser oder toleranter disponiert – & nebst alledem gehört das Aushandeln von Preisen & der Umgang mit Spitzbuben ohnedies zu Hawkins' Behuf. Du hast nicht Briefe von mir verlangt, um solches zu erfahren, des bin ich mir sicher. Montpelier ist eine hübsche Stadt & ein Wallfahrtsort für Menschen von angegriffener Gesundheit, was Mama zweifelsohne gefallen wird – die Butter ist eigentümlich, doch wie mich dünkt recht gut, sie ist von purem Weiß und kommt im Aussehen Haarpomade gleich – wir konnten in mehreren Etablissements in Folge kein heißes Wasser zur Bereitung unseres Tees finden, welches meinem grollenden Tutor mißfiel, wie Du denken kannst, & mein Hinweis, die Hitze des Tages tue Dienst für die fehlende Hitze des Wassers, fand bei ihm keinen Widerhall. Er zeigt eine Neigung, sich gegen mich zu verhalten, als sei er ein Arzt & ich ein geistesschwacher Jüngling, was ich überaus verdrießlich finde. Er achtet meine wiedererlangte Munterkeit den Umständen nach für exzessiv, wie ich seine Impertinence. Auf unserem Weg nach Montpelier kamen wir ungefähr acht Leagues von hier entfernt durch Nismes und konnten die römischen Altertümer betrachten, über welches Thema Mr. Hawkins recht viel zu sagen wußte – der Pont Du Garde ist wahrlich ein würdiges Bauwerk, von welchem ich zu Deinem Pläsier eine Zeichnung gefertigt habe.

Nach Lyons durchreisten wir Burgund, wo wir unsere Bildung vertiefen und die vandange beobachten konnten. Die Hügel und Berge dieser Region scheinen recht von Gott angelegt, auf daß die Weinstöcke, welche vom nördlichen bis zum südlichen Ende jeden Hang bedecken, Phaethons Gaben in aller Fülle empfangen. Die Weintrauben liegen wie Perlen an den Ästen & sind gar mit Dorn & Dickicht der Hecke verflochten – Mr. Hawkins & ich achteten es für unsere Pflicht, das Ergebnis ihres Auspressens zu versuchen – in Wahrheit war der Burgunderwein, den wir dort fanden, wasserig & ohne Gehalt verglichen mit jedem, den man in London kaufen mag, & meine Laune, auf dem Rückweg ein Faß des neuen Jahrgangs zu erwerben, ward am Wegesrande abgelegt – es ist darum wahrscheinlich, daß der beste Wein des Burgunderlands exportiert & im Ausland verkauft wird – denn als wir in der Dauphiné eintrafen, so tranken wir einen eremitage geheißenen Wein, welcher jene Kraft enthielt, die wir in Burgund nicht finden konnten – er wurde um drei Livre die Flasche verkauft – auch entdeckten wir eine alembic geheißene eisenradbewehrte Maschine, welche von Dorf zu Dorf rollt zu dem Behuf, den hiesigen Wein zu Branntwein zu destillieren – dies wird für Dich nicht von dem höchsten Interesse sein, fürchte ich.

Ich erröte ob der Erinnerung an meine ersten Briefe – & würde sie gern zurückerbitten, gäbe es eine Art & Weise, dies zu bewirken – das waren Briefe von einem jungen Dachs & einem verwöhnten obendrein, der sich nach seiner Cousine sehnte & Verschiedenheit für bloße Kuriosität ansah – demungeachtet glaube ich weiterhin, daß die stinkende Makrele & der Salat von stinkendem Öl & die Omelette von stinkenden Eiern, welche uns in Saint Omer der Hunger hinunterzuschlingen zwang, ganz wahrhaftig geschildert waren. Doch hatte ich da meine Melancholie noch nicht abgeschüttelt, und es dauert mich, daß mich bei Gelegenheit Argwohn und Feindseligkeit überkamen. Daß die Postillione ein Zöpfchen tragen und in Stiefel so groß wie Milchkannen springen, während sie noch die Last der Schuhe tragen – daß die Gentlemen von Paris an schönen Tagen einen Schirm gegen die Sonne über dem Kopfe halten – daß dieselben Gentlemen die Dienste eines Barbiers für ihren Hund in Anspruch nehmen – daß die Pferde elend anzusehen sind – daß Limonade auf offener Straße verkauft wird – ich habe nunmehr ein freundlicheres Verständnis von diesen Dingen als damals – & ein freundlicheres Verständnis als der häufig transpirierende & übellaunige Mr. Hawkins wohl je haben wird.

Es ist indes wahr, daß manche Wirtshäuser in der Tat garstig sind & daß wir mehr als einmal Zeugen waren – nein, meine Liebe, solches mußt Du nicht erfahren, sonderlich in einem Brief, welchen Deine Schwester Deinem Griff entwinden könnte. Dies Land besitzt zwei Aspekte, an welche ich mich, so französisiert ich bin, noch immer mit Mühe gewöhne – die infernalische Unterteilung des Kalenders in jours maigres & jours gras – beständig vernehmen wir den Schrei jour maigre, wann immer der Magen nach einem guten Beefsteak verlangt – die Franzosen würden eher einen gemeinen Mord begehen, als am falschen Tag den falschen Teil der Schöpfung Gottes zu verschlingen – es ist alles überaus verdrießlich & Gott segne England als Hort der Vernunft. Auch kann ich mich nicht gewöhnen, daß es an schönen Frauenzimmern fehlt, welche man anschauen möchte – es ist wahrhaftig ein gar dunkler Menschenschlag, & von Boulogne bis Paris & von Paris bis Lyons erblickten wir nichts als Frauen, welche gerade so gut hätten Maultiertreiber sein können – in einem Gasthaus südlich von Lyons, als wir bei unserem Abendbrote saßen, kam endlich ein schönes Frauenzimmer herein & die ganze Gesellschaft, Franzosen & Reisende zollten ihr beifällig Tribut, woran sie augenscheinlich gewöhnt war – Du darfst Dich daran nicht stören – ich schaue jeden Abend auf das Medaillon, ehe ich meine Gebete spreche.

Das gemeine Volk ist viel schmutziger als das gemeine Volk in England – sie sind mager & halb verhungert – doch ist ihr Hunger nicht derart, sie von Übellaunigkeit, Unzüchtigkeit & Verbrechen abzuhalten – es ist natürlich ein leidenschaftlicher Menschenschlag – in Montpelier beobachtete ich, wie ein Kutscher ein Pferd peitschte, welches auf der Straße in die Knie gefallen war & nicht wieder aufstehen konnte – es war grausam anzusehn – Hawkins untersagte mir einzuschreiten, wie ich es in Nesfield getan hätte – & als er das Tier fertig gepeitscht hatte, kam sein Herr aus dem Haus & peitschte wiederum den Kutscher aus, bis daß der Bursche auf den Knien lag wie das Pferd neben ihm – dann retirierte der Herr in das Haus & der Kutscher umschlang den Hals des Pferdes – ich ziehe keine Lektion daraus, doch wollte ich mit der Schilderung der Grausamkeiten beginnen, welche ich gesehen habe, so würdest Du mir auftragen zurückzukehren, ohne Italien je erblickt zu haben.

Der vornehme Stand achtet meinem Urteil nach mehr auf sich als in England – hingegen ist das gemeine Volk bei uns weniger schmutzig & weniger schlampicht als sein französisches Pendant – der vornehme Stand hier würde seine Überkleider nicht vernachlässigen, wie ein Engländer es leichten Herzens täte – der Franzose muß seinen Tressenrock & sein gepudertes Haar haben & muß sauber & gut gekleidet auftreten – demungeachtet mag sein Haus oft voller Unrat & Schmutz sein, wie ein Engländer es nicht ertrüge – es ist fast wie ein Rätsel aus der Kinderstube, wolltest Du einen ordentlichen Mann in einem unordentlichen Haus oder einen unordentlichen Mann in einem ordentlichen Haus? – befrage Deinen Tutor darnach, wenn er Dich nächstens mit Moralphilosophie unterhält. Wir konnten den Schmutz & die Unordnung in ihren Häusern beobachten durch die natürliche

Gastlichkeit & Herzlichkeit, die sie selbst einem Bärenwelpen und seinem übellaunigen Tutor angedeihen lassen – es ist wahrhaftig das freundlichste & gastfreieste Volk, das mir je begegnet ist, obgleich Du sagen wirst, mein Zeugnis sei so umfassend nicht, doch ich war bereits in Edinburgh, vergiß das nicht.

Ich habe mich bei vielen Menschen von Stand angelegentlich erkundigt, welchen Sport sie wohl trieben, und wenig Auskunft erhalten – natürlich gibt es Pferderennen – es gibt die Jagd – es gibt das Hasardspiel, welches Thema ich Dir gegenüber in diesem Brief unerwähnt lasse, liebe Cousine – das gemeine Volk hat seine eigene Unterhaltung, wie man denken kann – hingegen kann ich nicht entdecken, daß es hier Sport gibt, so wie man in England treibt – das ist eine Schwäche bei einer Nation, wie ich meine. Dies ist Dir alles langweilig.

Am gestrigen Abend servierte man uns kleine Vögel, welche grives heißen und welche wir, da wir das Diktionär nicht bei uns haben, nicht identifizieren konnten – sie wurden in Weinblätter gewickelt aufgetischt & waren gebraten, doch demungeachtet kam das Blut aus ihnen geflossen, so man hineinschnitt – Mr. Hawkins war das unerträglich, da es rohes Fleisch sei – man erläuterte, wenn das Braten länger andauere, gehe der Saft verloren – Du mußt zum Diktionär laufen & ausfindig machen, was für eine Kreatur wir da verspeisten – es gibt auch Rothühner, zwei Mal so groß wie unsere britischen – Du bist nun gewiß so müde vom Lesen wie ich vom Schreiben – Gutenacht, meine Cousine.

Post scriptum. Mr. Hawkins argwöhnt, ich könne verabsäumt haben, Dich über alle Finessen von allen Altertümern in Nismes & vom Pont Du Garde in Kenntnis zu setzen – wie viele Reihen, wie viele Bögen, wie viele Fuß Höhe, welchem Baustil zugehörig? Dem toskanischen, Mr. Hawkins – es ist, als seien wir noch im Schulzimmer – ob Griechen & Römer uns an Schönheit überlegen waren, wie wir ihnen an Bequemlichkeit überlegen sind – Evelina, Du bist allen Griechen & Römern an Schönheit überlegen – ich habe Mr. Hawkins versichert, Du seist über alles in Kenntnis gesetzt, was er in meine Ohren träufelte, dieweil ich zeichnete – ich würde darauf rechnen, daß er Dich bei unserer Rückkehr examiniert – ich hab Dich recht von Herzen lieb, meine Liebe, & Du hast ein wenig Sehnsucht nach mir, hoffe ich – meine Melancholie ist ganz zerstreut – ich schalt mich selbst einen Toren, daß wir nach Montpelier gekommen sind, kann ich doch keinen Brief von Dir erwarten, bis wir Nice oder gar Genoa erreichen.

Es gibt viel Religion in diesem Land – Priester & Mönche zuhauf – wir haben viele Kirchen gesehen, deren vordere Seite mit vielen Statuen in Nischen geschmückt ist – Mr. Hawkins weiß gewiß, wie das heißt – mir ist es vorübergehend entfallen – wir betreten nicht viele von ihnen, es sei denn aus Neugier auf die Altertümer – es gibt viel Silber & viel buntes Glas & der Weihrauch fährt in die Nase wie Schnupftabak, so daß ich ständig auf mein Taschentuch verwiesen bin – es gibt große Kruzifixe an den Wegkreuzungen & inmitten der Felder – es gibt viele Protestanten hier in der Stadt & sie werden gut und freundlich regiert – doch darf nach dem französischen Gesetz ein protestantischer Pfarrer seinen Gottesdienst nicht verrichten – ein solcher Mann wurde darum auf dem Marktplatz gehängt.

Du kannst nicht denken, wie viele Melonen wir verspeist haben, seit wir das südliche Ende des Landes erreichten – von der Esplanade, wo wir promenieren, gibt es Ausblick auf das Mittelmeer in die eine Richtung & auf das Sevennengebirge in die andere – man möchte nicht meinen, daß die Frucht, welche in Nesfield derart geschätzt & gehätschelt wird – derart geschützt vor der Roten Spinne – anderswo so mühelos & reichlich zu erhalten sein könnte – es ist wie eine andere Spezies, das Fleisch saftig & golden & süß & duftend – ich möchte darum gar zum Lüstling oder wenigstens zum Franzosen werden – selbst Mr. Hawkins soll, wie verläßliche Zeugen berichten, schon gelächelt haben, wenn ihm eine serviert ward. Wie Du siehst, ist meiner Mutter Besorgnis um meine Gemütsverfassung durchaus verfehlt.

Meine liebe Evelina, als Briefeschreiber ist Dein Cousin nicht sehr gebessert durch seine Reisen – die Wahrheit ist, ich leide an einer Unbeholfenheit mit der Feder, welche ich selten spüre, wenn ich vor Dir stehe – Du wirst Dich also weiterhin über mich als einen holländischen Walfänger mokieren – empfehle mich Deinem Vater und Deiner Mutter mit allem Respekt – ich träume, daß Deine zarte Handschrift in Nice auf mich wartet.

Dein Dich liebender Cousin

Hamilton Lindsay

* * *

Sir Hamilton Lindsay brach am Donnerstag, dem 6. August, nach Chertsey auf. Samuel Dobson reiste oben mit dem Pferdeknecht, Sir Hamilton innen mit den Kricketschlägern. Dies war, wie er ohne nachzudenken wußte, die richtige Rangfolge: Dobson würde durch Regen und stürmisches Wetter nur abgehärtet werden, während die Schläger den Unbilden der Elemente gegenüber empfindlicher waren und pfleglich behandelt werden mußten. Wenn ihm die Reise langweilig wurde, pflegte Sir Hamilton ein weiches Tuch hervorzuholen und sachte ein wenig Butter in das Blatt seines Schlägers zu reiben. Andere nahmen lieber Öl, doch er empfand einen gewissen lokalpatriotischen Stolz auf diese seine Eigenheit. Das Instrument selbst war aus dem Ast eines auf seinem eigenen Gut gefällten Weidenbaums geschnitzt; jetzt wurde es mit Butter aus der Milch der Kühe betupft, die auf der nämlichen Auwiese gegrast hatten, an deren Rand die Weiden wuchsen.

Er beendete die Pflege und wand den Musselinstreifen um

den Schläger, in den er auf Reisen stets eingehüllt war. Dobsons Schläger war ein simpleres Gerät, und Dobson hatte gewiß seine eigenen Geheimnisse, um ihn so kräftig und geschmeidig zu machen, wie er es brauchte. Manche Männer rieben ihre Schläger mit Ale ein; andere mit Schinkenfett; von anderen wieder hieß es, sie wärmten die Schläger vor dem Feuer und ließen dann Wasser darauf. Dazu bedurfte es gewiß noch einer besonderen Phase des Mondes, dachte Sir Hamilton mit einem skeptischen Rucken des Kopfes. Es kam allein darauf an, wie man den Ball schlug; und darin konnte Dobson es mit den Besten aufnehmen. Doch hatten Ausdauer und Kühnheit von Dobsons rechtem Arm Sir Hamilton bewogen, den Mann nach Nesfield zu holen.

Dobson war der zweite Gärtnersbursche auf dem Landsitz. Doch würde man sich wegen der Anlage einer Landschaft des Mr. Brown selig nicht ohne weiteres an Dobson wenden. Der Bursche konnte kaum eine Lupine von einer Rübe unterscheiden, und seine Pflichten beschränkten sich eher auf das Handfeste und Allgemeine denn auf das Kunstfertige und Besondere. Kurzum, er durfte keinen Spaten handhaben, ohne daß ein Aufseher zugegen war. Doch hatte Sir Hamilton ihm nicht in der Absicht Anstellung geboten – oder sich zum Wilderer gemacht, um der Darstellung von Dobsons früherem Herrn zu folgen –, einen zartfingrigen Rasenstutzer zu erlangen. Dobsons Können lag auf einem Rasen anderer Art. Die Unerschrockenheit des Mannes zu erleben, wenn er am Schlag stand, war Entschädigung genug für seinen mangelnden Verstand im Küchengarten.

Am nächsten Tag würden sie in Chertsey eintreffen und dann am Samstag nach Dover weiterreisen. Fünf von den Kricketspielern des Duke wohnten ganz in der Nähe von Chertsey: Fry, Edmeads, Attfield, Etheridge und Wood. Dann war er selbst mit von der Partie, Dobson, der Earl of Tankerville, William Bedster und Lumpy Stevens. Der Duke weilte natürlich in

Paris; Tankerville und Bedster kamen separat nach Dover; demnach würden sich acht von ihnen in Mr. Yaldens Gasthaus in Chertsey treffen. Eben dort hatte Lumpy Stevens vor einigen Jahren die berühmte Wette für Tankerville gewonnen. Der Earl hatte darauf gesetzt, sein Mann könne im Balltraining bei vier Versuchen einmal eine Feder am Boden treffen. Mr. Stevens hatte seinen Herrn nicht im Stich gelassen, der, wie man munkelte, aus der Angelegenheit mehrere hundert Pfund Gewinn geschlagen hatte. Lumpy Stevens war einer von Tankervilles Gärtnern, und Sir Hamilton hatte sich oft Überlegungen über die Aussicht einer eigenen Wette mit dem Earl hingegeben: welcher ihrer beiden Burschen wohl weniger vom Gartenbau verstand.

Er gestand sich eine düstere und reizbare Stimmung ein, während er der vorüberziehenden Landschaft keine Beachtung schenkte. Mr. Hawkins hatte die Einladung ausgeschlagen, ihn auf der Reise zu begleiten. Hamilton hatte seinen ehemaligen Tutor gedrängt, einen letzten Blick auf den europäischen Kontinent zu werfen. Mehr noch, er hielt es seinethalben für ein verflixt großzügiges Angebot, den alten Knaben nach Paris hinüber und wieder zurück zu karren und dabei auf dem Postschiff gewiß viele unfeine und weinerliche Anfälle des Erbrechens zu ertragen, wenn die Vergangenheit irgendein Richtmaß für die Gegenwart abgäbe. Doch Mr. Hawkins hatte geantwortet, er ziehe seine Erinnerungen der heiteren Ruhe dem Anblick der gegenwärtigen Wirren vor. Er verspreche sich keine Anregung von dem Unternehmen, so dankbar er Sir Hamilton auch sei. Dankbar und kleinmütig, überlegte Sir Hamilton, als er von dem gebrechlichen alten Mann Abschied nahm. So kleinmütig wie Evelina, die wahre Wolkenbrüche aus ihren Augen hatte fließen lassen, um seine Abreise zu vereiteln. Zweimal hatte er sie bei verstohlenen Umtrieben mit Dobson ertappt, und es war ihm nicht gelungen, von einem der beiden den Gegenstand der Unterredung zu erfahren. Dobson behauptete, er suche Mylady die Bürde der Besorgnis und Furcht hinsichtlich ihrer Reise zu erleichtern, doch Sir Hamilton glaubte ihm nicht ganz. Was hatten sie eigentlich zu fürchten? Es herrschte kein Krieg zwischen den beiden Nationen, sie reisten in friedlicher Mission, und kein Franzose, wie ungebildet er auch sei, würde Sir Hamilton je für einen Angehörigen des eigenen Volkes halten. Und obendrein wären es ihrer elf, sämtlich kräftige Burschen und bewaffnet mit englischem Weidenholz. Was sollte ihnen da irgend widerfahren?

In Chertsey bezogen sie im The Cricketers Quartier, wo Mr. Yalden sie mit großer Gastlichkeit aufnahm und bedauerte, daß das Kricketspielen für ihn nunmehr der Vergangenheit angehörte. Andere bedauerten das weniger als Mr. Yalden, hatte ihr Wirt es doch nicht immer allzu genau genommen, wenn die Gesetze des Spiels ihn am Sieg hinderten. Er nahm es allerdings sehr genau damit, seine Kameraden aus Chertsey und ihre Landsmänner mit seinem stärksten Faß in den Kampf zu schicken. Als Hamilton im Bett lag, sah er das Beefsteak in seinem Magen vor sich, und es wurde auf einem Meer von Ale herumgeworfen wie das Postschiff von Dover in einem Sturm über dem Ärmelkanal.

Seine Empfindungen waren kaum weniger turbulent. Evelinas Wetterbäche hatten ihn desto mehr angegriffen, als sie in ihren zehn Ehejahren nie danach getrachtet hatte, ihn von seinen Kricketunternehmen abzuhalten. Sie war nicht wie Jack Heythrops Gattin oder die von Sir James Tinker: Ladies, die bei dem Gedanken erschauerten, daß ihr Gatte auf dem Rasen mit Hufschmieden und Wildhütern, Kaminkehrern und Schuhputzern Umgang pflegte. Mrs. Jack Heythrop fragte gern mit himmelwärts gerichteter Nase, wie ein Gentleman hoffen könne, seine Autorität gegenüber dem Kutscher und dem Gärtner geltend zu machen, wenn ihn der Kutscher am vorigen Nachmittag «aus» geschlagen und der Gärtner so gar keinen Respekt vor seinen Schleuderbällen gezeigt hatte? Das war der gesellschaftlichen Harmonie nicht zuträglich, und die Welt des Sports sollte doch ein Ebenbild der gesellschaftlichen Welt sein. Daher auch, Mrs. Heythrop zufolge, das offenkundig Erhabene und Edle des Pferdesports: Eigner, Trainer, Jockey und Pferdeknecht kannten sämtlich ihren Platz, und dieser Platz wiederum war durch seine augenscheinliche Bedeutsamkeit festgelegt. Welch ein Unterschied zu dem törichten Gemenge im Kricket, welches überdies, wie jeder wußte, wenig mehr war als ein ordinärer Vorwand für Wettgeschäfte.

Natürlich wurde gewettet. Wozu sollte Sport taugen, wenn ein Mann nicht wettete? Wozu sollte ein Glas Soda taugen, wenn kein Brandy darinnen war? Das Wetten war, wie Tankerville es einmal ausgedrückt hatte, das Salz, das den Geschmack des Gerichts zur Geltung brachte. Hamilton selbst wettete nunmehr nur in bescheidenem Umfang, genau wie er es Evelina und seiner Mutter vor der Hochzeit versprochen hatte. In seiner gegenwärtigen Stimmung aber und eingedenk des Geldes, das er durch Mr. Hawkins' Absage erspart hatte, war er verflixt geneigt, ein wenig mehr als gewöhnlich auf den Ausgang des Spiels zwischen Dorsets Elf und den Gentlemen aus Frankreich zu setzen. Gewiß, einige der Chertsey-Burschen wurden allmählich etwas stumpf im Blick und drall im Schenkel. Doch wenn Dorsets Männer den französischen Monsieur nicht zu schlagen wußten, dann sollten sie ihre Schläger zu Feuerholz für den Winter verarbeiten.

Sie reisten am Sonntag, dem 9. August, morgens mit der Postkutsche von Chertsey ab. Als sie sich Dover näherten, begegneten sie etlichen Equipagen französischer Machart, die gen London fuhren.

«Zweifellos auf der Flucht vor Mr. Stevens' Schleuderbällen», bemerkte Sir Hamilton.

«Schleudere lieber nicht mit voller Kraft, Lumpy«, sagte Dobson, «sonst machen sie sich noch in die Hosen.»

«Du auch, Dobson, wenn du zu oft französisch dinierst», gab Stevens zurück.

Sir Hamilton kam eine jähe Erinnerung, und er trug den Insassen der Postkutsche die Zeilen vor:

> Den Priester schickt sie in hölzernem Schuh
> Aus Gallien so stolz, zu kochen Ragout.

Der Vers wurde mit verwirrtem Gemurmel aufgenommen, und Sir Hamilton fing einen Blick von Dobson auf, der eher an einen besorgten Tutor als an einen zweiten Gärtnersburschen denken ließ.

In Dover trafen sie in einem bereits von französischen Emigranten überfüllten Wirtshaus mit dem Earl of Tankerville und William Bedster zusammen. Bedster war ehemals der Butler des Earl und der gefeiertste Schlagmann von ganz Surrey gewesen; jetzt war er Gastwirt in Chelsea, und der Ruhestand hatte zur Erweiterung seines Leibesumfangs beigetragen. Bei ihrem letzten englischen Abendessen zogen er und die Chertsey-Männer sich gegenseitig mit Streitfällen aus der einen oder anderen längst vergessenen Saison auf und erörterten lautstark die Vorzüge des zweistäbigen Krickets gegenüber seinem neumodischen Ersatz. In einer anderen Ecke des Gasthauses saß Tankerville mit Sir Hamilton beisammen und erwog die allgemeine Situation in Frankreich und die besondere Lage ihres Freundes John Sackville, dritter Duke von Dorset und nun schon seit sechs Jahren Botschafter Seiner Majestät am Hof zu Versailles. Dergleichen war nicht für die Ohren von Lumpy Stevens und der Chertsey-Männer bestimmt.

Dorsets diplomatische Mission war von Anbeginn derart geführt worden, daß Mrs. Jack Heythrop mißbilligend die Nase rümpfte. Seine Gastfreundschaft in Paris war von äußerst großzügiger Art und vereinte Glücksspieler und Falschspieler, Hu - - n und Schmarotzer unter ihrem Dach. Sein intimer Umgang mit vielen der vornehmsten Damen der französischen

Gesellschaft erstreckte sich, wie es hieß, gar auf Mrs. Bourbon persönlich. Man wisperte – doch sonderlich nicht vor Leuten vom Schlage einer Mrs. Jack Heythrop oder eines Mr. Lumpy Stevens –, Dorset lebe in Versailles sogar *en famille*. Das prosaische Geschäft der bloßen Diplomatie überließ er seinem Freunde Mr. Hailes.

Seit seiner Ernennung im Jahre 1783 war der Duke ohne Anstand alljährlich zur Kricketsaison nach England zurückgekehrt. Diesen Sommer aber war er nicht erschienen. Aufgrund dieses Ausbleibens und weniger aufgrund der Allgegenwart französischer Flüchtlinge in London hielten Tankerville und Lindsay die augenblicklichen Unruhen jenseits des Kanals für wahrhaft ernsthafter Natur. Als der Sommer voranschritt und die öffentliche Ordnung in der französischen Hauptstadt immer mehr verfiel, verbreiteten Halunken Schmähschriften gegen die britische Nation, und es wurden Gerüchte über eine Blockade französischer Häfen durch die Royal Navy in Umlauf gesetzt. Als sich die Lage derart verdüsterte, hatte Dorset Ende Juli als Geste der Versöhnung und Freundschaft zwischen beiden Ländern angeregt, eine Mannschaft von englischen Kricketspielern auszusenden, um auf den Champs-Elysées gegen eine französische Mannschaft anzutreten. Der Duke, der während seines sechsjährigen Dienstes viel zur Förderung des Interesses an dem Spiel getan hatte, wollte die Pariser Elf zusammenstellen; Tankerville wurde beauftragt, eilends für den Transport der englischen Spieler Sorge zu tragen.

In jener Nacht lag Sir Hamilton im Bett und dachte an seine Tour mit Mr. Hawkins vor einem Dutzend, nein, eher fünfzehn Jahren zurück. Er wurde nun selbst bald so drall im Schenkel wie viele der Chertsey-Burschen. Er erinnerte sich an die elenden Pferde und die glatten Zöpfchen, die Aalen gleich herunterhingen; an die stinkende Makrele und die sinnlich-üppige Melone; an den Kutscher und sein Pferd, wie sie in gepeitschter Gleichheit beisammenknieten; an das Blut, das aus den gebratenen Drosseln rann, wenn das Messer hineinfuhr. Er malte sich aus, wie er die Bälle der Franzosen nach allen Seiten über die Champs-Elysées schlug, und wie Franzosen mit frisierten Hunden auf dem Arm ihm unter ihrem Schirm hervor applaudierten. Er malte sich aus, wie er die französische Küste näherrücken sah; er erinnerte sich, daß er glücklich gewesen war.

Sir Hamilton Lindsay durfte sich nie auf den Elysischen Gefilden erproben, und auch Lumpy Stevens sorgte nie dafür, daß sich die Franzosen beim Parieren seiner dämonischen Schleuderbälle in die Hosen machten. Statt dessen trat Lumpy Stevens in Bishopsbourne in dem Spiel zwischen Kent und Surrey an, und mehrere Chertsey-Männer sowie Sir Hamilton Lindsay schauten zu. Ihr Rendezvous mit Dorset fand nicht, wie ursprünglich beabsichtigt, im *hôtel* des Duke in Paris statt, sondern am Montag, dem 10. August 1789, morgens am Kai von Dover. Zwei Tage zuvor hatte der Duke seine Mission aufgegeben und die 90 Meilen bis Boulogne auf Landstraßen zurückgelegt, die noch mehr als sonst üblich von Banditen unsicher gemacht wurden. Vermutlich war Dorsets *hôtel* nach seinem Aufbruch binnen Stunden vom Mob geplündert worden; doch dessen ungeachtet war er erstaunlich vergnügter Laune. Er freue sich, so sagte er, sehr darauf, den Spätsommer und Herbst wie gewöhnlich in England zu verbringen. Die französische Hauptstadt werde nicht so weit entfernt erscheinen, da viele seiner Pariser Freunde nunmehr in England waren. Er werde herausfinden, ob ausreichend viele darunter waren, um die für die Champs-Elysées geplante Partie statt dessen in Sevenoaks auszutragen.

* * *

General Sir Hamilton Lindsay und seine Gattin wanderten jeden Sonntagnachmittag zur Kirche hin. Das war eine wahrhaft merkwürdige Pilgerschaft, da er ebenso gern eine Moschee oder Synagoge betreten hätte wie einen Papistenschrein. Doch der Umstand, daß die Kirche erobert worden und nunmehr so gut wie ungenutzt war, nahm dem Besuch gewissermaßen den Stachel. Zudem brauchte er derartiges Ambulieren, um seinen Appetit für das Abendessen anzuregen. Lady Lindsay hatte darauf gedrängt, daß er sich so Bewegung verschaffte, seit man sie zu ihm hatte ausreisen lassen.

Ein Leutnant begleitete sie stets in diskretem Abstand, was Sir Hamilton nicht kränkte, selbst wenn er diesbezüglich sein Ehrenwort als Soldat und Gentleman gegeben hatte. Die Franzosen behaupteten, der Offizier sei für den Fall zugegen, daß der General und seine Gattin des Schutzes vor den ruppigeren Naturen unter den einheimischen Patrioten bedurften; und er war bereit, sein Scherflein zu diesem diplomatischen Lügengespinst beizutragen. Gewiß erhielt General de Rauzan in seiner Villa bei Roehampton die gleiche höfliche Betreuung.

Vor einem runden Dutzend Jahren waren Einheiten der Revolutionsarmee auf dem Marsch nach Lyon durch das Dorf gezogen. Die Kirchenglocken waren abgerissen worden; das Silber und Kupfer entfernt; dem Priester wurde nahegelegt, entweder zu heiraten oder zu fliehen. Drei Kanoniere hatten gegenüber dem Westportal ihr Gerät aufgestellt und die Heiligen in ihren Nischen zu Zielübungen benutzt. Wie der General jede Woche aufs neue bemerkte – eine Bemerkung, die ihn stets für kurze Zeit in gute Laune versetzte –, konnte ihre Zielgenauigkeit es offenkundig in keiner Weise mit der von Lumpy Stevens aufnehmen. Bücher waren verbrannt worden, Türen aus den Angeln gehoben; Farbe war von den Buntglasfenstern gehauen worden. Die Soldaten hatten sogar angefangen, die Südwand einzureißen, und bei ihrem Abzug Anweisung gegeben, die Kirche als Steinbruch zu benutzen. Jedoch hatten die Dorfbewohner frommen Eigensinn bewiesen, und so war kein einziger Stein entfernt worden; dennoch fegten Wind und schrägfallender Regen unziemlich durch das versehrte Bauwerk.

Wenn sie zurückkehrten, wurde unter der Markise auf der Terrasse der Abendbrottisch gedeckt, und Dobson stand unbeholfen hinter Lady Lindsays Stuhl. In den Augen des Generals hatte der Bursche seine fortlaufenden Verwandlungen mit einigem Geschick bewältigt: Kricketspieler, Gärtner, Infanterist und nun Majordomus, Herrendiener und Oberster Proviantmeister. Die jähe Unvermitteltheit ihrer improvisierten *ménage* hatte naturgemäß etwas mehr Ungezwungenheit einreißen lassen, als in Nesfield gestattet gewesen wäre; dennoch war der General überrascht, daß sein Blick, wenn er mit seiner geliebten Evelina sprach, immer häufiger über ihre Haube hinweg zu dem hinter ihr stehenden Dobson hinaufwanderte. Bisweilen stellte er verflixt noch mal fest, daß er zu Dobson sprach, als erwarte er, daß der sich an der Unterhaltung beteiligte. Zum Glück war der Bursche geschult genug, bei solchen Gelegenheiten nie den Blick seines Herrn aufzufangen, und wußte obendrein, wie man sich geziemend taub stellt. Evelina wiederum behandelte das Abweichen ihres Gatten von der gesellschaftlichen Form als bloße Wunderlichkeit, die sich durch sein langandauerndes Exil und den Mangel an gesellschaftlichem Verkehr erklärte. Er war in der Tat sehr verändert gewesen, als sie vor drei Jahren angereist war: Er war korpulent geworden – gewiß durch die unbekömmliche Kost –, aber auch träge und matt. An seiner Freude über ihr Wiedersehen hatte sie keinen Zweifel, mußte aber feststellen, daß seine Gedanken jetzt nur mehr um Vergangenes kreisten. Es war nur natürlich, daß er so stark an England dachte, doch England sollte auch die Zukunft darstellen. Das zu hoffen trug sie ihm auf: Eines Tages würden sie gewiß zurückkehren. Es hatte bestürzende Gerüchte gegeben, daß Buonaparte wenig daran gelegen war, General de Rauzan wieder in die höhere Führung aufzunehmen; und wirklich konnte die allbekannte Ergebenheit, mit der sich der Franzose bei Maida von Sir John Stuart hatte gefangennehmen lassen, einem Kommandeur sehr wohl mißfallen. Doch durfte man ihrer Meinung nach derartigen Gerüchten keinerlei Beachtung schenken; der Hoffnungsfunke durfte nicht erlöschen. England, England und die Zukunft, hielt sie ihm eindringlich vor. Doch im Denken des Generals stellte England anscheinend nur die Vergangenheit dar, und mit dieser Vergangenheit war er durch Dobson ebenso verbunden wie durch seine Frau.

«Diese Kanoniere, meine Liebe. Hätten sie nur halb soviel Geschick besessen wie Lumpy Stevens, dann hätten sie nicht so viele Kugeln verschwendet.»

«Das ist gewißlich wahr, Hamilton.»

Lumpy konnte im Balltraining bei vier Versuchen einmal eine Feder am Boden treffen. Mehr als einmal bei vier Versuchen. Er hatte in Chertsey für Tankerville die Wette gewonnen. Lumpy war der Gärtner des Earl gewesen. Wie viele von ihnen lagen nun in der Erde begraben?

«Dorset war wie ausgewechselt», fuhr er fort, wobei er die Reste seines Koteletts an den Tellerrand schob. «Er hat sich nach Knole zurückgezogen und niemanden empfangen.» Sir Hamilton wußte aus glaubwürdiger Quelle, daß der Duke sich wie ein Einsiedler in seinem Zimmer verkrochen hatte und daß sein einziges Vergnügen darin bestand, der Musik gedämpfter Violinen zu lauschen, die draußen vor der Tür gespielt wurde.

«Ich hatte schon gehört, daß die Familie zur Melancholie neigt.»

«Dorset war stets ein überaus munterer Bursche», antwortete der General. «Vordem.» Das war richtig; und zunächst war er das nach seiner Rückkehr aus Frankreich auch geblieben. In jenem Herbst hatte man Kricket gespielt, wie man es ein Leben lang getan hatte. Doch während Knole sich mit *émigrés* füllte, hatte die Lage in Frankreich Dorsets Gemüt umwölkt. Es wurden Briefe gewechselt mit Mrs. Bourbon, und viele hielten den

Verlust dieses vertrauten Umgangs für die unmittelbare Ursache seiner Schwermütigkeit. Man erzählte sich, und das nicht immer in den freundlichsten Tönen, der Duke habe beim Auszug aus Paris Mrs. Bourbon seinen Kricketschläger zum Geschenk gemacht, und die Lady habe dieses Attribut britischer Männlichkeit in ihrem Wandschrank aufbewahrt, so wie Dido die Beinkleider ihres entschwundenen Aeneas aufhängte. Die Einzelheiten dieses Gerüchtes kannte der General nicht. Er wußte nur, daß Dorset weiter in Sevenoaks Kricket gespielt hatte bis zum Ende der Saison von 1791 – eben dem Sommer, in dem Mrs. Bourbon und ihr Gatte die Flucht nach Varennes unternahmen. Sie wurden erneut gefangengenommen, und seitdem spielte Dorset kein Kricket mehr. Darüber hinaus konnte der General nichts sagen, außer daß Dorset den Lärm der Welt auf gedämpfte Violinen dezimierte, die er durch eine hölzerne Tür hindurch hörte, und die tödliche Kunde vom 16. Oktober 1793 nicht mehr erlebt hatte.

Er war weiß Gott kein Papist, aber die Kanoniere und Füsiliere der Revolutionsarmee waren auch keine protestantischen Gentlemen. Sie hatten die Kruzifixe von den Feldern geholt und ein *auto-da-fé* mit ihnen veranstaltet. Sie hatten Esel und Maultiere in Bischofsgewändern zur Schau gestellt. Sie hatten Gebetbücher und Sakramentare verbrannt. Sie hatten Priester zur Heirat gezwungen und französischen Männern und Frauen befohlen, auf das Bildnis Christi zu spucken. Sie waren mit dem Messer über Altarbilder und mit dem Hammer über Heiligenköpfe hergefallen. Sie hatten die Glocken heruntergerissen und in die Gießerei gebracht, wo sie zu Kanonen umgeschmolzen wurden, um damit wieder neue Kirchen zu bombardieren. Sie hatten das Christentum aus dem Lande getilgt, und was war ihr Lohn? Buonaparte.

Buonaparte, Krieg, Hungersnot, falsche Eroberungsträume und die Verachtung ganz Europas. Es grämte den General, daß dem so war. Er war vielmals von seinen Offizierskameraden als

Gallomane verspottet worden. Das war eine Tatsache, die er eingestand, und zu seiner Rechtfertigung führte er wacker Beweise hinsichtlich des Nationalcharakters an, wie er ihn beobachtet hatte. Doch er wußte auch, daß der wahre Quell seiner Neigung nicht zuletzt in den Eindrücken der Erinnerung lag. Er hielt es für wahrscheinlich, daß alle Gentlemen seines Alters auf irgendeine Weise ihr jugendliches Ich liebten und diese Zuneigung natürlich auch auf die äußeren Umstände ihrer Jugendzeit ausdehnten. Für Sir Hamilton war das die Zeit seiner Tour mit Mr. Hawkins. Jetzt war er nach Frankreich zurückgekehrt, doch es war eine Rückkehr in ein verändertes und besetztes Land. Seine Jugend hatte er verloren: nun, die verlor jede Menschenseele. Doch er hatte obendrein sein England und sein Frankreich verloren. Ob man erwartete, daß er das ebenfalls hinnahm? Er war innerlich etwas gefestigter, seit man Evelina und Dobson gestattet hatte, sich zu ihm zu gesellen. Doch es gab Zeiten, da wußte er, was der arme Teufel Dorset empfunden hatte, nur gab es für ihn keine Tür, und die Violinen waren nicht gedämpft.

«Dorset, Tankerville, Stevens, Bedster, ich, Dobson, Attfield, Fry, Etheridge, Edmeads ...»

«Der Leutnant hat für uns eine Melone beschafft, mein Lieber.»

«Wen habe ich vergessen? Wen habe ich verflixt noch mal vergessen? Warum ist es immer derselbe?» Der General blickte unverwandt zu seiner Frau hinüber, die sich anschickte, etwas aufzuschneiden – aber was? Einen Kricketball? Eine Kanonenkugel? Die Violinen krabbelten an seinen Ohren wie Insekten. «Wen habe ich vergessen?» Er beugte sich auf dem Ellenbogen vor und bedeckte die Augenlider mit seinen fettgewordenen Fingerspitzen. Dobson neigte rasch den Kopf zu Lady Lindsay hin.

«Du hast Mr. Wood vergessen, glaube ich, mein Lieber», murmelte sie.

«*Wood.*» Der General nahm die Finger von den Augen, lächelte seiner Frau zu und nickte, als Dobson eine orangefarbene Melonenscheibe vor ihn hinlegte. «Wood. Er war doch kein Chertsey-Mann?»

Bei dieser Erkundigung konnte Lady Lindsay keine Hilfe einholen, da der Blick ihres Gatten auf ihr ruhte. Daher antwortete sie vorsichtig: «Ich habe nichts dergleichen gehört.»

«Nein, Wood war niemals ein Chertsey-Mann. Du hast recht, meine Liebe. Wir wollen ihn vergessen.» Der General streute Zucker auf seine Melone. «Er war natürlich nie in Frankreich. Dorset, Tankerville und ich, sonst niemand. Dobson war natürlich späterhin in Frankreich. Ich wüßte gern, was sie wohl von Lumpy Stevens gehalten hätten?»

Lumpy Stevens hatte die Wette für Tankerville gewonnen. Lumpy Stevens konnte im Balltraining bei vier Versuchen einmal eine Feder treffen. Die französischen Kanoniere ...

«Vielleicht dürfen wir morgen einen Brief erwarten, mein Lieber.»

«Einen Brief? Von Mr. Wood? Das bezweifle ich aber sehr. Mr. Wood spielt höchstwahrscheinlich eben jetzt auf dem Rasen der Elysischen Gefilde Kricket mit dem Engel Gabriel. Er ist mittlerweile sicher tot und begraben. Wie alle anderen auch. Dobson natürlich nicht. Nein, Dobson nicht.» Der General schaute über die Haube seiner Frau hinweg nach oben. Da war Dobson und blickte starr geradeaus, ohne etwas zu hören.

Dorsets Mission in Paris war erfolgreich gewesen. Es hatte Beschwerden der üblichen Art über ihn gegeben. Heutzutage wurde die Welt von Mrs. Jack Heythrop und ihren Schwestern regiert. Doch 1787 hatte die *Times* berichtet, infolge von des Dukes Anwesenheit und Vorbild sei der Pferdesport in Frankreich im Niedergang begriffen und werde allmählich durch die Ausübung des Kricketspiels ersetzt, da dieses besseren Gebrauch von dem französischen Rasen mache. Es hatte den General überrascht, daß der junge Leutnant, der ihnen nachspionierte, sich dessen nicht bewußt war, bis man nachgerechnet hatte und sich herausstellte, daß der Bursche damals wohl kaum seiner Amme Lebewohl gesagt hatte.

Der Mob hatte Dorsets *hôtel* in Paris niedergebrannt. Sie hatten Gebetbücher und Sakramentare verbrannt. Was war aus Dorsets Kricketschläger geworden? Ob sie den auch verbrannt hatten? Wir wollten uns am Morgen des 10. eben in Dover einschiffen, und wen sehen wir da? Den Duke. Am Kai, wo hinter ihm das Postschiff ankerte. Noch dazu bester Laune. Daher fuhren wir nach Bishopsbourne und dinierten dort bei Sir Horace Mann, und tags darauf die Partie zwischen Kent und Surrey …

«Dorset, Tankerville, Stevens, Bedster, ich …»

«Die Melone ist süß, meinst du nicht auch?»

«Dobson, Attfield, Fry, Etheridge, Edmeads …»

«Ich denke, morgen dürfen wir einen Brief erwarten.»

«Wen habe ich vergessen? Wen habe ich vergessen?»

Der Arzt war zwar Franzose, schien Lady Lindsay aber recht vernünftig zu sein. Er war Schüler und Anhänger von Pinel. Seiner Ansicht nach durfte man nicht zulassen, daß sich die Schwermut zu einer *démence* entwickelte. Der General mußte Zerstreuung haben. Er mußte Spaziergänge machen, sooft man ihn dazu überreden konnte. Man sollte ihm nicht mehr als ein Glas Wein zum Abendessen gestatten. Er mußte an angenehme Momente der Vergangenheit erinnert werden. Der Arzt war der Ansicht gewesen, es könne trotz der durch die Anwesenheit von Madame bewirkten offenkundigen Besserung im Befinden des Generals geraten sein, nach dem Burschen Dobson zu schicken, dessen der General so häufig Erwähnung tat, daß der Doktor zunächst meinte, es handele sich um den Sohn des Patienten. Es würde natürlich notwendig sein, Sir Hamilton eine Wache beizugeben, doch die würde so diskret wie möglich sein. Es war bedauerlich, daß nach den vertraulichen

Informationen des Arztes keine unmittelbare Aussicht bestand, daß der beantragte Austausch vollzogen und der Engländer in sein Heimatland zurückkehren werde. Unglücklicherweise hatte es den Anschein, als hätten Familie und Rechtsbeistand des Generals de Rauzan mehrfach vergeblich versucht, dem Kaiser nahestehende Kreise von dem militärischen Gewicht des Franzosen zu überzeugen.

«Wen habe ich vergessen?»

«Du hast Mr. Wood vergessen.»

«Mr. Wood, ich wußte es doch. Er war ein Chertsey-Mann, nicht wahr?»

«Ich bin mir dessen fast sicher.»

«Aber ja, er war in der Tat ein Chertsey-Mann. Ein feiner Bursche, Wood.»

An Wood konnte er sich gewöhnlich erinnern. Etheridge war derjenige, den er vergaß. Etheridge oder Edmeads. Einmal hatte er sich selbst vergessen. Die anderen zehn Namen hatte er präsent, konnte sich aber nicht auf den elften besinnen. Wie konnte das passieren, daß man sich selbst vergaß?

Der General war aufgestanden und hielt ein leeres Weinglas in der Hand. «Meine Liebe», begann er, wobei er zu seiner Frau sprach, aber Dobson anschaute, «wenn ich Überlegungen anstelle über die schreckliche Geschichte dieses Landes, welches ich selbst zum ersten Mal im Jahre unseres Herrn 1774 besuchte ...»

«Die Melone», sagte seine Frau leichthin.

«... und welches seit jener Zeit so viele Qualen durchlitt. Es gibt da einen gewissen Schluß, den ich hier gern vortragen würde ...»

Nein, das mußte abgewendet werden. Es war ihm nie zuträglich. Anfangs hatte sie die Überlegungen belächelt, doch sie mündeten in Schwermut, immer in Schwermut.

«Möchtest du noch etwas von dieser Melone, Hamilton?» fragte sie mit energischer Stimme.

«Mir scheint, die schrecklichen Ereignisse jenes schrecklichen Jahres, all jener schrecklichen Jahre, die unsere beiden Länder so entzweiten, die zu diesem schrecklichen Krieg führten, derartige Ereignisse wären vielleicht verhindert worden, ja hätten in der Tat verhindert werden können durch etwas, welches man bei der ersten Betrachtung für eine bloße Marotte halten könnte ...»

«Hamilton!» Nun war die Gattin ihrerseits aufgestanden, doch ihr Mann schaute weiterhin unverwandt an ihr vorbei den unbewegten Dobson an. *«Hamilton!»* Als er sie noch immer nicht hörte, nahm sie ihr Weinglas und warf es auf die Terrasse.

Die kreischenden Violinen verstummten. Der General erwiderte ihren Blick und setzte sich schüchtern wieder hin. «Nun ja, meine Liebe», sagte er, «das war nur ein müßiger Gedanke von mir. Die Melone ist reif, nicht wahr? Wollen wir beide noch eine Scheibe nehmen?»

Evermore

Sie trug sie ständig bei sich, in einem am Hals verknoteten Beutel. Das Plastikmaterial hatte sie mit einer Gabel bajonettiert, damit sich kein Kondenswasser sammelte und den mürben Karton verrotten ließ. Sie wußte, was geschah, wenn man Sämlinge in einem Blumentopf abdeckte: Aus dem Nichts kam die Feuchtigkeit und schuf sich ihr eigenes Klima. Das galt es zu verhindern. Es hatte so viel Nässe gegeben damals, so viel Regen, aufgewühlten Schlamm und ertrunkene Pferde. Ihr selbst machte das nichts aus. Es machte ihr noch immer für die anderen etwas aus, für sie alle, damals.

Es waren drei Postkarten, die letzten, die von ihm gekommen waren. Die früheren waren verstreut, vielleicht verloren, doch diese besaß sie, seine letzte Lebensäußerung. An dem eigentlichen Tag knotete sie dann den Beutel auf und ließ den Blick über die krakelige bleistiftgeschriebene Adresse wandern, über die unpersönliche Unterschrift (nur Initialen und Familienname), die gehorsamen Ausstreichungen. Viele Jahre lang hatte sie sich damit gequält, was die Karten nicht verrieten; doch mittlerweile erkannte sie in ihrer förmlichen Ausdruckslosigkeit etwas, das angemessen, wenn auch nicht tröstlich wirkte.

Natürlich brauchte sie die Karten eigentlich nicht mehr anzuschauen, wie sie auch das Foto nicht brauchte, um sich an seine dunklen Augen zu erinnern, an die Henkelohren und das unbekümmerte Lächeln, das zuversichtlich verkündete, bis Weihnachten sei der Spaß ganz sicher vorbei. Sie konnte sich die drei bräunlichen Feldpostkarten jederzeit genau vor Augen führen. Die Daten: 24. Dez., 11. Jan., 17. Jan., eigenhändig geschrieben und durch den Poststempel bestätigt, der die Jahreszahlen ergänzte: 16, 17, 17. «KEINE Eintragung auf dieser Seite außer Datum und Unterschrift des Absenders. Unzutreffendes kann gestrichen werden. Jeder weitere Zusatz hat die Vernichtung der Postkarte zur Folge.» Und dann die grausame Auswahl.

Es geht mir recht gut

Ich wurde { krank / verwundet } in das Lazarett eingeliefert

und befinde mich auf dem Wege der Besserung

und hoffe, bald entlassen zu werden

Ich werde in die Etappe zurückversetzt

Ich habe { den Brief vom .... / das Telegramm .... / das Päckchen .... } erhalten

Brief folgt bei nächster Gelegenheit

Ich habe { in letzter Zeit / seit langem } keinen Brief erhalten

Es ging ihm jedesmal recht gut. Er war nie in das Lazarett eingeliefert worden. Er wurde nicht in die Etappe zurückversetzt. Er hatte den Brief von einem bestimmten Datum erhalten. Ein Brief würde bei nächster Gelegenheit folgen. Er hatte nie keinen Brief erhalten. Alles durch dicke Bleistiftausstreichungen und ein einzelnes Datum mitgeteilt. Dann, neben der Anweisung Nur Unterschrift, das letzte Lebenszeichen ihres Bruders: S. Moss. Ein großes, verschnörkeltes S mit einem kreisförmigen Punkt dahinter. Dann Moss, ohne Absetzen des – so stellte sie sich immer vor – eifrig geleckten Bleistiftstummels geschrieben.

Auf der anderen Seite stand der Name ihrer Mutter – Mrs. Moss, mit großem M und einem kurzen, auffälligen Strich unter dem *rs* – und dann die Adresse. Eine weitere Warnung in der Ecke, diesmal kleiner gedruckt. «Auf dieser Seite nur die Adresse eintragen. Jeder weitere Zusatz hat die Vernichtung der Postkarte zur Folge.» Doch auf ihre zweite Karte hatte Sammy oben etwas hingeschrieben, und sie war nicht vernichtet worden. Eine säuberliche Zeile mit Tinte ohne die groben Verschlingungen seiner bleistiftgeschriebenen Unterschrift: «50 yds von den Deutschen. Im Schützengraben aufgegeben.» In fünfzig Jahren, ein Jahr für jedes unterstrichene Yard, hatte sie darauf keine Antwort gefunden. Warum hatte er das geschrieben, warum mit Tinte, warum hatten sie es durchgehen lassen? Sam war ein besonnener und zuverlässiger Junge, vor allem ihrer Mutter gegenüber, und hätte es nicht riskiert, sie zu beunruhigen, indem er nichts von sich hören ließ. Doch diese Worte hatte er unbestreitbar geschrieben. Und dazu noch mit Tinte. War das ein Geheimcode für etwas anderes? Eine Todesahnung? Allerdings war Sam kein Mensch, der Vorahnungen hatte. Vielleicht war es einfach die Aufregung, ein Bedürfnis, anderen zu imponieren. Seht mal, wie nahe wir sind. 50 yds von den Deutschen. Im Schützengraben aufgegeben.

Sie war froh, daß er in Cabaret Rouge lag und einen eigenen Grabstein hatte. Gefunden und identifiziert. Namentlich und ehrenvoll begraben. Thiepval flößte ihr ein Grauen ein, das trotz ihrer getreuen alljährlichen Besuche nicht nachlassen wollte. Die verlorenen Seelen von Thiepval. Man mußte sich gebührend auf sie vorbereiten, auf ihre Verlorenheit. Daher fing sie immer irgendwo anders an, in Caterpillar Valley, Thistle Dump, Quarry, Blighty Valley, Ulster Tower, Herbécourt.

Kein Morgen Dämmert
Keine Nacht Bricht An
Da Wir Nicht Dein Gedenken

Das war in Herbécourt, einer inmitten von Feldern gelegenen, umfriedeten Anlage mit Platz für mehrere Hundert, Australier zumeist, doch das war ein britischer Bursche, dem diese Inschrift gehörte. War es verwerflich, ein solcher Connaisseur des Leids geworden zu sein? Doch es stimmte, sie hatte ihre Lieblingsfriedhöfe. Blighty Valley zum Beispiel und Thistle Dump, beide halb versteckt vor der Straße in einer Talsenke; oder Quarry, eine Gräberstätte, die wie ein verlassener Dorffriedhof aussah; oder Devonshire, jener winzige Flecken allein für die Soldaten des Regiments Devonshire, die am ersten Tag der Schlacht an der Somme starben, die kämpften, um diese Anhöhe zu halten, und sie bis heute hielten. Man folgte Wegweisern in der dunkelgrünen Farbe der britischen Rennfahrer und wanderte dann über von hölzernen Marterchristussen bewachte Felder zu diesen Horten der Ordnung, wo alles seinen Platz hatte. Grabzeichen waren wie hochkant stehende Dominosteine aufgereiht; darunter waren ihre Besitzer anwesend, vorschriftsgemäß, registriert und versorgt. Cremefarbene Altarsteine verkündeten, daß ihr Name lebet ewiglich: THEIR NAME LIVETH FOR EVERMORE. Und so war es auch, auf den Gräbern, in den Büchern, in den Herzen, in den Erinnerungen.

Jedes Jahr fragte sie sich, ob dies wohl ihr letzter Besuch sein würde. Ihr Leben bot ihr nicht mehr die zuversichtliche Gewißheit zweier weiterer Jahrzehnte, eines Jahrzehnts, fünf weiterer Jahre. Statt dessen wurde es jetzt im Jahresturnus erneuert, genau wie ihr Führerschein. Jeden April mußte Dr. Holling ihr die Tauglichkeit für noch einmal zwölf Monate hinter dem Steuer attestieren. Vielleicht würden sie und der Morris am selben Tag hinüber sein.

Vorher war es die Fähre über den Kanal gewesen, der D-Zug nach Amiens, ein Bummelzug und dann ein, zwei Busse. Seit sie den Morris angeschafft hatte, war sie theoretisch freier geworden; dennoch behielt sie ihr Programm fast unveränderlich bei. Sie fuhr nach Dover, nahm eine Nachtfähre und überquerte den Ärmelkanal in der Finsternis an der Seite stämmiger Fernfahrer. Das sparte Geld und bewirkte, daß sie stets bei Tagesanbruch in Frankreich war. Kein Morgen Dämmert … Er mußte sich bei jedem Tagesanbruch gefragt haben, ob dies das Datum war, das sie auf seinen Grabstein setzen würden … Dann folgte sie der N 43 nach St-Omer, nach Aire und Lillers, wo sie in der Regel ein Croissant und *thé à l'anglaise* zu sich nahm. Von Lillers führte die N 43 weiter nach Béthune, doch davor schreckte sie zurück: Südlich von Béthune lag die D 937 nach Arras und dort, auf einer geraden Strecke, wo die Straße einen mahnenden Bogen machte, stand Brigadier Sir Frank Higginsons gewölbter Portikus. Daran sollte man nicht vorbeifahren, selbst wenn man die Absicht hatte zurückzukehren. Einmal, als sie den Morris erst kurze Zeit besaß, hatte sie das getan, war im zweiten Gang an Cabaret Rouge entlanggefahren, und es erschien ihr wie eine grobe Unhöflichkeit gegen Sammy und diejenigen, die neben ihm lagen: Nein, ihr seid noch nicht dran, wartet gefälligst, wir kommen schon noch. Nein, das machten nur die anderen Autofahrer.

Daher fuhr sie statt dessen von Lillers direkt nach Süden und über die D 341 nach Arras. Dort, in dem spitzwinkligen Dreieck, dessen südliche Eckpunkte Albert und Péronne bildeten, begann sie ihre feierliche und unerläßliche Tour durch die Wälder und Felder, in denen die britische Armee vor so vielen Jahrzehnten ihren Gegenangriff zur Entlastung der Franzosen bei Verdun geführt hatte. So hatte es jedenfalls angefangen. Inzwischen hatten die Gelehrten sicherlich ihre Zweifel daran, aber dazu waren sie ja da; sie selbst konnte keine Argumente mehr vorbringen und keine Stellungen beziehen. Für sie zählte nur, was sie damals erfahren hatte: die Umrisse einer Strategie, die Überzeugung von seiner Tapferkeit und die Gegebenheiten der Trauer.

Am Anfang, damals, war die Gemeinsamkeit des Leids eine

Hilfe gewesen: Ehefrauen, Mütter, Kameraden, ein Aufgebot hoher Tiere und ein Hornist im prickelnden Morgendunst, den die schwache Novembersonne nicht hatte fortbrennen können. Später hatte das Gedenken an Sam sich verändert: Es wurde Arbeit, eine kontinuierliche Größe; an die Stelle von Schmerz und Glanz trat heftige Unvernunft, sowohl was seinen Tod als auch was ihr Gedenken daran betraf. Während dieser Zeit lechzte sie nach der Einsamkeit und der schwelgerischen Ichbezogenheit des Leids: ihr Sam, ihr Verlust, ihre Trauer, und kein anderes Leid kam dem gleich. Das gab sie durchaus zu: Es war nichts Schändliches dabei. Doch nun, ein halbes Jahrhundert später, waren diese Gefühle einfach ein Teil von ihr geworden. Ihr Leid war eine Krücke, notwendig und stützend; sie konnte sich nicht vorstellen, ohne sie zu gehen.

Wenn sie Herbécourt und Devonshire, Thistle Dump und Caterpillar Valley hinter sich hatte, dann kam sie, stets mit einem Gefühl der Beklommenheit, zu der großen Gedenkstätte aus rotem Backstein in Thiepval. Ein Triumphbogen, ja, doch von welcher Art, fragte sie sich: ein Triumph über den Tod, oder ein Triumph *des* Todes? «Hier sind die Namen von Offizieren und Soldaten der britischen Armeen festgehalten, die von Juli 1915 bis Februar 1918 auf den Schlachtfeldern an der Somme fielen, denen die Geschicke des Krieges jedoch das namentliche und ehrenvolle Begräbnis vorenthielten, das ihren Kameraden im Tode zuteil wurde.» Thiepval Ridge, Pozières Wood, Albert, Morval, Ginchy, Guillemont, Ancre, Ancre Heigths, High Wood, Delville Wood, Bapaume, Bazentin Ridge, Miraumont, Transloy Ridges, Flers-Courcelette. Schlacht um Schlacht, und jeder war ein eigener steinerner Lorbeerkranz, ein eigener Mauerabschnitt zugeteilt: Name um Name, die Vermißten von der Somme, die amtlichen Graffiti des Todes. Dieses Mahnmal von Sir Edwin Lutyens erfüllte sie mit Abscheu, von Anfang an. Der Gedanke an diese Verlorenen war ihr unerträglich, die da in unkenntliche Stücke zersprengt, von den Schlammfeldern verschlungen waren, eben noch vollkommen da mit Tornister und Gamaschen, Tabak und Verpflegung, mit Erinnerungen und Hoffnungen, der Vergangenheit und Zukunft des eigenen Lebens vollgestopft, und im nächsten Augenblick nur noch ein Khakifetzen oder ein Schienbeinsplitter zum Beweis, daß es sie je gegeben hatte. Oder schlimmer noch: Einigen dieser Namen war zunächst ein namentliches und ehrenvolles Begräbnis zuteil geworden, ein eigenes Fleckchen Erde mit ihrem Namen darüber, und dann hatte eine neue Schlacht mit ihren achtlosen Geschützen den zeitweiligen Friedhof umgepflügt und eine zweite, endgültige Vernichtung mit sich gebracht. Und doch war jeder dieser Fetzen von Uniform und Fleisch – ob frisch getötet oder weitgehend verrottet – hierher überführt und neu geordnet, in das ewige Regiment der Vermißten einberufen, ausstaffiert und in Reih und Glied ausgerichtet worden. Die Art ihres Verschwindens und ihrer erneuten Rückführung hatte etwas an sich, das über ihre Kräfte ging: Als wolle eine Armee, die sie so leichtfertig weggeworfen hatte, sie jetzt so pompös wieder in Besitz nehmen. Sie war sich nicht sicher, ob dem so war. Sie nahm nicht für sich in Anspruch, etwas von militärischen Dingen zu verstehen. Sie nahm lediglich in Anspruch, etwas vom Leid zu verstehen.

Ihre Scheu vor Thiepval bewirkte immer, daß sie es mit Skepsis, mit den Augen einer Korrektorin betrachtete. Zum Beispiel fiel ihr auf, daß die französische Übersetzung der englischen Inschrift – im Gegensatz zum Original – die genaue Zahl der Vermißten anführte. 73367. Ein weiterer Grund, warum sie nicht gerne hierherkam, wo sie direkt unter dem Bogen stand und auf den armseligen anglo-französischen Friedhof (französische Kreuze zur Linken, britische Grabsteine zur Rechten) hinuntersah, während der Wind die Augen tränen ließ, wenn sie den Blick abwandte. 73367: Ab einer bestimmten Grenze wurden die Zahlen nichtssagend und verloren ihre

Wirkung. Je mehr Tote, desto unverhältnismäßiger der Schmerz. 73367: Selbst sie, die Expertin des Leids, konnte sich das nicht vorstellen.

Vielleicht hatten die Briten erkannt, daß die Zahl der Vermißten mit den Jahren weiter zunehmen mochte, daß keine fixe Summe je stimmen konnte; vielleicht hielt nicht die Scham, sondern so etwas wie eine Poesie der Vernunft sie davon ab, eine Ziffer zu nennen. Und sie hatten recht: Die Zahlen hatten sich in der Tat geändert. Der Bogen war 1932 vom Prinzen von Wales eingeweiht worden, und alle Namen aller Vermißten waren in seine Wände gemeißelt, aber dennoch waren hier und da, wo sie nicht hingehörten, nachträglich der Vergessenheit entrissen, einige Soldaten lediglich unter dem Titel Addenda aufgeführt. Mittlerweile kannte sie alle Namen: Dodds T., Northumberland Fusiliers; Malcolm H. W., The Cameronians; Lennox F. J., Royal Irish Rifles; Lovell F. H. B., Royal Warwickshire Regiment; Orr R., Royal Inniskillins; Forbes R., Cameron Highlanders; Roberts J., Middlesex Regiment; Moxham A., Wiltshire Regiment; Humphries F. J., Middlesex Regiment; Hughes H. W., Worcestershire Regiment; Bateman W. T., Northamptonshire Regiment; Tarling E., The Cameronians; Richards W., Royal Field Artillery; Rollins S., East Lancashire Regiment; Byrne L., Royal Irish Rifles; Gale E. O., East Yorkshire Regiment; Walters J., Royal Fusiliers; Argar D., Royal Field Artillery. Kein Morgen Dämmert, Keine Nacht Bricht An …

Rollins S. fühlte sie sich am engsten verbunden, da er dem East Lancashire angehörte; aber Malcolm H. W. beschäftigte sie am meisten. Malcolm H. W. oder mit seiner vollen Inschrift: «Malcolm H. W. The Cameronians (Sco. Rif.) gedient als Wilson H.» Ein Addendum und ein Korrigendum zugleich. Als sie ihn entdeckte, hatte es ihr zunächst gefallen, sich seine Geschichte auszumalen. War er noch zu jung? Hatte er seinen Namen gefälscht, um der Familie zu entfliehen, von einem

Mädchen wegzulaufen? Wurde er wegen eines Verbrechens gesucht, wie diese Burschen, die in die französische Fremdenlegion eintraten? Eigentlich wollte sie gar keine Antwort haben, aber sie träumte gern ein wenig von diesem Mann, dem man erst seine Identität und dann das Leben genommen hatte. Diese Akkumulation des Verlusts schien ihn zu erhöhen; eine Zeitlang drohte er, gesichtslos und ikonenhaft, Sammy und Denis als Sinnbild des Krieges Konkurrenz zu machen. In späteren Jahren lehnte sie derartige Phantastereien ab. Im Grunde war da gar nichts Geheimnisvolles. Aus Schütze H. W. Malcolm wird H. Wilson. Bestimmt hieß er in Wirklichkeit H. Wilson Malcolm, und als er sich freiwillig meldete, wurde der falsche Name in die falsche Spalte eingetragen; später ließ sich das nicht mehr ändern. Das wäre einleuchtend: Der Mensch ist nur ein Schreibfehler, den der Tod korrigiert.

Die Hauptinschrift über dem mittleren Bogen hatte sie nie sonderlich gemocht:

AUX ARMEES
FRANCAISE ET
BRITANNIQUE
L'EMPIRE
BRITANNIQUE
RECON-
NAISSANT

Jede Zeile war zentriert, was korrekt war, doch da war viel zuviel freier Platz unter der Inschrift. Sie hätte «weniger #» in den Fahnenabzug eingetragen. Und von Jahr zu Jahr mißfiel ihr die Trennung des Wortes *reconnaissant* mehr. Es gab diesbezüglich mehrere Denkrichtungen – sie hatte sich jahrelang mit ihren Vorgesetzten herumgestritten –, doch sie beharrte darauf, daß es Unsinn sei, ein Wort in der Mitte eines verdoppelten Konsonanten zu trennen. Ein Wort wurde da getrennt, wo es von sich aus eine Fuge hatte. Man sah ja, was dieser militärische, architektonische oder bildhauerische Trottel da angerichtet hatte: einen Bruch, bei dem aus Versehen ein eigenständiges Wort, *naissant*, übrigblieb. *Naissant* hatte nichts mit *reconnaissant* zu tun, ganz und gar nicht; schlimmer noch, es warf auf diesem Denkmal des Todes den Gedanken der Geburt auf. Sie hatte deswegen an die War Graves Commission geschrieben, vor Jahren schon, und man hatte ihr versichert, alle Vorschriften seien korrekt eingehalten worden. Und das sagten sie *ihr!*

Auch mit EVERMORE war sie unzufrieden. *Their name liveth for evermore:* hier in Thiepval wie auch in Cabaret Rouge, Caterpillar Valley, Combles Communal Cemetery Extension und allen anderen größeren Gedenkstätten. Natürlich war das die korrekte Form oder zumindest die eher eingebürgerte Form; doch vom Gefühl her hätte sie es lieber in zwei Wörtern gesehen. EVER MORE: so schien es gewichtiger, mit einem gleich starken Glockenschlag auf beiden Hälften. Auf jeden Fall hatte sie einen Streit mit dem Wörterbuch über *evermore.* «Immer, allezeit, beständig, fortwährend.» Ja, das konnte es in der allgegenwärtigen Inschrift bedeuten. Doch sie zog Bedeutung 1) vor: «In alle Ewigkeit.» Ihr Name lebet in alle Ewigkeit. Kein Morgen dämmert, keine Nacht bricht an, da wir nicht Dein gedenken. Das sollte die Inschrift besagen. Doch das Wörterbuch hatte Bedeutung 1) als *«Obs. exc. arch.»* markiert: Veraltet bzw. veraltend. Nein, ganz bestimmt nicht, nein. Zumal der letzte Beleg nicht weiter zurücklag als 1854. Sie hätte Mr. Rothwell darauf angesprochen oder zumindest einen Bleistiftschnörkel auf den Fahnenabzug gesetzt; doch dieser Eintrag wurde nicht revidiert, und der Buchstabe E war über ihren Schreibtisch gewandert, ohne daß sie Gelegenheit hatte, die Berichtigung vorzunehmen.

EVERMORE. Sie fragte sich, ob es so etwas wie ein kollektives Gedächtnis gab, etwas, das über die Summe individueller Gedächtnisse hinausging. Wenn ja, war es dann lediglich zeitgleich, aber irgendwie reichhaltiger; oder hielt es länger an? Sie fragte sich, ob man denjenigen, die für Kenntnisse aus erster Hand zu jung waren, Gedächtnis weitergeben, es ihnen einpflanzen konnte. Darüber dachte sie besonders in Thiepval nach. Obwohl sie den Ort haßte, wurde doch ein vorsichtiger Hoffnungsfunke in ihr wach, wenn sie junge Familien über den Rasen zu dem *arc-de-triomphe* aus rotem Backstein ziehen sah. Christliche Kathedralen konnten mit ihrem ungeheuren Geltungsdrang religiösen Glauben einflößen; warum sollte Lutyens' Mahnmal dann nicht einen ebenso über das Rationale hinausgehenden Widerhall finden? Das mißmutige Kind, das über das fremdartige Essen quengelte, das seine Mutter aus Plastikbehältern hervorholte, könnte hier Gedächtnis bekommen. Ein solcher Bau zeugte auch für das ungeübteste Auge von der Präexistenz der tiefsten Gefühle. Hier waren Leid und Ehrfurcht lebendig; man konnte sie atmen, in sich aufnehmen. Und in dem Fall mochte dieses Kind dann vielleicht wieder sein eigenes Kind hierherbringen und so immer weiter, von einer Generation zur anderen, EVERMORE. Nicht nur, um die Vermißten zu zählen, sondern um zu begreifen, was die, von denen sie vermißt wurden, durchlebt hatten, und ihren eigenen Verlust nachzuempfinden.

Vielleicht war das ein Grund, weshalb sie Denis geheiratet hatte. Natürlich hätte sie das nie tun sollen. Und in gewisser Weise hatte sie es auch nicht, denn eine körperliche Vereinigung hatte es nicht gegeben: Sie nicht willens, er nicht in der Lage. Es hatte zwei Jahre angedauert, und seine verständnislosen Augen, als sie ihn wieder ablieferte, waren unmöglich zu vergessen. Zu ihrer Verteidigung konnte sie lediglich vorbringen, daß sie nur dieses einzige Mal so aus reiner Selbstsucht gehandelt hatte: Sie hatte ihn aus ihren eigenen Gründen geheiratet und aus ihren eigenen Gründen wieder fallenlassen. Manch einer mochte sagen, daß ihr Leben auch sonst selbstsüchtig war, da einzig und allein dem persönlichen Gedenken gewidmet; doch diese Selbstsüchtigkeit tat niemand anderem weh.

Armer Denis. Er sah immer noch gut aus, als er zurückkam, selbst wenn sein Haar an einer Seite weiß wurde und er sabberte. Wenn die Anfälle kamen, kniete sie sich auf seine Brust und drückte ihm die Zunge mit einem Bleistiftstummel nach unten. Jede Nacht wälzte er sich unruhig durch seinen Schlaf, murmelte und brüllte, war eine Zeitlang still und schrie dann mit Kasernenhofpräzision *Hip! hip! hip!* Wenn sie ihn aufweckte, konnte er sich nie erinnern, was eigentlich passiert war. Er hatte das Gefühl von Schuld und Pein, aber keine spezielle Erinnerung daran, weshalb er sich schuldig fühlte. Sie wußte es: Denis war von einem Granatsplitter getroffen und hinter die Front ins Lazarett gebracht worden, ohne daß er von seinem besten Kumpel Judi Moss Abschied nehmen konnte, und am nächsten Tag war Sammy beim Bombenangriff der Hunnen gefallen. Nach zwei Jahren Ehe, zwei Jahren, in denen sie zugesehen hatte, wie Denis das Büschel weißer Haare energisch bürstete, um es zum Verschwinden zu bringen, hatte sie ihn zu seinen Schwestern zurückgebracht. Von nun an, so erklärte sie ihnen, sollten sie sich um Denis kümmern, und sie würde sich um Sam kümmern. Die Schwestern hatten sie in stummer Verwunderung angestarrt. Hinter ihnen stand Denis mit nassem Kinn und verständnislosen braunen Augen im Flur, und seine unbeholfene Geduld drückte aus, daß dieses neueste Ereignis an sich nichts Besonderes war, nur eins von etlichen Dingen, die er nicht begriff, und daß im weiteren Verlauf seines Lebens gewiß noch viel mehr käme, das ihm gleichfalls entging.

Einen Monat später hatte sie die Arbeit bei dem Wörterbuch angenommen. Sie arbeitete allein in einem feuchten Kellerraum, an einem Schreibtisch, auf dem sich lange Fahnenabzüge schlängelten. Kondenswasser bildete Perlen an der Fensterscheibe. Sie war mit einer Tischlampe aus Messing und einem

Bleistift bewehrt, den sie anspitzte, bis er so kurz war, daß er nicht mehr in die Hand paßte. Ihre Handschrift war groß und locker, etwa so wie die von Sammy; sie strich aus und fügte ein, genau wie er es auf seinen Feldpostkarten getan hatte. Keine Eintragung auf dieser Seite der Fahne. Jeder weitere Zusatz hat die Vernichtung des Fahnenabzugs zur Folge. Nein, sie konnte unbesorgt sein; sie machte ihre Korrekturzeichen ungestraft. Sie entdeckte Doppelpunkte, die kursiv statt in Antiqua gesetzt waren, Klammern, die eckig waren statt rund, widersprüchliche Abkürzungen, irreführende Querverweise. Bisweilen machte sie einen Vorschlag. So merkte sie etwa in verschnörkelter Bleistiftschrift an, dieses oder jenes Wort sei ihrer Meinung nach eher vulgär als umgangssprachlich, oder die erläuterte Bedeutung sei eher bildlich als übertragen. Sie reichte die Fahnen an Mr. Rothwell von der Chefredaktion weiter, aber sie fragte nie nach, ob ihren Anmerkungen letztendlich Folge geleistet wurde. Mr. Rothwell, ein bärtiger, wortkarger und friedfertiger Mensch, schätzte ihr unbestechliches Auge, ihre sichere Beherrschung der Gepflogenheiten des Wörterbuchs und ihre Bereitschaft, Arbeit mit nach Hause zu nehmen, wenn eine Lieferung in Kürze in Druck gehen sollte. Er stellte für sich wie anderen gegenüber fest, sie habe eine merkwürdig streitbare Einstellung zu als veraltet markierten Wörtern. Oftmals schlug sie *?veraltet* als korrekte Markierung vor statt *veraltet*. Vielleicht war das eine Frage der Lebensjahre, dachte Mr. Rothwell; jüngere Leute konnten vielleicht bereitwilliger akzeptieren, daß ein Wort sich überlebt hatte.

In Wirklichkeit war Mr. Rothwell nur fünf Jahre jünger als sie; doch Miss Moss – wie sie nach der Rückgabe von Denis wieder hieß – war rasch, beinahe willentlich gealtert. Die Jahre vergingen, und sie wurde korpulent, die Haare flatterten ein wenig ungebärdiger von den Haarspangen weg, und die Brillengläser wurden stärker. Ihre Strümpfe sahen dick und altmodisch aus, und sie brachte ihren Regenmantel nie in die Reinigung. Wenn jüngere Lexikographen in ihr Büro kamen, wo eine Reihe älterer Akten aufbewahrt wurde, überlegten sie, ob der schwache Geruch nach Kaninchenstall von den Wänden, den alten Druckfahnen, Miss Moss' Regenmantel oder Miss Moss selbst stammte. Mr. Rothwell war das alles völlig gleichgültig, er sah nur die Exaktheit ihrer Arbeit. Obwohl sie vom Verlag her Anspruch auf einen Jahresurlaub von fünfzehn Arbeitstagen hatte, nahm sie nie mehr als eine einzige Woche.

Anfangs fiel dieser Urlaub mit der elften Stunde des elften Tages des elften Monats zusammen; Mr. Rothwell war taktvoll genug, sich nicht näher zu erkundigen. In späteren Jahren jedoch nahm sie ihre freie Woche in anderen Monaten, im späten Frühjahr oder Anfang Herbst. Als ihre Eltern starben und sie etwas Geld erbte, überraschte sie Mr. Rothwell damit, daß sie eines Tages in einem kleinen grauen Morris mit roten Ledersitzen zur Arbeit erschien. Daran prangte vorne ein Automobilklubzeichen aus gelbem Metall und hinten ein metallenes GB-Schild. Mit dreiundfünfzig Jahren hatte sie die Fahrprüfung auf Anhieb geschafft, und sie steuerte ihren Wagen mit einer Präzision, die schon an Elan grenzte.

Sie schlief immer im Wagen. Das sparte Geld; doch vor allem konnte sie so mit sich und Sam allein sein. Die Dörfer in dem spitzen Dreieck südlich von Arras gewöhnten sich an den Anblick eines nicht mehr ganz neuen, stahlgrauen britischen Wagens, der neben dem Kriegerdenkmal parkte; innen schlief eine ältere, in ein Reiseplaid gehüllte Dame auf dem Beifahrersitz. Sie schloß das Auto über Nacht nie ab, denn es erschien ihr ungehörig, ja respektlos, sich zu ängstigen. Sie schlief, während das Dorf schlief, und wachte auf, wenn eine durchnäßte Kuh auf dem Weg zum Melken sanft an einen Kotflügel des geparkten Morris streifte. Ab und zu wurde sie von einem Dorfbewohner hereingebeten, doch sie nahm lieber keine Gastfreundschaft an. Ihr Betragen wurde nicht als seltsam angesehen, und die Cafés in der Gegend wußten, daß sie ihr *thé à l'anglaise* zu servieren hatten, ohne daß sie darum bitten mußte.

Wenn sie Thiepval hinter sich hatte, Thistle Dump und Caterpillar Valley, fuhr sie durch Arras hindurch und nahm die D 937 nach Béthune. Vor ihr lagen Vimy, Cabaret Rouge, Notre-Dame-de-Lorette. Doch zunächst mußte sie immer noch einen anderen Besuch abstatten: in Maison Blanche. Was für friedliche Namen sie zumeist hatten. Doch hier in Maison Blanche waren 40000 tote Deutsche bestattet, 40000 Hunnen lagen da unter ihren dünnen schwarzen Kreuzen, so ordentlich anzuschauen wie von den Hunnen zu erwarten, wenn auch nicht so prachtvoll wie die britischen Gräber. Dort verweilte sie ein wenig, las aufs Geratewohl ein paar Namen und überlegte beiläufig, wenn sie ein Datum kurz nach dem 21. Januar 1917 fand, ob das der Hunne sein mochte, der ihren Sammy getötet hatte. War das der Mann, der den Abzug gedrückt, das Maschinengewehr geladen, sich die Ohren zugehalten hatte, als die Haubitze dröhnte? Und sieh mal an, wie schnell es danach mit ihm aus war: Noch etwa zwei Tage, eine Woche, einen Monat im Schlamm, dann war er zu namentlichem und ehrenvollem Begräbnis angetreten und schaute wiederum zu ihrem Sammy hin, diesmal allerdings nicht durch Stacheldraht und 50 yds von ihm getrennt, sondern durch ein paar Kilometer Asphalt.

Sie spürte keinen Groll auf diese Hunnen; die Zeit hatte allen Zorn auf den Mann, das Regiment, die Hunnenarmee, das Volk, die Sam umgebracht hatten, von ihr fortgespült. Ihr Unmut galt denen, die danach gekommen waren und die mit dem freundschaftlichen Namen Hunnen auszuzeichnen sie sich weigerte. Sie haßte den Hitlerkrieg, da er die Erinnerung an den Großen Krieg herabgesetzt, ihm eine Nummer zugeteilt hatte, nur mehr der erste von zweien. Und sie haßte es, wie der Große Krieg für seinen Nachfolger verantwortlich gemacht wurde, als hätten Sam, Denis und alle anderen Gefallenen des

East Lancashire mit bewirkt, was dann noch kam. Sam hatte getan, was er konnte – er hatte gedient und war gestorben –, und wurde nur allzu rasch damit bestraft, daß er in der Erinnerung eine untergeordnete Rolle zugewiesen bekam. Die Zeit benahm sich völlig irrational. Fünfzig Jahre zurück bis an die Somme; noch einmal hundert zurück bis Waterloo; weitere vierhundert bis Agincourt oder Azincourt, wie die Franzosen dazu sagten. Doch jetzt waren diese Entfernungen näher aneinandergeschoben worden. Sie gab 1939–1945 die Schuld.

Sie hielt sich wohlweislich von den Gegenden Frankreichs fern, wo sich der zweite Krieg abgespielt hatte oder wo man zumindest seiner gedachte. In den Anfangsjahren des Morris hatte sie bisweilen den Fehler gemacht, sich vorzustellen, sie sei auf Ferienreise, sei eine Touristin. Da hielt sie wohl einmal gedankenlos auf einem Parkplatz an oder bummelte in einem friedlichen, hitzegeplagten Landesteil durch eine Seitenstraße, und plötzlich sprang sie eine säuberlich in eine Trockenmauer eingelassene Tafel an. Sie war dem Andenken an einen Monsieur Un Tel gewidmet, *lâchement assassiné par les Allemands*, oder *tué*, oder *fusillé*, und dann folgte ein beleidigend modernes Datum: 1943, 1944, 1945. Sie verstellten den Blick, diese Todesfälle und diese Daten; sie heischten Aufmerksamkeit durch ihre Neuheit. Sie weigerte sich, sie weigerte sich.

Wenn sie so über den zweiten Krieg stolperte, dann eilte sie stets in das nächstgelegene Dorf, um dort Trost zu finden. Sie wußte immer, wo sie suchen mußte: neben der Kirche, der *mairie*, dem Bahnhof, an einer Weggabelung; auf einem staubigen Dorfplatz mit brutal gestutzten Linden und ein paar rostenden Caféhausstühlen. Dort fand sie ihre feuchtigkeitsfleckige Gedenkstätte mit dem heroischen *poilu*, der trauernden Witwe, der triumphierenden Marianne, dem krakeelenden Hahn. Nicht daß die Geschichte, die sie auf dem Sockel las, der bildhauerischen Illustration irgend bedurfte. 67 gegen 9, 83 gegen 12, 40 gegen 5, 27 gegen 2: Hier war die ewigwährende Bestätigung, die sie suchte, das historische Korrigendum. Sie berührte die in Stein gemeißelten Namen, deren Vergoldung an der Wetterseite fortgewaschen war. Zahlen, deren vertraute Proportionen von dem schrecklichen Primat des Großen Krieges kündeten. Ihr Blick wanderte über die größere Liste und blieb bei einem zweifach, dreifach, vierfach, fünffach, sechsfach wiederholten Namen hängen: die männliche Generation einer gesamten Familie komplett zu einem namentlichen und ehrenvollen Begräbnis hinweggerafft. In den keinen Widerspruch duldenden Todesstatistiken fand sie die Tröstung, die sie brauchte.

Die letzte Nacht verbrachte sie in Aix-Noulette (101 zu 7); in Souchez (48 zu 6), wo sie eine Gedenkminute einlegte für Plouvier, Maxime, Sergeant, gefallen am 17. Dezember 1916, der letzte aus seinem Dorf, der vor ihrem Sam starb; in Carency (19 zu 1); in Ablain-Saint-Nazaire (66 zu 9), wo von den männlichen Lherbiers acht umgekommen waren, vier auf dem *champ d'honneur*, drei als *victimes civiles*, einer als *civil fusillé par l'ennemi*. Am nächsten Morgen machte sie sich dann gramgebeugt auf nach Cabaret Rouge, während der Tau noch auf dem Gras lag. Sie sprach nicht mehr zu Sam; es war schon seit Jahrzehnten alles gesagt. Das Herz war ausgeschüttet, die Entschuldigungen waren abgegeben, die Geheimnisse mitgeteilt worden. Sie weinte auch nicht mehr; das hatte gleichfalls aufgehört. Doch die Stunden, die sie mit ihm in Cabaret Rouge verbrachte, waren die bedeutsamsten ihres Lebens. So war es seit jeher.

Die D 937 machte bei Cabaret Rouge einen mahnenden Bogen und stellte damit sicher, daß man respektvoll abbremste und Brigadier Sir Frank Higginsons hübschem gewölbten Portikus Beachtung schenkte, der als Eingangsportal und Gedenkbogen zugleich diente. Vom Portikus aus fiel das Gräberfeld zunächst ab und stieg dann zu dem Hochkreuz hin wieder an, an dem kein Christus hing, sondern ein Bronzeschwert. Symmetrisch und amphitheatralisch angelegt, beherbergte Cabaret

Rouge 6 676 britische Soldaten, Matrosen, Marineinfanteristen und Flieger; 732 Kanadier; 121 Australier; 42 Südafrikaner; 7 Neuseeländer; 2 Angehörige der Royal Guernsey Light Infantry; 1 Inder; 1 Angehörigen einer unbekannten Einheit; und 4 Deutsche.

Außerdem enthielt es oder hatte, genauer gesagt, einst über sich verstreut bekommen die Asche des Brigadiers Sir Frank Higginson, Generalsekretär der Imperial War Graves Commission, der 1958 im Alter von sechsundachtzig Jahren gestorben war. Das bewies wahre Treue und wahres Gedenken. Seine Witwe, Lady Violet Lindsley Higginson, war vier Jahre darauf gestorben, und auch ihre Asche war hier verstreut worden. Glückliche Lady Higginson. Warum sollte der Gattin eines Brigadiers, der im Großen Krieg alles mögliche getan haben mochte, aber doch nicht gestorben war, ein solch beneidenswertes und ruhmreiches Begräbnis gestattet sein und der Schwester eines der Soldaten, die das Kriegsgeschick einer namentlichen und ehrenvollen Bestattung zugeführt hatte, ein solcher Trost dagegen verwehrt werden? Die War Graves Commission hatte ihren Antrag zweimal mit der Begründung abgelehnt, ein Militärfriedhof nehme keine zivile Asche auf. Als sie das dritte Mal schrieb, waren sie nicht mehr so höflich und verwiesen sie schroff auf die vorherigen Schreiben.

Im Laufe der Jahre hatte es Zwischenfälle gegeben. Man hatte sie davon abgehalten, in der elften Stunde des elften Tages des elften Monats zu kommen, indem man ihr die Erlaubnis zur Übernachtung neben seinem Grab verweigerte. Es hieß, man habe keine Campinganlagen; man gab sich mitfühlend, doch wenn das nun alle anderen auch wollten? Sie schrieb zurück, es liege klar auf der Hand, daß niemand anders das auch wollte, und wenn doch, dann sollte dieser Wunsch respektiert werden. Nach einigen Jahren vermißte sie die offizielle Gedenkfeier jedoch nicht mehr: Es schien ihr da voll von Menschen, deren Gedenken nicht echt, nicht aufrichtig war.

Es hatte Probleme mit der Bepflanzung gegeben. Das Gras auf dem Friedhof war französisches Gras, und es schien ihr eine rauhere Sorte zu sein, die nicht dazu taugte, daß britische Soldaten darunter lagen. Ihr Kampf mit der War Graves Commission um diese Frage hatte zu nichts geführt. Daher brachte sie einmal im Frühjahr einen kleinen Spaten und einen Quadratmeter englischen Rasens mit, den sie in einer Plastiktüte feucht hielt. Nach Einbruch der Dunkelheit grub sie das beleidigende französische Gras aus und verlegte dafür den weicheren englischen Rasen, den sie zurechtdrückte und dann festtrat. Sie war mit ihrem Werk zufrieden, und als sie im folgenden Jahr auf das Grab zuging, entdeckte sie keine Spuren ihrer Nachbesserung. Doch beim Niederknien erkannte sie, daß ihr Werk ungetan gemacht worden war: Das französische Gras war wieder da. Das gleiche war geschehen, als sie insgeheim ihre Blumenzwiebeln pflanzte. Sam mochte Tulpen, vor allem gelbe, und einmal hatte sie zur Herbstzeit ein halbes Dutzend Zwiebeln in die Erde gedrückt. Doch als sie im nächsten Frühjahr zurückkam, waren da nur verstaubte Geranien vor seinem Grabstein.

Außerdem war das Grab geschändet worden. Vor noch gar nicht langer Zeit. Sie kam kurz nach der Morgendämmerung an und fand etwas auf dem Gras, das sie zunächst einem Hund zuschrieb. Doch als sie das gleiche vor 1685 Schütze W. A. Andrade 4th Bn. London Regt. R. Fus. 15. März 1915 fand und vor 675 Schütze Leon Emanuel Levy The Cameronians (Sco. Rif.) 16. August 1916 im Alter von 21 Jahren Und Die Seele Kehret Zurück Zu Gott, Der Sie Gegeben Hat – Mutter, da kam es ihr höchst unwahrscheinlich vor, daß ein Hund oder drei Hunde es fertiggebracht hatten, die einzigen drei jüdischen Gräber auf dem Friedhof aufzuspüren. Sie stauchte den Verwalter gehörig zusammen. Er gab zu, daß solche Schändungen schon des öfteren vorgekommen waren, daß auch Farbe gesprüht worden war, doch er sei stets bemüht, vor allen anderen da zu sein und die Spuren zu beseitigen. Sie erklärte ihm, er möge ja ehrlich sein, doch er sei eindeutig faul. Sie gab dem zweiten Krieg die Schuld. Sie versuchte, nicht mehr daran zu denken.

Für sie war der Blick zurück auf das Jahr 1917 nunmehr unverstellt: Die Jahrzehnte waren gemähtes Gras, und am Ende stand eine Reihe weißer Grabsteine, dominodünn. 1358 Schütze Samuel M. Moss East Lancashire Regt. 21. Januar 1917, und mitten darauf der Davidsstern. Einige Gräber in Cabaret Rouge waren anonym, ohne Worte oder Symbole, die auf die Identität des Toten hinwiesen; manche trugen Inschriften, Regimentsabzeichen, irische Harfen, Springböcke, Ahornblätter, neuseeländischen Farn. Die meisten hatten ein christliches Kreuz; nur drei zeigten den Davidsstern. Schütze Andrade, Schütze Levy und Schütze Moss. Ein britischer Soldat, der unter dem Davidsstern begraben lag: Daran hielt sie sich fest. Sam hatte aus dem Ausbildungslager geschrieben, daß die Kameraden ihn hänselten, aber in der Schule hatte er auch immer nur Judi Moss geheißen, und es waren ja gute Kerle, die meisten jedenfalls, oder doch in der Kaserne nicht übler als im Zivilleben. Sie machten all die Bemerkungen, die er ohnehin schon kannte, doch Judi Moss war ein britischer Soldat, gut genug, um mit seinen Kameraden zu kämpfen und zu sterben, und das hatte er auch getan, und dafür wurde seiner gedacht. Sie schob den zweiten Krieg beiseite, der alles nur verwirrte. Er war ein britischer Soldat, East Lancashire Regiment, in Cabaret Rouge unter dem Davidsstern begraben.

Sie fragte sich, wann man die Gräberfelder wohl umpflügen würde, Herbécourt, Devonshire, Quarry, Blighty Valley, Ulster Tower, Thistle Dump und Caterpillar Valley; Maison Blanche und Cabaret Rouge. Sie sagten, niemals. Dieses Land, so las sie es überall, war das «Geschenk des französischen Volkes als ewige Ruhestätte für die Gefallenen der alliierten Armeen ...» und so weiter. EVERMORE, sagten sie, und sie wollte hören:

in alle Ewigkeit. Die War Graves Commission, ihre wechselnden Parlamentsabgeordneten, das Auswärtige Amt, der kommandierende Offizier von Sammys Regiment, sie erzählten ihr alle das gleiche. Sie glaubte ihnen nicht. Bald – in vielleicht fünfzig Jahren – wären alle, die im Krieg gedient hatten, tot; und irgendwann danach wären auch alle tot, die jemanden gekannt hatten, der gedient hatte. Wenn nun das Gedächtnisverpflanzen nicht funktionierte oder die Erinnerungen an sich als schändlich erachtet wurden? Als erstes, so nahm sie an, würden die kleinen Steintafeln in den Nebenstraßen fortgemeißelt werden, da Franzosen und Deutsche einander offiziell schon seit Jahren nicht mehr haßten, und es wäre nicht gut, wenn deutsche Touristen der hinterhältigen Morde angeklagt würden, die ihre Vorfahren verübt hatten. Dann würden die Kriegerdenkmäler samt ihren wichtigen Statistiken abgerissen. Einige wenige würden vielleicht als architektonisch bedeutsam eingestuft; doch eine neue, fröhliche Generation würde sie für morbide halten und sich zur Belebung der Dörfer etwas Besseres einfallen lassen. Und danach wäre es an der Zeit, die Friedhöfe umzupflügen und wieder einer guten landwirtschaftlichen Nutzung zuzuführen: Sie hatten schon allzu lange brachgelegen. Priester und Politiker würden die Sache schon richten, und die Bauern würden ihr Land zurückbekommen, mit Blut und Knochen gedüngt. Thiepval würde vielleicht unter Denkmalschutz gestellt, doch ob man Brigadier Sir Frank Higginsons gewölbten Portikus erhalten würde? Den Bogen in der D 937 würden sie zu einer Gefahr für den Straßenverkehr erklären; es brauchte sich nur jemand betrunken zu Tode zu fahren, und schon würde die Straße nach so langer Zeit wieder begradigt werden. Dann konnte das große Vergessen einsetzen, das Zurücktreten in die Landschaft. Der Krieg würde zu ein paar Museen, einer Kollektion Vorführ-Schützengräben und einigen wenigen Namen eingeebnet, als Kürzel für ein sinnloses Opfer.

Ob es wohl doch ein letztes glühendes Aufflackern des Gedenkens gäbe? In ihrem Fall würde es nicht mehr lange dauern, bis ihre alljährliche Verlängerung aufhörte, bis der Schreibfehler ihres Lebens berichtigt war; doch selbst wenn sie sich zur Antiquität erklärte, traten ihre Erinnerungen anscheinend nur noch schärfer hervor. Wenn das bei einem einzelnen Menschen so war, konnte es dann nicht auch auf nationaler Ebene so sein? Konnte es nicht irgendwann in den ersten Jahrzehnten des einundzwanzigsten Jahrhunderts einen letzten, von der Abendsonne erleuchteten Moment geben, ehe das Ganze den Archivaren übergeben wurde? Konnte es nicht einen großen Blick zurück über das gemähte Gras der Jahrzehnte geben, konnte nicht eine Baumlücke die geschwungenen Reihen flacher Grabsteine enthüllen, weiße Tafeln, die ihre lebendigen Namen und furchteinflößenden Daten, ihre Harfen und Springböcke, Ahornblätter und Farne, ihre christlichen Kreuze und Davidssterne dem Auge darboten? Dann, in der Spanne eines tränenfeuchten Blinzelns, würde die Baumlücke sich schließen und das gemähte Gras verschwinden, eine gewaltige indigoblaue Wolke würde sich vor die Sonne schieben, und die Geschichte, die stumpfsinnige Geschichte, die alltägliche Geschichte, würde vergessen. Ob es so sein würde?

Gnossienne

Ich möchte gleich klarstellen, daß ich nie an Literaturtagungen teilnehme. Ich weiß, daß sie in Art-déco-Hotels nahe bei legendären Museen stattfinden; daß Sitzungen über die Zukunft des Romans im Zeichen von Kameradschaft, *brio* und *bonhomie* abgehalten werden; daß die spontan geschlossenen Freundschaften stets Bestand haben; und daß man sich nach Feierabend harte Getränke, weiche Drogen und eine ordentliche Portion sexueller Verschlingungen genehmigen darf. Bei den Taxifahrern in Frankfurt ist die alljährliche Buchmesse angeblich gar nicht beliebt, weil die Literaten sich nicht, wie anständige Angehörige anderer konferierender Berufe, zu Prostituierten kutschieren lassen, sondern lieber in ihrem Hotel bleiben und sich gegenseitig bumsen. Ich weiß auch, daß Literaturtagungen in Mafiabunkern stattfinden, wo Typhus, Tetanus und Diphtherie in der Klimaanlage brodeln; daß die Veranstalter internationale Snobs sind, denen es vor allem darum geht, ihre Ausgaben von der Steuer abzusetzen; daß die Delegierten nach Gratisflugscheinen und der Chance gieren, ihre Konkurrenten in mehreren Fremdsprachen auf einmal zu langweilen; daß in der mutmaßlichen Demokratie der Künste jeder seinen Platz in der wahren Hierarchie kennt und folglich übelnimmt; und daß noch nie ein Romancier, Dichter, Essayist oder auch nur Journalist aus so einem Mafiahotel herausgekommen ist und nachher besser schreiben konnte als vorher. All das weiß ich, wie gesagt, weil ich noch nie an einer Literaturtagung teilgenommen habe.

Meine Rückantwort kommt auf einer Postkarte ohne Absender: «Leider nein»; «Geh nie auf Konferenzen»; «Bin leider anderswo in der Welt auf Reisen»; und so weiter. Es dauerte

Jahre, bis der einleitende Satz meiner Antwort auf Einladungen aus Frankreich seine vollkommene Form gefunden hatte. Schließlich lautete er: «*Je regrette que je ne suis conférencier ni de tempérament ni d'aptitude ...*» Das fand ich recht gelungen: Wenn ich bloße Unfähigkeit geltend machte, könnte mir das als Bescheidenheit ausgelegt werden, und wenn ich allein charakterliche Ungeeignetheit geltend machte, würde man womöglich die Bedingungen verbessern, bis ich schlechterdings nicht mehr ablehnen konnte. So war ich gegen jede Widerrede gefeit.

Die Einladung nach Marrant würdigte ich nur wegen ihres schieren Dilettantismus eines zweiten Blicks. Vielleicht meine ich nicht dilettantisch; eher altmodisch, wie aus einer vergangenen Welt. Da war kein städtisches Amtssiegel, keine Verheißung von Unterbringung im Fünf-Sterne-Hotel, kein Auswahlmenü für Sadomaso-Fans der Literaturtheorie. Das Schreiben hatte keinen Briefkopf, und die Unterschrift sah zwar echt aus, aber der Text darüber zeigte das verblichene, verschwommene, purpurfarbene Erscheinungsbild von Hektographien oder von Kohlepapier aus der Vorkriegszeit. An der Schreibmaschine (eindeutig so eine alte mechanische mit storchbeinigen Tasten zum Herumhacken im Einfinger-Suchsystem) waren ein paar Buchstaben kaputt gewesen. All das fiel mir auf; doch was mir vor allem auffiel – und was mich kurzfristig überlegen ließ, ob ich nicht ausnahmsweise doch einmal über Charakter und Fähigkeit verfügen sollte –, war der Satz, der für sich allein über der Unterschrift stand. Der eigentliche Text erläuterte, die Tagung finde an einem bestimmten Tag im Oktober in einem gewissen kleinen Dorf im Zentralmassiv statt. Ich sei herzlich eingeladen, doch man erwarte keine Antwort; ich brauche lediglich mit einem der drei umseitig aufgeführten Züge einzutreffen. Dann kam der Zweck der Versammlung, undurchsichtig, wunderlich, verlockend: «Der Sinn der Tagung besteht darin, sich am Bahnhof abholen zu lassen: Erscheinen ist Leistung.»

Ich sah mir den Brief noch einmal genau an. Nein, man bat mich nicht, einen Vortrag zu halten, an einer Podiumsdiskussion teilzunehmen, mich zu ängstigen, ob das Ende des Romans nahe herbeigekommen sei. Man umwarb mich nicht mit einer 1a-Liste von Mit*conférenciers*. Man bot mir keine Erstattung der Reisekosten, der Hotelrechnung, von einem Honorar ganz zu schweigen. Ich starrte die verschnörkelte Unterschrift an, die nicht in Druckbuchstaben übersetzt war. Sie hatte etwas Vertrautes an sich, das ich schließlich ebenso wie das Unbekümmerte und Plumpvertrauliche der Einladung einer bestimmten französischen literarischen Tradition zuordnete: Jarry, Pataphysik, Queneau, Pérec, die Gruppe OULIPO und so weiter. Die Querdenker vom Dienst, die ehrenwerten Rebellen. Jean-Luc Cazes, ja, der gehörte bestimmt auch zu der Bande. Irgendwie erstaunlich, daß er noch am Leben war. Wie lautete die Definition der Pataphysik noch mal? «Die Wissenschaft von den imaginären Lösungen.» Und der Sinn der Tagung bestand darin, sich am Bahnhof abholen zu lassen.

Ich brauchte nicht zu antworten: Das war es wohl, was mir den Kopf verdrehte. Ich brauchte nicht zu sagen, ob ich kommen würde oder nicht. Daher verschwand der Brief in dem zähen Gewirr von Rechnungen und Quittungen, Einladungen und Mehrwertsteuerformularen, Druckfahnen, Schnorrbriefen und Bibliothekstantiemenabrechnungen, das beständig meinen Schreibtisch verhüllt, und tauchte dann wieder auf. Eines Nachmittags holte ich die entsprechende gelbe Michelin-Karte hervor: Nr. 76. Da war es: Marrant-sur-Cère, dreißig oder vierzig Kilometer vor Aurillac. Die Bahnlinie von Clermont-Ferrand ging direkt durch das Dorf hindurch, dessen Name, wie mir auffiel, nicht rot unterstrichen war. Also nicht im Michelin-Führer eingetragen. Ich vergewisserte mich für den Fall, daß meine gelbe Landkarte veraltet war, aber da war wirklich kein Eintrag, auch keiner im *Logis de France*. Wo wollten sie mich unterbringen? In dieser Gegend des Cantal kannte ich mich nicht aus. Ich graste die Karte minutenlang ab und tat so, als wäre sie ein Pop-up-Buch: steiler Hügel, *point de vue*, Wanderpfad, *maison forestière*. Ich stellte mir Kastanienwäldchen vor, Trüffelhunde, Waldlichtungen, auf denen einst Köhler ihrem Handwerk nachgegangen waren. Kleine mahagonifarbene Kühe hüpften zur Musik der heimischen Dudelsäcke auf den Hängen erloschener Vulkane herum. All das stellte ich mir vor, denn meine wahren Erinnerungen an das Cantal beschränkten sich auf zweierlei: Käse und Regen.

Der englische Herbst gab dem ersten Rauhreifstups des Winters nach; ein früher Frost überzuckerte das abgefallene Laub. Ich flog nach Clermont-Ferrand und übernachtete im Albert-Elisabeth *(sans restaurant)*. Am nächsten Morgen tat ich auf dem Bahnhof wie geheißen: Ich kaufte mir eine Fahrkarte nach Vic-sur-Cère, ohne dem Mann am Schalter zu sagen, daß ich eigentlich nach Marrant wollte. Bestimmte Züge – die drei in meiner Einladung aufgeführten – sollten in Marrant halten, doch das nur ausnahmsweise und nach persönlicher Absprache mit bestimmten Personen mit Beziehungen zur Eisenbahn. Dieser geheimnisvolle Touch gefiel mir: Mit dem wonnigen Gefühl eines Spions sah ich, daß die Anzeigetafel zwischen Murat und Vic-sur-Cère keinen Halt angab. Ich hatte sowieso nur Handgepäck dabei: Der Zug würde abbremsen wie bei einem ganz gewöhnlichen Haltesignal, dann innehalten, quietschen, Luft ablassen, und in dem Moment würde ich mich koboldartig davonmachen und die Tür mit einem verstohlenen zärtlichen Klaps zuschlagen. Sollte mich irgend jemand aussteigen sehen, würde er oder sie mich bestimmt für einen Angestellten der SNCF halten, dem der Lokomotivführer einen Gefallen tut.

Ich hatte mir einen altmodischen französischen Zug vorgestellt, das eiserne Pendant zu der hektographierten Einladung, doch ich war in einem schmuck livrierten vierwägigen Gefährt mit automatischen Türen gelandet. Ich überarbeitete meinen

Absprung in Marrant: Bei der Ausfahrt aus Murat würde ich aufstehen, mich lässig neben der Tür aufstellen, auf das verschwörerische Druckluft-pffft warten und verschwunden sein, noch ehe die Mitreisenden mich vermissen konnten. Den ersten Teil des Manövers bewältigte ich ohne Probleme; betont lässig schaute ich nicht einmal durch die Glasscheibe, als das erwartete Langsamerwerden schließlich eintrat. Der Zug hielt an, die Türen gingen auf, und ich stieg aus. Zu meinem Erstaunen drängelten hinter mir Leute, die ich logischerweise für andere *conférenciers* hielt – nur waren das zwei Frauen mit ausladenden Hüften, Kopftüchern und dem blühenden Aussehen der Hochländer, die man eher hinter einem Markttisch beim Verkaufen von zwölf Eiern und einem abgezogenen Kaninchen vermutet hätte als beim Signieren ihres neuesten Romans. Meine zweite Überraschung kam, als ich die Worte VIC-SUR-CÈRE las. Scheiße! Da hatte ich wohl geträumt – meine Station lag bestimmt hinter Vic und nicht davor. Ich flitzte durch die pffft-machenden Türen zurück und zog meine Einladung hervor. Wieder Scheiße! Ich hatte doch recht gehabt. So sah also die persönliche Absprache mit bestimmten Personen aus. Dieser verdammte Lokführer war einfach durch Marrant hindurchgefahren. Eindeutig keinen Sinn für Literatur, der Kerl. Ich fluchte vor mich hin und war doch erstaunlich guter Dinge.

In Aurillac mietete ich mir ein Auto und fuhr auf der N 126 durch das Cère-Tal zurück. Ich kam durch Vic und hielt dann nach einer D-Straße in östlicher Richtung nach Marrant Ausschau. Es zog sich zu, was ich mit wohlwollender Gleichgültigkeit zur Kenntnis nahm. Normalerweise gehen mir Pannen mordsmäßig auf den Geist: Ich finde, bei mir am Schreibtisch geht schon genug schief, ohne daß auf den Nebenschauplätzen des literarischen Lebens noch zusätzlich alles mögliche schiefgeht. Da macht bei einer öffentlichen Lesung das Mikrofon schlapp; da hat ein Tonbandgerät eine eingebaute Löschautomatik; da passen Journalistenfragen zu keiner Antwort, die man sich in einem Menschenleben ausdenken könnte. Einmal habe ich in einem Pariser Hotelzimmer ein Interview für das französische Radio gegeben. Wir machten eine Mikrofonprobe, der Tontechniker drückte auf das Knöpfchen, und als sich die Spulen zu drehen begannen, rasierte mir der Interviewer mit dem Mikrofon das Kinn. «Monsieur Clements», fragte er mit einer Art intimer Autorität, «le mythe et la réalité?» Ich starrte ihn geraume Zeit an und spürte, wie mein Französisch sich in Luft auflöste und mein Verstand eintrocknete. Schließlich gab ich ihm die einzige Antwort, deren ich fähig war: Daß derartige Fragen und das angemessene Eingehen darauf für französische Intellektuelle gewiß etwas ganz Natürliches seien, doch da ich nichts als ein pragmatischer englischer Schriftsteller sei, würde er mehr von dem Interview mit mir haben, wenn er diese umfassenden Themen eventuell auf dem Umweg über kleinere, leichtere Fragen anginge. Das würde mir auch helfen, erläuterte ich, mein Französisch wieder in Schwung zu bringen. Er lächelte einvernehmlich, der Techniker spulte das Band zurück, und wieder wurde das Mikrofon wie ein Tränenkrüglein plaziert, die Tropfen meiner Weisheit aufzufangen. «Monsieur Clements, wir sitzen hier an einem Nachmittag im April in Ihrem Hotelzimmer in Paris. Das Fenster steht offen, und draußen geht das alltägliche Leben dieser Stadt seinen Gang. Gegenüber dem Fenster steht ein Kleiderschrank mit einem großen Spiegel in der Tür. Ich schaue in den Spiegel des Schrankes und erkenne darin gleichsam den Widerschein des alltäglichen Lebens von Paris, wie es vor dem Fenster seinen Gang geht. Monsieur Clements, *le mythe et la réalité?*»

Die D-Straße führte steil nach oben auf eine Mauer von hochliegendem Nebel oder tiefliegenden Wolken zu. Ich schaltete in weiser Voraussicht die Scheibenwischer ein; dann drehte ich das Fernlicht an, knipste die Nebelscheinwerfer an, kurbelte das Fenster etwas herunter und lachte in mich hinein. Was für eine absurde Idee, sich vor dem englischen Oktober in eine der feuchtesten Gegenden Frankreichs zu flüchten: wie der Amerikaner, der den zweiten Weltkrieg kommen sah und sich nach Guadalcanal zurückzog. Die Sichtweite betrug nur ein paar Meter, die Straße war eng, und auf der Beifahrerseite fiel das Gelände ins Bodenlose ab. Durch mein halboffenes Fenster meinte ich Kuhglocken zu hören, eine Ziege und das Quieken eines Dudelsacks, vielleicht war es aber auch nur ein Schwein. Ich war noch immer von fröhlicher Gewißheit erfüllt. Ich kam mir nicht wie ein ängstlicher Tourist vor, der ziellos umhertappt; eher wie ein frohgemuter Schriftsteller, der weiß, wie es mit seinem Buch weitergeht.

Aus feuchtem Dunst kam ich in jähen Sonnenschein und einen Ingres-blauen Himmel. Das Dorf Marrant war menschenleer: Die Geschäfte hatten die Läden heruntergelassen; die Gemüseauslagen vor der *épicerie* waren mit Sackleinen abgedeckt; auf einer Türschwelle döste ein Hund. Die Kirchturmuhr zeigte 2 Uhr 50, schlug aber knarzend drei, als ich hinschaute. Die *boulangerie* hatte ihre Öffnungszeiten in die Türscheibe eingraviert: 8h-12h, 16h-19h. Da wurde mir ganz nostalgisch zumute: Diese altmodische Zeiteinteilung hatte geherrscht, als ich Frankreich für mich entdeckte. Wer sein Mittagspicknick nicht bis zwölf eingekauft hatte, konnte hungern, denn es war allgemein bekannt, daß in einem französischen Dorf der *charcutier* vier Stunden frei haben muß, um mit der Bäckersfrau zu schlafen, der Bäcker vier Stunden, um mit der Besitzerin der *quincaillerie* zu schlafen, und so immer weiter. Und was den Montag anbetraf: den konnte man vergessen. Von Sonntagmittag bis Dienstagmorgen hatte alles zu. Inzwischen hatte der paneuropäische Geschäftssinn jeden Winkel Frankreichs erfaßt, nur diesen merkwürdigerweise nicht.

Als ich auf den Bahnhof zuging, sah der auch nach Mittagspause aus. Der Fahrkartenschalter wie der Zeitungskiosk waren geschlossen, obwohl die Lautsprecheranlage anscheinend aus irgendeinem Grund Musik ausstrahlte. Eine stümperhafte Blaskapelle mit ihrem Humpa-Bumba: Scott Joplin, wie es sich anhörte. Ich stieß eine schmierige Glastür auf, trat auf einen ungefegten Bahnsteig hinaus, bemerkte, daß zwischen den Bahnschwellen Disteln wuchsen, und erblickte zu meiner Linken ein kleines Begrüßungskomitee. Ein Bürgermeister, oder doch ein Mann, der aussah wie ein Bürgermeister, von der Amtsschärpe bis zum Sturmriemenbart. Hinter ihm befand sich die seltsamste Stadtkapelle, die ich je gesehen hatte: ein Kornett, eine Tuba und ein Serpent, die allesamt mit Vehemenz die nämlichen Ragtimeklänge, Varietéschlager oder was es sonst sein mochte, beackerten. Der junge, dickliche, bläßliche Bürgermeister trat vor, packte mich an den Oberarmen und gab mir einen zeremoniellen Zweiwangenkuß.

«Danke, daß Sie mich abholen», sagte ich automatisch.

«Erscheinen ist Leistung», gab er lächelnd zurück. «Wir hoffen, Ihnen mit der Musik Ihres Landes eine Freude zu machen.»

«Leider bin ich kein Amerikaner.»

«Das war Satie auch nicht», sagte der Bürgermeister. «Ah, Sie wußten nicht, daß seine Mutter Schottin war? Nun ja. Das Stück heißt ‹Le Piccadilly›. Sollen wir gehen?»

Aus einem mir unerfindlichen, doch von dem Bürgermeister gutgeheißenen Grund lief ich im Gleichschritt direkt hinter ihm her, während er vorausging. Hinter mir brach das Adhoc-Trio erneut in «Le Piccadilly» aus. Ich lernte das Stück recht gut kennen, denn es dauert nur etwas mehr als eine Minute, und sie spielten es sieben oder acht Mal, während wir den Bahnsteig entlangzogen, einen unbeschrankten Bahnübergang überquerten und durch die schlafende Stadt marschierten. Ich war darauf gefaßt, daß der *charcutier* sich beschwert, weil das blecherne Getute seine sexuelle Konzentration auf die Bäckersfrau beeinträchtigt, oder daß wenigstens ein neugieriger Bengel aus einer dunklen Gasse geschossen kommt, doch wir passierten nur ein paar träge Haustiere, die taten, als sei dieses Dreiuhrkonzert normal. Kein Fensterladen bewegte sich.

Das Dorf lief mit einem melodischen *lavoir*, einer buckeligen Brücke und einer weiten Anlage mit blitzsauberen, doch unbewohnten Schrebergärten aus. Aus dem Nichts tauchte ein alter Citroën auf und überholte uns ehrerbietig. Solche Autos sieht man heute nur noch selten: Es sind diese schwarzen, die ausladend und breithüftig auf der Straße liegen, an der Seite ein Trittbrett haben, und hinter dem Steuer sitzt Kommissar Maigret. Ich konnte den Fahrer aber nicht erkennen, als er in einer staubigen Kurve verschwand.

Wir kamen am Friedhof vorbei, wobei meine Begleitband noch immer «Le Piccadilly» schmetterte. Eine hohe Mauer, die spitzigen Zacken etlicher Plutokratengräber, dann ein rascher Blick durch das mit einer Kette versperrte Tor. Sonnenstrahlen blitzten auf Glas: Ich hatte die Sitte vergessen, über und um die Gräber herum kleine Gewächshäuser zu errichten. Ist das ein symbolischer Schutz für die Verstorbenen, Eigennutz der Trauernden oder einfach eine Methode, auf längere Zeit für frische Blumen zu sorgen? Ich habe nie einen Totengräber gefunden, den ich hätte fragen können. Und eigentlich will man ja auch nicht auf alle Fragen eine Antwort haben. Über das eigene Land vielleicht. Aber über andere? Da läßt man lieber etwas Platz zum Träumen, zum Ausdenken liebevoller Legenden.

Wir hielten vor dem Tor eines kleinen Herrenhauses von himmlisch ausgewogenen Proportionen. Sandig gelber Stein, ein gewittergraues Schieferdach, an jeder Ecke ein bescheidenes Pfefferstreuertürmchen. Eine ehrwürdige Glyzinie in wundersamer zweiter Blüte hing über der Eingangstür, zu der eine beidseitige Treppe hinaufführte, die früher einmal bestimmt als Auftritt gedient hatte. Der Bürgermeister und ich gingen jetzt Seite an Seite über den Kies, und unsere Schritte lösten ein fernes, nicht bedrohliches Gebell in den Stallungen aus. Hinter dem Haus erhob sich ein Buchenwäldchen; zur Linken lag ein schattiger Teich mit verschiedenen Arten eßbaren Getiers; dahinter ging ein Wiesenhang sanft in ein herrliches Tal über, aus dem die Briten wohl einen Golfplatz gemacht hätten. Ich blieb stehen; der Bürgermeister schob mich am Ellenbogen weiter voran. Ich stieg zwei Stufen hinauf, hielt inne, um an der Glyzinienblüte zu schnuppern, ging noch einmal sechs Stufen hinauf, drehte mich um und sah, daß er verschwunden war. Ich war nicht dazu aufgelegt, überrascht zu sein – oder vielmehr, was mich normalerweise überrascht hätte, erschien mir vollkommen einleuchtend. Im gewöhnlichen, kleinlichen Leben hätte ich mich vielleicht gefragt, wann genau die Kapelle aufgehört hatte zu spielen, ob der Maigret-Citroën wohl in den Stallungen geparkt war, warum ich die Schritte des Bürgermeisters auf dem Kies nicht gehört hatte. Statt dessen dachte ich nur, ich bin hier, und die sind weg. Normalerweise hätte ich an der Klingelschnur gezogen, die in einem rostigen Eisenring hing; statt dessen stieß ich die Tür auf.

So halb erwartete ich ein knicksendes Zimmermädchen mit gefälteltem Häubchen und einer Schürze, die auf der Mitte des gewölbten Rückens zu einer schlaffen Doppelschleife gebunden ist. Statt dessen fand ich eine weitere purpurrot hektographierte Nachricht mit der Mitteilung, mein Zimmer liege oben an der Treppe, und ich würde um halb acht im Salon erwartet. Die Bohlen knarzten, wie ich mir schon gedacht hatte, eher behaglich als unheilvoll. Der Fensterladen in meinem Zimmer war halb angelehnt und ließ genügend Licht ein, daß ich Krug und Schüssel auf dem marmornen Waschtisch, das Messingbettgestell, die kurvenreiche *armoire* betrachten konnte. Ein Bonnard-Interieur, in dem nur noch die Katze fehlte oder auch Madame Bonnard, die sich im Bad abseift. Ich legte mich auf das Bett und entschwebte in einen Halbschlaf, von keinem Traum verführt, von keiner Wirklichkeit behelligt.

Wie soll ich das Gefühl beschreiben, in diesem Dorf, diesem Zimmer zu sein, und wie vertraut mir alles war? Es war nicht, wie man vielleicht annehmen könnte, die Vertrautheit der Erinnerung. Ich kann es nicht besser erklären als mit einem Vergleich aus der Literatur, was unter den gegebenen Umständen wohl nur recht und billig ist. Gide hat einmal gesagt, er schreibe, um wiedergelesen zu werden. Vor ein paar Jahren habe ich den Romancier Michel Tournier interviewt, der mir diesen Ausspruch zitierte, dann eine kleine Pause machte und mit einer gewissen lächelnden Selbstgefälligkeit hinzusetzte: «*Ich* dagegen schreibe, um gleich beim ersten Mal wiedergelesen zu werden.» Verstehen Sie, was ich meine?

Um halb acht wurde ich unten von Jean-Luc Cazes begrüßt, so einer Gestalt aus alten Zeiten, die nach *rive gauche* und Anarcho-Rock riecht (abgewetzte Lederjacke, in den Mundwinkel geklemmte Pfeife), dem Typ von liebenswertem Kneipenphilosophen, dem man eine beängstigende Erfolgsrate bei Frauen nachsagt. Er reichte mir einen *vin blanc* mit Cassis, dessen Klebrigkeit den Verdacht aufkommen ließ, der gute Kanonikus Kir habe wohl ziemlich viel minderwertigen Weißwein im Keller gehabt, und stellte mich den anderen Gästen vor: einem spanischen Dichter, einem algerischen Filmemacher, einem italienischen Semiotiker, einem Schweizer Krimi-Autor, einem deutschen Dramatiker und einem belgischen Kunstkritiker. Cazes beherrschte alle unsere Sprachen fließend, obwohl wir alle mehr oder weniger soso lala Französisch sprachen. Eigentlich hatte ich die anderen nach ihrer Einladung, ihrer Ankunft, ihrem Empfang, ihrer Melodie fragen wollen, aber irgendwie hat es sich nie ergeben; und wenn, dann habe ich es vergessen.

Das Essen wurde von einem schüchternen Bauernmädchen mit hohen Nasalvokalen serviert, deren *a* Richtung *i* ging: «Si vous n'ivez pas suffisimint, vous n'ivez qu'à deminder», erklärte sie uns mit ängstlicher Autorität. Eine dicke, nach Kohl und

Schinkenknochen schmeckende Suppe, die, wie ich mir vorstellte, etwa fünf Tage lang in einem großen Kessel leise vor sich hin geschnarcht hatte. Ein Tomatensalat mit nach Essig schmeckendem Dressing. Eine Omelette *aux fines herbes*, die *baveuse* wurde, wenn man den Löffel hineinsteckte. Eine Portion rosa *gigot* mit einer Sauce wie verdünntes Blut. Runde, großbohnige, zerkochte *haricots verts*, die vor Butter trieften. Salat. Vier Sorten Käse. Eine Schale mit Obst. Wein aus Literflaschen ohne Etikett mit einer Reihe von Sternchen auf der Schulter wie ein amerikanischer General. Besteck, das von einem Gang zum anderen weiterbenutzt wurde. Kaffee und ein Gläschen *vieille prune*.

Wir unterhielten uns ungezwungen: Schließlich war das keine Konferenz, und Monsieur Cazes fungierte weniger als *animateur* denn als Freund und Helfer. Die anderen ... wissen Sie, ich kann mich gar nicht mehr erinnern, was sie gesagt haben, obwohl es mir damals alles eingeleuchtet hat, vor allem in Anbetracht dessen, was ich über ihr jeweiliges Renommee wußte oder zu wissen glaubte. Was mich selbst betrifft, so entdeckte ich eine unwahrscheinliche Spontaneität, als ich mit einer Tischrede an der Reihe war. Ich hatte natürlich nichts vorbereitet, da ich auf das Versprechen vertraute, Erscheinen sei Leistung; doch ich begann wie von selbst mit einer frohgemuten *tour d'horizon* über verschiedene Bereiche der französischen Kultur und kam erstaunlich gut über die Runden. Ich sprach über den *Großen Kameraden*, den *Kleinen Prinzen*, Greuze, Astérix, die *comédie larmoyante*, Bernardin de Saint-Pierre, Eisenbahnplakate aus der Zeit vor dem Großen Krieg, Rousseau, Offenbach, die frühen Fernandel-Filme und die semiotische Bedeutung des dreieckigen – nein, dreispitzigen – gelben Ricard-Aschenbechers. Dazu müssen Sie wissen, daß ich so etwas normalerweise nicht tue. Ich habe ein schlechtes Gedächtnis und ein geringes Abstraktionsvermögen. Ich erörtere lieber ein einzelnes Buch und noch lieber ein einzelnes Kapitel und am liebsten eine einzelne Seite, die ich außerdem noch vor mir habe.

Ich erzählte ihnen eine Geschichte zur Veranschaulichung dessen, was ich unter gallischem Charme verstehe. Einmal bin ich in «Apostrophes», der Literatursendung im Fernsehen, mit einem französischen Romanautor zusammen aufgetreten, der die Autobiographie seiner Katze geschrieben hatte. Es war ein bekannter Schriftsteller, der schon etliche Literaturpreise seines Landes eingeheimst hatte. Als der Moderator ihn nach der Konzeption seines neuesten Werkes befragte, entgegnete er: «Ich habe das Buch nicht geschrieben, meine Katze hat das Buch geschrieben.» Diese Antwort ärgerte den Moderator, und er begann den Autor zu attackieren. «Ich hab das Buch nicht geschrieben», gab er jedes Mal zurück, wobei der Rauchschleier einer Gauloise seinen weißen Rollkragenpullover und sein Schnurrbartlächeln verhüllte. «Meine Katze hat das Buch geschrieben.» Über dieses Musterbeispiel provokanter Verschrobenheit mußten wir alle schmunzeln.

Ich sag Ihnen lieber gleich, daß es keinen *coup* gab. Kein jähes Gewitter vor mitternächtlichem Himmel, keine *feux d'artifice* oder plötzlich hereinbrechenden Pantomimen. Niemand ging mit mythisch ausgestrecktem Arm auf einen bodenlangen Spiegel zu, um darin ins Ungewisse zu entschwinden; es gab keine *visiteurs du soir*. Es gab auch keinen *coup* im französischen Sinn: kein glanzvolles Intermezzo mit einer grazilen *conférencière* oder einem knackigen Dienstmädchen; Madame Bonnard kam nicht für mich aus ihrem Bad gestiegen. Wir gingen früh zu Bett, nachdem wir uns alle die Hand gegeben hatten.

Von Käse soll man angeblich schlecht träumen, aber die Kombination von Brie, Saint-Nectaire und Pont-l'Évêque (den Bon Bel hatte ich abgelehnt) hatte den gegenteiligen Effekt. Ich schlief ohne jeden Zwischenfall; es gab nicht einmal so eine friedliche Episode, in der jemand, der ganz sicher ich bin, aber dann doch wieder nicht, sich durch fremdartige und zugleich vertraute Landschaften auf eine überraschende und doch nicht unerwartete Belohnung zubewegt. Ich erwachte mit klarem Kopf von dem Geräusch einer verspäteten Hummel, die gegen die abblätternden Lamellen der Fensterläden stieß. Unten tunkte ich ein noch warmes Baguette in meine Schale heißer Schokolade und machte mich auf zum Bahnhof, bevor die anderen wach wurden. Betaute Spinnweben glitzerten in der frühen Morgensonne wie Christbaumschmuck. Ich hörte ein Klappern hinter mir und wurde von so einem Fleischerwagen aus silbrigem Wellblech überholt. Am Bahnhof stieg ich in mein Auto und fuhr durch das anscheinend schlafende Dorf, obwohl ich merkte, daß das Pflaster vor den Läden schon abgespritzt und geschrubbt worden war. Es war sieben Uhr vierzig, und die knarzende Kirchturmuhr schlug dreiviertel.

Als ich den Motor anließ, gingen auch die Scheinwerfer und Scheibenwischer an, und beides brauchte ich bald bei meiner Fahrt durch den feuchten Morgendunst, um auf die N 126 zurück zu gelangen. In Aurillac stand wieder ein schmucker vierwägiger Zug bereit, mich nach Clermont-Ferrand zu bringen. Es waren nur wenige Fahrgäste darin, und ich hatte freie Sicht; bisweilen konnte ich sogar die N 126 erkennen, was mir eine Orientierungshilfe war. Wir hielten in Vic-sur-Cère, und danach paßte ich besonders gut auf. Ich hatte Bedenken wegen der Nebelwolke, aber die hatte die milde Oktobersonne wohl fortgebrannt. Ich schaute hinaus, ich drehte den Kopf ständig von einer Seite zur anderen, ich lauschte auf das warnende Pfeifen des Zugs, und ich kann nicht mehr sagen, als daß wir nicht durch den Bahnhof Marrant-sur-Cère gekommen sind.

Als sich das Flugzeug nach dem Steigflug geradelegte und die Tragfläche den Puy-de-Dôme verdeckte, fiel mir der Name des französischen Schriftstellers wieder ein, der die Autobiographie seiner Katze geschrieben hatte. Mir fiel auch wieder ein, wie ich reagiert hatte, als ich damals neben ihm im Studio saß: Du aufgeblasenes Arschloch, hatte ich gedacht, oder so etwas in der Art. Die französischen Schriftsteller, denen ich die Treue halte, reichen von Montaigne über Voltaire, Flaubert und Mauriac bis Camus. Muß ich noch sagen, daß ich den *Kleinen Prinzen* einfach nicht lesen kann und mir bei Greuze zumeist speiübel wird? Ich habe eine sentimentale Neigung zu gedanklicher Klarheit, einen gefühlsmäßigen Hang zur Rationalität.

Als Junge nahmen mich meine Eltern in den Ferien immer auf eine Autoreise durch Frankreich mit. Ich hatte noch nie einen Bonnard gesehen. Der einzige Käse, den ich mochte, war Gruyère. Die Art, wie sie Tomaten mit Vinaigrette zugrunde richteten, brachte mich zur Verzweiflung. Ich konnte nicht begreifen, warum man erst das ganze Fleisch aufessen mußte, bevor man sein Gemüse bekam. Ich fragte mich, warum sie Grasschnipsel in die Omelette taten. Rotwein konnte ich nicht ausstehen. Nicht nur die Ernährung setzte mir zu: Auch die Sprache machte mir angst, die Schlafgewohnheiten, die Hotels. Ich schlug mich mit den untergründigen Spannungen eines Familienurlaubs herum. Ich war, schlicht gesagt, nicht glücklich. Wie die meisten Jugendlichen brauchte ich die Wissenschaft von den imaginären Lösungen. Ob wohl jede Nostalgie unecht ist und jede Sentimentalität die Äußerung ungefühlter Emotionen?

Jean-Luc Cazes war, wie ich anhand meiner Enzyklopädie feststellte, ein Schriftsteller, den die OULIPO erfunden und als Aushängeschild für verschiedene Promotions- und Provokationsaktionen benutzt hat. *Marrant* ist das französische Wort für lustig, was ich natürlich schon vor meiner Reise wußte: Wo sonst sollte eine pataphysische Versammlung wohl stattfinden? Ich habe seither keinen meiner Mitteilnehmer wiedergesehen, was nicht weiter verwunderlich ist. Und ich war immer noch auf keiner einzigen Literaturtagung.

Dragoner

Pierre Chaigne, Zimmermann im Witwerstand, baute eine Laterne. Er stand mit dem Rücken gegen die Tür seines Arbeitsschuppens und paßte die vier länglichen Glasscheiben in die Schienen ein, die er ausgekehlt und mit Hammelfett eingerieben hatte. Das Glas ließ sich leicht bewegen und fügte sich gut ein: Die Flamme wäre geschützt, und die Laterne würde ihr Licht nach allen Seiten werfen, wenn dies gewünscht wurde. Doch hatte Pierre Chaigne, Zimmermann im Witwerstand, dazu noch drei Buchenholztafeln von der genauen Größe der Glasplatten zugesägt. Wurden diese eingesetzt, so würde die Flamme nur zu einer einzigen Seite scheinen, und die Laterne wäre aus drei der vier Himmelsrichtungen unsichtbar. Pierre Chaigne schnitzte jedes einzelne Stück Buchenholz sorgsam zurecht, und als er sich überzeugt hatte, daß die Platten in den gefetteten Schienen mühelos hin und her glitten, brachte er sie in einen verborgenen Winkel unter den Holzabfällen an einer Seite des Arbeitsschuppens.

Alles Schlechte kam aus dem Norden. Mochten sie sonst glauben, was sie wollten, das wußte die ganze Stadt, der eine wie der andere Teil. Der Nordwind, der über die Montagne Noire heranwehte, sorgte dafür, daß die Schafe tote Lämmer zur Welt brachten; der Nordwind ließ den Teufel in die Witwe Gibault fahren und sie, gar in ihrem Alter, so unerhörte Dinge schreien, daß die Tochter sie mit einem Tuch im Mund knebeln mußte, damit die Kinder und der Priester nicht hörten, wonach sie verlangte. Gen Norden, in dem Wald jenseits der Montagne Noire, hauste auch die Bestie von Gruissan. Wer sie gesehen hatte, schilderte einen Hund so groß wie ein Pferd und gefleckt wie ein Leopard, und die Bestie hatte auf den Fluren um Gruissan so manches Stück Vieh gerissen, bis hin zu einem kleinen Kalb sogar. Hunden, die von ihrem Herrn ausgeschickt wurden, der Bestie entgegenzutreten, war der Kopf abgebissen worden. Die Stadt hatte sich mit einer Bittschrift an den König gewandt, und der König hatte seinen höchsten Arkebusier zu ihnen ausgeschickt. Nach vielerlei Gebet und Zeremoniell brach dieser königliche Krieger mit einem heimischen Waldhüter, der dann schmählich Reißaus nahm, auf in den Wald. Etliche Tage danach tauchte der Arkebusier mit leeren Händen wieder auf. Er kehrte zurück nach Paris, und die Bestie kehrte zu ihren Raubzügen zurück. Und nun kamen, wie es hieß, die Dragoner daher aus dem Norden, dem Norden.

Aus dem Norden waren auch zwanzig Jahre zuvor, als Pierre Chaigne, Zimmermann im Witwerstand, ein Knabe von dreizehn Jahren war, die Gesandten des Königs gekommen. Zu zweit waren sie angereist, trugen Spitze an den Handgelenken und strengen Ernst im Gesicht und hatten eine Eskorte von zehn Soldaten bei sich. Sie inspizierten das Gotteshaus und verhörten alle, die als Zeugen vortraten, wegen der Erweiterungen, die man dort vorgenommen hatte. Tags darauf erläuterte dann der Oberste Gesandte von einem Auftritt aus das Gesetz. Das Edikt des Königs, so sagte er, hatte ihre Religion unter Schutz gestellt, das war richtig; doch war dieser Schutz nur der Religion gewährt worden, wie sie zum Zeitpunkt des Ediktes bestand. Es gab keine Genehmigung zu einer Ausweitung ihres Kults: Den Feinden der Religion des Königs war Toleranz zuteil geworden, nicht aber Ermunterung. Darum waren die Kirchen, welche die Religion seit dem Edikt errichtet hatte, sämtlich niederzureißen, und selbst die Kirchen, welche lediglich eine Erweiterung erfahren hatten, waren niederzureißen, auf daß es denjenigen, die sich weiterhin der Religion des Königs widersetzten, zur Warnung und Lehre gereiche. Ferner sollten die Erbauer des Gotteshauses dieses zur Sühnung ihres Verbrechens mit eigener Hand zerstören. Pierre Chaigne erinnerte sich, an dieser Stelle einen Aufschrei aus der Versammlung gehört zu haben. Darauf hatte der Gesandte verkündet, zur Beschleunigung des Werks seien vier Kinder aus der Schar der Feinde der Religion des Königs von den Soldaten in Gewahrsam genommen und würden wohl und sicher bewacht und mit aller nötigen Nahrung versorgt, solange der Abbruch des Gotteshauses andauere. Da wurde die Familie des Pierre Chaigne von großer Traurigkeit befallen, und kurz darauf verstarb seine Mutter an einem Winterfieber.

Und nun kamen die Dragoner aus dem Norden. Die Priester der Religion des Königs hatten verfügt, es sei zur Verteidigung ihrer Heiligen Mutter, der Kirche, gegen die Ketzer alles gestattet, nur Morden nicht. Die Dragoner wiederum führten einen anderen Spruch im Munde: Wen kümmert der Weg, solange er zum Paradiese führt? Vor gar nicht vielen Jahren waren sie in Bougouin de Chavagne gewesen, wo sie etliche Mannsleute in einen großen Graben am Fuße des Schloßturms warfen. Vom Sturze zu Boden geschlagen und wie in Grabesfinsternis verloren, sprachen sich die Opfer Trost zu, indem sie den Psalm 138 sangen:

Wenn ich mitten in der Angst wandle, so erquickest Du mich und streckest Deine Hand über den Zorn meiner Feinde und hilfst mir mit Deiner Rechten.

Doch wie eine Nacht nach der anderen verging, so wurden die Stimmen aus dem großen Graben weniger an der Zahl, bis der Psalm 138 endlich verstummte.

Die drei in dem Haushalt des Pierre Chaigne untergebrachten Soldaten waren alt, zum mindesten vierzig Jahre. Zwei von ihnen hatten trotz ihrer großen Bärte erkennbare Narben im Gesicht. Auf der Schulter ihrer ledernen Waffenröcke trugen sie das geflügelte Untier ihres Regiments. Eine weitere verschlungene Stickerei zeigte den militärisch Bewanderten an, daß diese alten Männer den *dragons étrangers du roi* angehörten. Derartige Kenntnisse besaß Pierre Chaigne nicht, aber er besaß doch Ohren, und das war ihm genug. Diese Männer verstanden offenbar nichts von dem, was Pierre Chaigne zu ihnen sagte, und untereinander verständigten sie sich in der rauhen Sprache aus dem Norden, dem Norden.

Sie wurden begleitet von dem Sekretär des Intendanten, der Pierre Chaigne und seiner versammelten Familie ein kurzes Dekret verlas. In Anbetracht dessen, daß der Haushalt des Pierre Chaigne, Zimmermann im Witwerstand, durch seine hartnäckige Weigerung, die Taille zu zahlen, das Gesetz des Königs in abscheulicher Weise brach, würden die Dragoner, ein Offizier und zwei Soldaten, in der Familie Chaigne einquartiert werden, und diese habe all ihren Bedürfnissen Rechnung zu tragen bis zu dem Tag, da der Haushalt sich zur Zahlung der Taille entschloß und somit seiner Last enthob. Nachdem der Sekretär des Intendanten sich entfernt hatte, winkte einer der beiden Soldaten Pierre Chaignes Tochter Marthe zu sich heran. Als sie nähertrat, zog er ein kleines Kampftier aus der Tasche, welches er am Nacken packte und ihr entgegenwarf. Marthe zeigte, obgleich sie erst dreizehn Lenze zählte, keine Furcht vor dem Tier; ihre Gelassenheit flößte der Familie Mut ein und erstaunte den Soldaten, der das Geschöpf wieder in die lange Tasche steckte, die seitlich an seiner Hose angenäht war.

Man hatte Pierre Chaigne zum Feind der Religion des Königs und somit zum Feind des Königs erklärt, doch er bekannte sich zu keinem der beiden Umstände. Er war dem König treu ergeben und wollte mit der Religion des Königs in Frieden leben; doch das durfte nicht sein. Der Intendant wußte, daß Pierre Chaigne die auferlegte Taille nicht entrichten konnte, und hätte er sie tatsächlich entrichtet, so wäre die Taille umgehend erhöht worden. Die Soldaten waren in dem Haushalt untergebracht, um die Taille einzuziehen; doch ließen ihre bloße

Anwesenheit sowie die Kosten ihres Unterhalts jede Aussicht auf Zahlung nur noch geringer werden. Das war bekannt und erwiesen.

Der Haushalt der Chaignes bestand aus fünf Seelen: Anne Rouget, Witwe und Mutterschwester des Pierre Chaigne, die nach dem Tode ihres Gatten, der sich mitsamt seinen zwei Pflugscharen als Knecht verdingt hatte, zu ihnen gezogen war; nachdem sie den Gatten nach dem Ritus der Religion des Königs beerdigt hatte, nahm sie den Kult der schwesterlichen Familie an. Sie hatte nun die Fünfzig überschritten und wurde darum bereits schwach im Geiste, doch konnte sie noch kochen und gemeinsam mit ihrer Großnichte Marthe den Haushalt besorgen. Des weiteren hatte Pierre Chaigne zwei Söhne, Henri, fünfzehn Jahre alt, und Daniel, neun Jahre alt. Um Daniel war Pierre Chaigne am meisten in Sorge. Zwei Mal schon war das Gesetz über das Konversionsalter geändert worden. Als Pierre selbst noch ein Knabe war, war es gültiges Recht, daß ein Kind die Kirche seiner Eltern nicht vor dem vierzehnten Lebensjahr verlassen durfte, denn dieses Alter wurde zum Erweis geistiger Fähigkeiten als ausreichend erachtet. Dann wurde das Alter auf zwölf Jahre herabgesetzt. Doch das neue Gesetz hatte es noch weiter gesenkt, auf bloße sieben Lebensjahre. Der Zweck dieser Änderung lag klar auf der Hand. Ein Kind wie Daniel, das innerlich noch nicht so gefestigt war, wie die Reife der Jahre das mit sich bringt, mochte durch Farben und Düfte, durch Pracht und Prunk, durch das Gaukelwerk der Religion des Königs von dem Kult fortgelockt werden. Das war durchaus schon geschehen.

Die drei *dragons étrangers du roi* taten ihre Wünsche mit unverständlicher Rede und eindeutigen Gesten kund. Sie würden das Bett in Besitz nehmen, und die Familie Chaigne würde schlafen, wo sie wollte. Sie würden am Tisch essen, die Familie Chaigne würde sie bedienen und essen, was an Resten übrigblieb. Der Schlüssel des Hauses wurde dem Offizier ausgehändigt, desgleichen die Messer, die Pierre und sein älterer Sohn naturgemäß zum Zerkleinern der Nahrung bei sich trugen.

Als die drei Soldaten am ersten Abend um den Tisch saßen und auf ihre Suppe warteten, brüllte der Offizier Marthe an, während sie ihnen die Schüsseln hinstellte. Seine Stimme klang laut und fremd. «Mein Magen denkt, mir ist die Kehle durchtrennt», schrie er. Die anderen Soldaten lachten. Marthe verstand nicht. Der Offizier schlug mit dem Löffel gegen die Schüssel. Da verstand Marthe und brachte ihm eilig sein Essen.

Der Sekretär des Intendanten hatte erklärt, die Dragoner seien rechtmäßig in dem Haushalt der Chaignes untergebracht, um die Taille einzuziehen; und wirklich versuchten die drei Soldaten am zweiten Tag auch aufzuspüren, was an Geld und Wertgegenständen im Hause versteckt sein mochte. Sie räumten Schränke aus, schauten unter das Bett, wühlten Pierre Chaignes Holzstapel um. Sie suchten gleichsam mit pflichtgetreuer Wut und erwarteten nicht, etwas Verborgenes zu finden, doch wollten sie kundtun, daß sie ausgeführt hatten, was der Form halber von ihnen verlangt wurde. Frühere Feldzüge hatten sie gelehrt, daß die Haushalte, die sie zuerst besetzen sollten, nie die der Reichen waren. Als man ihre Dienste erstmals in Anspruch nahm, am Ende des Krieges vor vielen Jahren, schien es der Obrigkeit selbstverständlich, die Dragoner dort einzuquartieren, wo man die Taille am ehesten aufbringen konnte. Doch das erwies sich als ein recht langwieriges Verfahren; es stärkte die Brüderlichkeit unter den Anhängern des Kults und schuf angesehene Märtyrer, deren Andenken die Starrsinnigen oftmals beflügelte. Es hatte sich daher als lohnender erwiesen, die Soldaten zunächst in den Familien der Armen unterzubringen. Das schuf eine nützliche Spaltung unter den Feinden der Religion des Königs, wenn die Armen bemerkten, daß die Reichen von den Leiden befreit waren, die sie erdulden mußten. So wurden oft rasche Konversionen erzielt.

Am zweiten Abend zog der Soldat, der das Frettchen in seiner langen Knietasche hatte, Daniel zu sich auf den Schoß, als der Junge ihm Brot reichen wollte. Er packte Daniel so fest um die Hüfte, daß der Kleine sich sogleich zu sträuben begann. In der freien Hand hielt der Soldat ein Messer, mit dem er sein Brot schneiden wollte. Er legte die Klinge flach auf den Tisch, der aus dem härtesten Holz bestand, das Pierre Chaigne, Zimmermann im Witwerstand, kannte, und zog allein mit einem sanften Stoß eine spröde, durchsichtige Locke von der Tischfläche ab.

«Das rasiert die Maus im Schlaf», sagte er. Pierre Chaigne und seine Familie verstanden diese Worte nicht; es war auch nicht notwendig.

Am nächsten Tag nahmen die Soldaten das Frettchen und schlachteten einen Hahn, den sie zum Abendbrot verspeisten, und da sie das Haus zur Mittagszeit trotz des Sonnenscheins kalt fanden, brachen sie zwei Stühle entzwei und verbrannten sie in dem Kamin, ohne den Stapel Feuerholz daneben zu beachten.

Anders als die Religion des Königs konnte der Kult zelebriert werden, wo immer die Gläubigen sich zusammenfanden, ohne daß sie das Gotteshaus aufsuchen mußten. Die Dragoner setzten alles daran, die Familie des Pierre Chaigne von der Einhaltung ihrer Glaubensregeln abzuhalten: Des Nachts wurde das Haus verschlossen, und am Tage stellten sich die drei Soldaten so auf, daß sie das Tun und Lassen der Familie ausspähen konnten. Doch waren sie mit fünf zu drei in der Minderzahl, und so kam es, daß bisweilen die Flucht und damit der Besuch eines Hauses möglich war, wo der Kult zelebriert wurde. Pierre Chaigne und seine Familie besprachen dergleichen offen vor den Dragonern; und es erschien ihnen wie eine süße Rache, wenn sie das taten. Doch die Dragoner in der Stadt, etwa vierzig an der Zahl, verfügten über eigene Nachrichtenquellen, und wenngleich die Mitglieder des Kults häufig das Haus wechselten, in dem sie sich trafen, wurden sie ebenso häufig von den Soldaten entdeckt. Daher versammelten sich die Feinde der Religion des Königs lieber unter freiem Himmel, in dem nördlich der Stadt gelegenen Wald. Anfangs kamen sie am Tage zusammen, später nur während der Nacht. Viele fürchteten, daß die Bestie von Gruissan in der Dunkelheit über sie herfallen werde, und so galt das erste Gebet, das sie darbrachten, stets der Bitte um Schutz vor der Bestie. Eines Nachts wurden sie von den Dragonern überrascht, die schreiend auf sie zustürzten und dann mit ihren Schwertern auf sie einhieben, so daß sie aus dem Wald flohen. Am nächsten Morgen war die Witwe Gibault nirgends zu finden; da kehrten sie in den Wald zurück und entdeckten sie dort, am Schrecken gestorben.

Pierre Chaigne konnte sich an eine Zeit erinnern, da die beiden Bevölkerungen der Stadt freien Umgang miteinander pflegten, da eine Beerdigung oder Hochzeit von der gesamten Gemeinschaft gefeiert wurde, ohne dem Glauben der Beteiligten Beachtung zu schenken. Zwar würden weder die Anhänger der Religion des Königs noch die Angehörigen des Kults die rituelle Stätte der anderen betreten; doch die eine Gruppe wartete geduldig davor, bis die Zeremonie beendet war, und dann schloß sich die ganze Stadt an, ob es nun auf den Friedhof oder zum Hochzeitsschmaus ging. Doch nun war es mit der geteilten Freude wie mit dem geteilten Leid gleichermaßen vorbei. Es kam auch nur noch selten vor, daß eine Familie der Stadt Anhänger beider Religionen umfaßte.

Obgleich es Sommer war, mußten die Dragoner doch ein Feuer haben. Sie verbrannten alle Möbel außer denen, die sie zu ihrem eigenen Gebrauch benötigten. Danach verbrannten sie das beste Holz des Pierre Chaigne, Zimmermann im Witwerstand. Abgelagertes Eichenholz von Bäumen, die sein Vater vor zwanzig Jahren geschlagen hatte, erlesene Rüster- und Eschenhölzer, alles wurde ein Raub der Flammen. Um seine

Schmach und Pein noch größer zu machen, mußte Pierre Chaigne das Holz mit eigener Hand auf brennbare Länge zurechtsägen. Als die Dragoner gewahr wurden, daß dieses gute Holz unverhofft langsam brannte, befahlen sie Pierre Chaigne und seinen Söhnen, neben dem Schuppen einen großen Scheiterhaufen zu errichten, und gaben Anweisung, das Feuer in Brand zu halten, bis all sein Holz vernichtet war.

Als Pierre Chaigne auf den Aschehügel blickte, der alles war, was von seiner Zukunft als Zimmermann geblieben war, sagte der Offizier zu ihm: «Die Hilfe Gottes ist näher als die Tür.» Diese Worte konnte Pierre Chaigne nicht verstehen.

Als nächstes nahmen die Soldaten alles Werkzeug des Pierre Chaigne und das seines Sohnes Henri und verkauften es an Anhänger der Religion des Königs. Zunächst fühlte Pierre Chaigne seine Qualen leichter werden, denn da die Soldaten ihm schon sein Holz genommen hatten, taten sie ihm kein weiteres Leid an, wenn sie ihm auch sein Werkzeug nahmen; und obendrein mochte der Verkauf all seines schönen Handwerkszeugs gar Geld genug einbringen, um die Taille zu entrichten und so den Abzug der Soldaten zu bewirken. Jedoch verkauften die Dragoner das Werkzeug des Pierre Chaigne nicht zu seinem eigentlichen Wert, sondern um einen derart geringen Preis, daß niemand dem Kauf widerstehen konnte, und dann behielten sie das Geld für sich. François Danjon, Müller im Witwerstand, Anhänger der Religion des Königs, kaufte verschiedenes Gerät und brachte es dann im Schutze der Dunkelheit zu Pierre Chaigne zurück. Pierre Chaigne wickelte es in ölgetränkte Leinwand ein und vergrub es für bessere Tage im Wald.

Um diese Zeit wurde ein Hausierer von neunzehn Jahren, der von Cherveux her durch die Stadt gewandert kam, von einigen Dragonern ergriffen und verhört. Er hatte den verdächtigen Akzent des Südens. Er wurde geprügelt und bekannte daraufhin, er gehöre dem Kult an; er wurde weiter geprügelt und bekannte, er wolle abschwören. Man führte ihn vor den Priester, der ihm die Absolution erteilte und seinen Namen in das Abschwörungsregister eintrug. Der Hausierer setzte ein Zeichen neben seinen Namen, und zwei Dragoner unterschrieben voller Stolz auf ihren Eifer und im Vertrauen darauf, daß es ihnen vergolten würde, als Zeugen. Der Hausierer wurde ohne seine Ware von dannen geschickt. Henri Chaigne, fünfzehn Jahre alt, sah dem Prügeln zu, das auf dem öffentlichen Platz vorgenommen wurde; und als man das Opfer zur Kirche abführte, sagte ein Dragoner, den er nie zuvor gesehen hatte, in der derben Sprache des Nordens zu ihm: «Wen kümmert der Weg, solange er zum Paradiese führt?» Henri Chaigne verstand nicht, was das hieß, doch er erkannte das Wort Paradies.

Anfangs kamen die Konversionen unter den Alten, den Schwachen, den Einsamen sowie den Kindern, die sich dem betörend-grellen Pomp nicht zu entziehen wußten, in rascher Folge. Doch nach einigen Wochen wurde die Zahl der Abschwörungen geringer. So ging es oft, und es war allgemein bekannt, daß die Dragoner häufig über die Stränge schlugen, um die Konversionen andauern zu lassen.

Als die Taille bekanntgegeben wurde, gab es manche, die auf Flucht sannen, die gehört hatten, es sei möglich, nach St. Nazaire zu gelangen und das Gelobte Land anderswo zu entdekken. Zwei Familien hatten auf diese Weise die Stadt verlassen, woraufhin Anhänger des Kults von dem Intendanten angewiesen wurden, die von ihnen verlassenen Häuser niederzureißen und durch Feuer zu zerstören, woraufhin die unbezahlte Taille nicht vergessen war, sondern auf die Verbliebenen übertragen wurde. Das geschah immer so. Trat ein Ketzer zu der Religion des Königs über, dann wurde seine Taille unter die Gemeinschaft der Ketzer aufgeteilt, und so wurde deren Steuer noch größer, während sich ihre Zahlungsmittel verringerten. Das ließ manche verzweifeln; doch andere wurden, da sie alles verloren hatten, um so entschlossener, nicht den Glauben zu verlieren, um dessentwillen sie bereits alles verloren hatten. So trafen die gestiefelten Missionare auf immer größeren Widerstand, je mehr ihr Werk voranschritt. Auch das war bekannt und in Rechnung gezogen.

Nicht lange, nachdem Pierre Chaignes Werkzeug verkauft worden war, fiel Anne Rouget, seine Mutterschwester, einer Krankheit anheim und sollte als erste aus der Familie ihrem Glauben abschwören. Als die Dragoner sahen, daß sie matt und fiebrig war, überließen sie ihr das Bett und schliefen auf dem Boden. Diese Ritterlichkeit kam nicht von ungefähr, denn kaum war sie in dem Bett untergebracht, so erklärten die Soldaten sie für krank auf den Tod und schickten nach dem Priester der Religion des Königs. Es war durch königlichen Erlaß verfügt, wenn ein protestantischer Ketzer im Sterben lag, so habe der Priester das Recht, an das Sterbebett zu kommen und dem Leidenden Gelegenheit zu bieten, im Tode in den Schoß der Heiligen Mutter, der Kirche, zurückzukehren. Dieser Besuch, den die Familie nicht verhindern durfte, sollte in Gegenwart eines Magistraten stattfinden; und der Priester durfte keinerlei Zwang anwenden bei dem Bemühen, eine Konversion herbeizuführen. Doch wurden solche Klauseln und Bedingungen nicht immer streng eingehalten. Da der Magistrat anderweitig beschäftigt war, wurde der Priester von dem Offizier der Dragoner in den Haushalt der Chaignes geleitet. Man trieb die Familie in die Hitze des Tages hinaus, zwei Dragoner bewachten die Tür, und als sechs Stunden vergangen waren, war Anne Rouget wieder in die Kirche aufgenommen, in der sie die ersten dreißig Jahre ihres Lebens verbracht hatte. Der Priester zog befriedigt von dannen, und in der Nacht nahmen die Soldaten das Bett wieder selbst in Beschlag und legten Anne Rouget auf den Boden zurück.

«Warum?» fragte Pierre Chaigne.

«Laß mich in Frieden», antwortete Anne Rouget.

«Warum?»

«Das eine oder das andere ist wahr.»

Darüber hinaus sagte sie nichts und verstarb zwei Tage darauf, ob an dem Fieber, an der Verzweiflung oder an dem Abfall von ihrem Glauben, vermochte Pierre Chaigne freilich nicht zu entscheiden.

Der Knabe Daniel, neun Jahre alt, schwor als nächster ab. Er wurde in die Kirche der Religion des Königs gebracht, wo man ihm auseinandersetzte, Anne Rouget, die an ihm Mutterstelle vertreten hatte, warte im Himmel auf ihn, und er werde sie gewiß eines Tages wiedersehen, sofern er nicht an der Ketzerei festhalte und in der Hölle brennen wolle. Dann zeigte man ihm prächtige Meßgewänder und den güldenen Reliquienschrein, in dem der kleine Finger des heiligen Bonifatius lag; er roch den Weihrauch und betrachtete die Monsterwesen, die in das Chorgestühl eingeschnitzt waren – Monsterwesen, denen er ohne Zweifel leibhaftig begegnen würde, wenn er aus freien Stücken in der Hölle brenne wolle. Am Sonntag darauf schwor Daniel Chaigne dann während der Messe vor aller Augen dem Kult des Tempels ab. Seine Konversion wurde mit großem und eindrucksvollem Zeremoniell aufgenommen, und hernach wurde er von den Frauen der Religion des Königs viel gedrückt und gestreichelt. Am Sonntag darauf versuchten Pierre Chaigne und sein älterer Sohn die Dragoner davon abzuhalten, Daniel Chaigne zu der Messe zu bringen; sie wurden geprügelt, und der Knabe wurde dennoch hingebracht. Er kehrte nicht zurück, und der Priester teilte Pierre Chaigne mit, er sei in dem Jesuitenkolleg jenseits der Montagne Noire untergebracht, wo die Macht des Verrats nicht hinreiche, und seine Erziehung dort gehe zu Lasten der Familie bis zu der Zeit, da sie sich von ihrer Ketzerei lossagte.

Nun blieben nur die Starrsinnigen unter den Ketzern. Da bestimmte der Intendant den führenden protestantischen Grundherren der Gegend, Pierre Allonneau, sieur de Beaulieu, fermier de Coutaud, zum Steuereinzieher. Es wurde seine gesetzliche Pflicht, umgehend die gesammelten Steuern zu zahlen, die alle Anhänger des Kults seit Bekanntgabe der Taille schuldig waren. Dieses war ihm unmöglich, doch da er nun augenblicks zugrunde gerichtet war, konnte er nicht länger insgeheim den Starrsinnigen Hilfe gewähren.

Die drei Dragoner waren nun zwei Monate im Haushalt der Chaignes. Alle Hühner und beide Schweine waren verzehrt; alle bis auf wenige Möbel waren verbrannt; Pierre Chaignes Zimmerholz war mit Ausnahme eines Stapels von wertlosem Rohholz im hintersten Winkel des Schuppens vernichtet. Andere in der Stadt, die der Familie hätten beistehen können, waren nunmehr ebenso verarmt. Tag für Tag waren Pierre Chaigne und sein Sohn Henri gezwungen, auf der Suche nach Nahrung durch die Wälder und Felder zu streifen. Zwei der Soldaten kamen mit ihnen und ließen den Offizier zu Marthes Bewachung zurück. Es war mühsam, genügend Nahrung zu finden, um sechs Münder satt zu machen, und die beiden Dragoner machten sich nicht zur Hilfe bei der Kaninchenjagd oder dem Pilzesuchen erbötig. Wenn es nicht genug zu essen gab, um die Soldaten bis zum Rülpsen zu sättigen, mußte die Familie Chaigne hungern.

Bei der Rückkehr von einem dieser alltäglichen Streifzüge mußten Pierre Chaigne und Henri Chaigne entdecken, daß der Offizier Marthe Chaigne, dreizehn Lenze alt, zu sich in sein Bett genommen hatte. Dieser Anblick bereitete Pierre Chaigne viel Wut und Verzweiflung; nur sein Glaube hielt ihn davon ab, noch in derselben Nacht dem Offizier nach dem Leben zu trachten.

Tags darauf wollte der Offizier die beiden Ketzer bei der Nahrungssuche begleiten, und einer der gemeinen Soldaten blieb zu Marthes Bewachung zurück. Auch dieser Soldat nahm sie zu sich in sein Bett. Eine Erklärung wurde nicht geboten, und es war auch keine vonnöten. Marthe Chaigne weigerte sich, mit Vater und Bruder darüber zu reden, was da geschehen war.

Nachdem Henri Chaigne neun Tage lang zugesehen hatte, wie seine Schwester als Hure gebraucht wurde, schwor er seinem Glauben ab. Das hinderte die Dragoner jedoch nicht, seine Schwester weiterhin als Hure zu gebrauchen. Darum spuckte Henri Chaigne bei der Feier der heiligen Messe am Sonntag darauf die Oblate und den Meßwein, die er von dem Priester empfangen hatte, aus seinem Munde aus. Wegen dieser Blasphemie gegen den Leib und das Blut Unseres Herrn wurde Henri Chaigne gebührlich vor das Bischofsgericht gestellt, zum Tode verurteilt und den Soldaten übergeben, die ihn auf dem Scheiterhaufen verbrannten.

Hernach trennten die drei Soldaten Pierre Chaigne von seiner Tochter und erlaubten ihnen nicht, miteinander zu reden. Marthe besorgte den Haushalt und hurte für die Dragoner; ihr Vater ging auf Nahrungssuche und auf den Holzschlag, da die Herbstluft bereits kalt wurde. Pierre Chaigne, der viele Qualen erlitten hatte, war entschlossen, in seinem Glauben standhaft zu bleiben bis in den Tod. Seine Tochter ließ sich in ihrer Überzeugung ebensowenig beirren und nahm ihre alltägliche Tortur mit der Seelenstärke einer Märtyrerin auf sich.

Eines Morgens, nachdem der Offizier sie zu sich in sein Bett genommen hatte, aber dieses Mal nicht gar so grob mit ihr umgesprungen war, erlebte sie eine grausame Überraschung. Der Offizier pflegte, während er sie als Hure gebrauchte, in der rauhen Sprache des Nordens zu ihr zu sprechen, Worte zu schreien und hernach ruhig zu murmeln. Das war ihr nun bereits vertraut und half ihr bisweilen, ihr Leid leichter zu tragen, denn sie vermochte sich vorzustellen, der Mann, der diese Worte aus dem Norden sprach, sei selbst so fern wie der Norden.

Nun sagte er, da er noch immer verkrümmt auf ihr lag: «Du bist tapfer, junges Mädchen.»

Es dauerte einen Moment, bis sie begriff, daß er ihre eigene Sprache gesprochen hatte. Er stützte sich auf einen Ellenbogen und rückte von ihr fort. «Ich bewundere das», fuhr er fort, noch immer in ihrer Sprache, «und daher will ich dir weiteres Leid ersparen.»

«Sie sprechen unsere Sprache.»

«Ja.»

«Also haben Sie verstanden, was wir im Hause sagten, seit Sie hierher kamen?»

«Ja.»

«Und die anderen auch?»

«Wir sind schon viele Jahre in eurem Land.»

Marthe Chaigne schwieg. Sie erinnerte sich, was ihr Bruder Henri vor aller Ohren über die Dragoner und über den Priester der Religion des Königs gesagt hatte. Ihr Vater hatte offenbart, wo der Kult zelebriert werden sollte, ohne die Folgen zu ahnen. Sie selbst hatte Worte des Hasses ausgesprochen.

«Und weil ich dir Leid ersparen will», fuhr der Offizier fort, «erkläre ich dir nun, was weiter geschehen wird.»

Was konnte schon geschehen? Weitere Qualen dieser Art. Schlimmeres. Folter. Tod. Ohne Zweifel. Doch dann das Paradies, ganz gewiß.

«Geschehen wird dies, daß du schwanger wirst. Und dann werden wir bezeugen, daß dein Vater dich in unserem Beisein als Hure gebraucht hat. Und ihr werdet vor Gericht gestellt, dein Vater und du, und dort verurteilt. Ihr werdet den Feuertod sterben, du und dein Vater, und ebenso das Kind dieser blutschänderischen Verbindung in deinem Leib.»

Der Soldat hielt inne und ließ das schreckensstarre Mädchen den vollen Sinn seiner Worte begreifen. «Du wirst abschwören. Du wirst abschwören und damit das Leben deines Vaters retten.»

«Mein Vater würde eher sterben.»

«Dein Vater hat keine Wahl. Nur du hast die Wahl, ob dein Vater stirbt oder nicht. Darum wirst du abschwören.»

Marthe Chaigne lag reglos in dem Bett. Der Soldat stand auf, ordnete seine Kleider, setzte sich an den Tisch und wartete, daß sie sich einverstanden erklärte. Er war so erfahren in seinem Beruf, daß er keine unnötigen Worte hinzusetzte.

Endlich sagte das Mädchen: «Wo kommen Sie her?»

Der Soldat lachte über diese unerwartete Frage. «Aus dem Norden.»

«Wo? *Wo?*»

«Ein Land, das Irland heißt.»

«Wo ist das?»

«Jenseits des Wassers. Nahe bei England.»

«Wo ist das?»

«Auch jenseits des Wassers. Im Norden.»

Das Mädchen in dem Bett hielt den Kopf noch immer von dem Soldaten abgewandt. «Und warum kommen Sie von so weit her, um uns zu verfolgen?»

«Ihr seid Ketzer. Eure Ketzerei bringt unsere Heilige Mutter, die Kirche, in Gefahr. Alle, überall, haben die Pflicht, sie zu verteidigen.»

«Dreißig Silberlinge.»

Der Offizier schien dem Zorn nahe, behielt aber das gesteckte Ziel im Auge.

«Wenn du nicht von England gehört hast, dann hast du auch nicht von Cromwell gehört.»

«Wer ist das?»

«Er ist schon tot.»

«Ist das Ihr König? Hat er Sie angeworben? Um hierher zu kommen und uns zu verfolgen?»

«Nein. Im Gegenteil.» Der Soldat erinnerte sich an Dinge, die er lieber vergessen hätte, Dinge, die sein Leben vor langer Zeit für immer bestimmt hatten. Die Kindheit, was er da gesehen und Entsetzliches gehört hatte. Die barschen Stimmen von England. «Ja, das hat er wohl. Er hat mich angeworben, könnte man sagen.»

«Dann verfluche ich seinen Namen und seine ganze Familie.»

Der Offizier seufzte. Wo sollte er anfangen? Da war so viel zu entwirren, und er war doch schon alt, über vierzig. Das Kind wußte nicht einmal, wo England war. Wo sollte er beginnen? «Ja», sagte der Offizier müde. «Du verfluchst seinen Namen. Auch ich verfluche seinen Namen. So verfluchen wir beide seinen Namen. Und am Sonntag wirst du abschwören.»

An jenem Sonntag biß Marthe Chaigne, dreizehn Lenze alt, der Weihrauch in die Nase, und die Hurenfarben der Religion des Königs stachen ihr in das Auge; ihr Herz war schwer von dem Kummer, den sie ihrem Vater bereitete, und dem Wissen, daß sie sich nie würde erklären dürfen; und sie schwor ihrem Glauben ab. Sie setzte in dem Register ein Zeichen neben ihren Namen, und der Offizier der Dragoner unterschrieb als Zeuge. Nachdem er unterschrieben hatte, sah er den Priester an und sagte in seiner eigenen Sprache: «Wen kümmert der Weg, solange er zum Paradiese führt?»

Am selben Tag wurde Marthe Chaigne der Union Chrétienne jenseits der Montagne Noire übergeben, wo sie von den guten Schwestern erzogen werden sollte. Die Kosten ihrer Erziehung sollten der Taille zugeschlagen werden, die Pierre Chaigne schuldig war.

In der Woche darauf verließen die Dragoner die Stadt. Die Zahl der Ketzer war von einhundertsechsundsiebzig auf acht herabgesenkt worden. Starrsinnige gab es immer, doch wie die Erfahrung zeigte, besaßen sie, wenn sie nur eine kleine Minderzahl darstellten, wenig Einfluß und fristeten ihr Leben in Bitterkeit und Verzweiflung. Die Dragoner sollten nach Süden ziehen und ihr Werk an einem neuen Ort beginnen.

Den acht Starrsinnigen wurde die Taille der Konvertiten auferlegt mitsamt den Kosten für die Erziehung der eigenen Kinder im katholischen Glauben und mit zahlreichen zusätzlichen Abgaben. Es war ihnen durch Erlaß verboten, ihr Gewerbe auszuüben oder sich bei Anhängern der Religion des Königs zu verdingen. Ebenso war ihnen verboten, ihre

Heimat zu verlassen und das Gelobte Land anderswo zu suchen.

Zwei Nächte nach dem Abzug der Dragoner kehrte Pierre Chaigne, Zimmermann im Witwerstand, in seinen Arbeitsschuppen zurück. Er holte die selbstgebaute Laterne herunter und schob drei ihrer Glasscheiben heraus. Aus dem Haufen von Holzabfällen, die zu verbrennen selbst die Soldaten verschmäht hatten, zog er die drei dünnen länglichen Buchenholztafeln hervor. Er drückte sie sacht in die von Hammelfett klebrigen Schienen. Dann entzündete er die Kerze und setzte die Haube wieder darauf. Da dem Gerät drei Viertel des Glases fehlte, leuchtete es nicht allumher. Es gab aber ein helleres, reineres Licht in die Richtung, wohin es zeigte. Diesem Licht würde Pierre Chaigne, Zimmermann im Witwerstand, bis an das Ende des Weges folgen. Er ging zu der Tür seines Schuppens, hob den Riegel und machte sich auf in die kalte Nacht. Der gelbe Strahl seiner Lampe dehnte sich zitternd zum Walde hin, wo die anderen Starrsinnigen warteten, um mit ihm zu beten.

Brambilla

Ich will Ihnen sagen, wie ich abfahren gelernt hab. Mister Douglas hat mir damals dauernd erzählt, ich fahr wie ein Briefträger. Er hatte zu seiner Rennmaschine noch so einen alten Hobel, hoher Lenker, fast noch ein Einkaufskorb vorne dran, und auf dem Ding ist er manchmal mit mir rausgefahren. Ich hab gedacht, der will mich nur fertigmachen, aber das war ein ganz Durchtriebener, der wollte mir zeigen, wie weit ich gehen muß. Ich meine, er hat nicht den ganzen Tag mit mir mitgezogen, aber eine Zeitlang schon, und dann hat er mich alleine über die Hügel geschickt. Rauf und runter, die Geschichte meines Lebens.

Einmal dachte ich schon, das Training wär vorbei, und da nahm er mich den Mount Moran hoch in den Schlepp. Ist einfach immer weiter gestrampelt, Mund zu, hat das Tempo vorgegeben, und ich hinterher. Wir waren schon sieben, acht Stunden draußen, die Sonne wurde ganz orange über dem flachen Land, und ich hab überhaupt nicht eingesehen, wozu das gut sein soll, er hat mir ja nicht weh getan, ich hab an seinem Hinterrad geklebt und alles war in Butter. Wir waren jede Menge steile Serpentinen hochgefahren, und da bleibt er am Straßenrand stehen, und wie wir so in die Sonne schauen, sagt er: «Okay, Andy, nun bring ich dir mal abfahren bei.» Und – jetzt kommt das Unheimliche – da holt er einen kleinen Schraubenschlüssel raus und schraubt seine Bremsklötze ab und gibt sie mir in die Hand. «Du mußt nur Tritt halten», sagt er, «dann geb ich einen aus.» Er saust also los, während ich seine Bremsklötze einstecke, und ich muß hinterher, und erst denk ich noch, na schön, wenn der keine Bremse nimmt, nehm ich auch keine, bloß wie wir in der zweiten oder dritten Kurve sind, zieh ich voll drauf, und dieser kleine alte Waldschrat, dieser wildgewordene fliegende Briefträger rast da vor mir den Berg runter, bremst nur mit dem Körper ab, richtet sich im Sattel auf, geht dann in die Hocke und nutzt jeden Zentimeter Straße voll aus, und ich nehm manchmal auch eine Kurve ohne Bremse, so wie er, und jedesmal laß ich einen Schrei los, aber Mister Douglas, der hat die ganze Zeit den Mund zu.

Ein, zwei Mal hab ich ihn eingeholt, aber in der nächsten Kurve bin ich dann wieder zurückgefallen, und *ich* hatte eine Scheißangst allein bei dem Gedanken, ich hätt so eine alte Raleigh und keine Bremsen dran. Und gleichzeitig war mir klar, wenn man das schafft, wenn man das wirklich schafft, das wär dann, als ob man ne Nummer macht oder so. Das Aufregendste, was es gibt. Und jedesmal, wenn wir den Mount Moran hochgefahren sind, hat er das wieder gemacht, nur hat er gesagt, ich kann die Bremse sechs Mal benutzen, und dann fünf Mal, und dann vier, und zum Schluß dann gar keine Bremse mehr. Und ich fahr hinter diesem großartigen alten Knacker auf seinem Omafahrrad her, und er besiegt mich jedesmal, aber von Mal zu Mal weniger. Dann hab ich einen ausgegeben, und er hat mir erklärt, was ich mit meinem Leben anfangen soll. Einmal hat er mir von Brambilla erzählt. Und so hab ich abfahren gelernt.

* * *

Ich bin von zu Hause abgehauen. Nein, in Wahrheit war ich vorher schon weg, innerlich jedenfalls. Die haben es natürlich auf Andy geschoben, aber das ist ja lachhaft. Andy war der erste Junge, der mich immer Punkt halb neun nach Hause gebracht hat. Er hat von Anfang an gesagt, er muß um neun im Bett liegen, weil Sean Kelly auch immer um neun im Bett lag. Man hätte annehmen sollen, das kommt ihnen zupaß, aber nein. Mein Dad meinte, da wär was faul an der Sache. Ich hab gesagt, Dad, ist doch mal was anderes, als wenn du nach Mitternacht noch aufsitzt mit ner Knarre in der Hand. Aber der fand das gar nicht lustig. Hat er nicht kapiert.

Ja, in deren Augen bin ich wohl mit Andy abgehauen. Eines Tages hat er gesagt, ich geh weg und strampel mich durch Frankreich und verdien mir so mein Geld, kommst du mit? Ich sag, was? Er sagt, nimm die Bremsen raus und laß zischen! Ich sag, zischen? Und da hat er gezwinkert, und damit war die Sache beschlossen. Aber ich wollte sowieso nie dableiben. Es ist nicht Andys Schuld, daß ich nicht da um die Ecke wohne und hab zwei Kinder und Rückenschmerzen und darf nachmittags in einem Laden aushelfen, wenn ich Glück hab. Die konnten nicht begreifen, warum ich mir nicht bis an mein Lebensende die Möwen über dem Bowling-green anhören wollte. Wenn das ihr Wunsch für mich war, dann hätten sie mich nicht zum Ballett gehen lassen sollen. Trautes Heim, Glück allein. Mein Dad hat mir sogar vorgeschlagen, ich solls doch mal mit Bowls versuchen, der Club könnte junges Blut gebrauchen. Ich sag, du meinst wie Dracula? Ständig haben sie gefragt, was Andy und ich denn gemeinsam haben. Ich sag, na ja, Beine zum Beispiel.

Wir haben in dem Schiff gesessen und aus dem großen Rückfenster geguckt. Da war der übliche Möwenschwarm, aber ich hab mir irgendwie eingebildet, das wären die vom Bowling-green. Ich hab ständig darauf gewartet, daß sie wieder umkehren, aber nein. Vielleicht gabs da noch andere Gründe, aber ich hab angefangen zu heulen. Der arme Andy hat gar nicht gewußt, was da los ist. Ich hab gesagt, die sollten doch mittlerweile genug haben. Als er gemerkt hat, daß es mir ernst war, ist er raus an Deck, und ich hab gesehen, wie er sie beschimpft hat und mit den Fäusten drohte. Denen war das natürlich ganz egal, aber es war richtig süß von ihm. Ich hab mir die Tränen abgewischt und ihm einen Kuß gegeben. Dann hab ich so was gesagt wie: Du bist doch mein großer Held, und er hat so was gesagt wie: Ich bin hart im Nehmen, Puppe. Er will sich nur aufspielen, wenn er so daherredet. Meistens jedenfalls. Dann haben wir beide versucht, uns nicht mehr drum zu kümmern, daß die Möwen dageblieben sind, bis hin nach Calais. Sie sind überhaupt nie umgekehrt.

* * *

Wissen Sie, die haben da nämlich Respekt vor uns. Die Anglophonen, so nennen sie uns. Die wissen, wir sind hart im Nehmen, wir sind nicht von so weit her gekommen, um dann das Handtuch zu werfen. An Tom Simpson erinnern sie sich noch, als wärs gestern gewesen. Haben Sie das gewußt – als er am Mont Ventoux gestorben ist, das war an einem Dreizehnten und in der dreizehnten Etappe? Gibt einem doch zu denken, nicht? Er gilt hier immer noch als Held, als einer, der den höchsten Preis gezahlt hat. Am nächsten Tag haben sie zum Zeichen der Hochachtung Barry Hoban die Etappe gewinnen lassen. Ein Engländer, der am *quatorze juillet* gewinnt. Barry Hoban hat dann Tom Simpsons Witwe geheiratet, wußten Sie das?

Sean Kelly, das ist ein eiserner Bursche. Der ist aus hartem Holz geschnitzt. Haben Sie das mit Sean Kelly bei der Vuelta gehört? Der hatte ... es gibt einen medizinischen Ausdruck dafür, aber den hab ich vergessen, aber im Grunde ist es so was wie ein eingewachsenes Haar im Arsch. Im Krieg haben sie das auch gekriegt, da hieß das Jeep-Arsch, man kriegte das, wenn man den ganzen Tag auf dem harten Sitz von einem Jeep rumgefahren ist. Es ist das Schmerzhafteste, was es überhaupt gibt, und dabei ist es nichts als, na ja, ein Haar am Arsch, dem plötzlich einfällt, daß es lieber nach innen als nach außen wachsen will. Mehr ist nicht dabei, aber man kriegt so ein Furunkel davon, das höllisch weh tut, und dann ist Fahrradfahren das Schlimmste, was man machen kann. Man muß es operativ behandeln lassen, und dann sitzt man ein paar Wochen lang in einem Salzbad. Na jedenfalls, Sean Kelly liegt auf einem guten

Platz in der Vuelta, da will er natürlich keinen Ärger haben. Wenn er zum Tourarzt geht, nimmt der ihn bestimmt aus dem Rennen. Also läßt er so einen Dorfchirurgen oder Landarzt oder meinetwegen auch Tierdoktor auf sein Hotelzimmer kommen und sagt: Los, mach schon. Und der macht das auch und näht ihm den Arsch zusammen, und Sean Kelly fährt weiter bei der Vuelta. Deshalb haben sie Respekt vor uns. Wir sind zäh. Sean Kelly, das ist ein eiserner Bursche.

* * *

Wir waren mit Betty und Jean-Luc essen. Betty ist aus Falmouth – sie war mit mir auf dem Kreuzfahrtschiff. Sie hat mir auch den Job hier besorgt; den Termin zum Vortanzen jedenfalls. Es war unser freier Tag, und da sind wir essen gegangen. Wir essen immer früh, wegen Andy. Bei mir heißt das nicht mehr Abendessen, bei mir heißt das *Steak und einen Salat um sieben sagt Sean*. Nicht, daß ich ihn Sean nennen dürfte. Andy gebraucht immer den vollen Namen, als wär es der Name eines Heiligen oder so. Ständig heißt es Sean Kelly hier und Sean Kelly da, und ich mach das auch so. Meistens wenigstens. Also, Andy redet davon, wie die Fahrer sich auf ein Rennen vorbereiten, und da erzählt er eine Geschichte von einer Pressekonferenz, wo jemand Sean Kelly gefragt hat, wie er das denn hält mit … na, Sie wissen schon. Ich meine, während des Rennens tun sie's offenbar nicht, aber ob sie vorher aufhören, um keine Energie zu verschwenden. Wenn ich Sean Kelly gewesen wär, hätte ich große Lust gehabt, dem Kerl eine Fahrradpumpe um die Ohren zu hauen, aber nein. Er hat einfach die Frage beantwortet. Er hat gesagt, er hätte es sich zur Regel gemacht, vor einem großen Tagesrennen eine Woche Enthaltsamkeit zu üben, und bei einer großen Tour sechs Wochen vorher. Woraufhin einer im Publikum lauthals ruft: «Wenn ich richtig rechne, dann ist Linda immer noch Jungfrau.» Linda ist Sean Kellys Frau. Wären Sie da nicht vor Scham vergangen? Betty und Jean-Luc haben mich angeguckt, als wollten sie sagen: Ist das bei dir auch so? Ich wär am liebsten in den Erdboden versunken. Die meisten Männer, mit denen ich zusammen war, hätten große Töne gespuckt, daß wir es noch öfter machen als in Wirklichkeit. Aber Andy sitzt da und tut fast das Gegenteil. Ich hab es ihm hinterher erklären wollen, aber er hat gesagt, ich wär überempfindlich. Er fand es einfach nur eine lustige Geschichte.

* * *

Ich hab Angst, ich komm nicht an. Die ersten sechs Tage hab ich mir den Arsch aufgerissen. Ich hab eine Kondition wie noch nie, und ich war noch nie so müde. Gestern haben wir von ferne die Pyrenäen gesehen. Ich darf nicht daran denken, ich will nicht daran denken. Jeden Tag fünf, sechs, sieben Stunden im Sattel, dann essen, dann schlafen, dann Mannschaftssitzung, dann wieder sieben, acht, neun Stunden im Sattel. Und das bei der Hitze. Und nach den Pyrenäen kommen die Alpen. Wenn ich die Hügel da schaffen will, muß ich vorher zum *soigneur*, das weiß ich schon. Er wird mir was geben. Wehe, wenn nicht.

Es ist ja nicht mehr so wie am Anfang. Da hatte jeder sein kleines Köfferchen, als ob er ins Büro geht. Voll mit Bonbons. Hast du dies schon versucht? Hast du das mal genommen? Hier ist was, das mußt du etwas früher nehmen, und so weiter. Alle brauchten ihre Zisch-ab-Dinger zur gleichen Zeit. Amphies reichen nur etwa drei Stunden, darum mußte man sie nehmen, bevor die großen Hügel kamen. Es war zum Kichern, wie alle sie gleichzeitig nahmen, dann wurden die Silberpapierschnipsel weggeworfen wie Milchflaschenkapseln oder so, und auf einmal merkte man, wie das Tempo anzieht, und alles lachte und schrie, und *zisch!* fuhren wir alle den Hügel rauf. Das ist jetzt anders geworden. Da wird nicht mehr so viel gelacht. Jetzt heißt es, bring mir Wasser, gib eine Nachricht weiter, gib mir dein Rad, bring mich hin. Ich dachte, die ersten Tage geht es leicht an, vielleicht lassen sie mich sogar an die Spitze vor, wenn ich gut drauf bin. Aber ich bin schon seit dem Prolog völlig geschlaucht, und das ist die reine Wahrheit.

Wir strampeln jetzt schon stundenlang über dieses dämliche flache Land und glotzen sie bloß an. Ich hab noch nie so hohe Berge gesehen. Ich hab Angst. Runter und dann wieder rauf, nicht wahr? Das ist die Wahrheit, so sieht das aus. Runter, dann wieder rauf. Ich hab Angst, ich komm nicht an.

* * *

Normalerweise bin ich nicht vor drei aus dem Club zurück, also sitzt er schon im Sattel, wenn ich wach werde. Es ist so frustrierend. Ich stell den Fernseher an, aber für mich sehen die Trikots meistens alle gleich aus, und ich glaub, ich hab ihn in sechs Tagen nicht einmal zu Gesicht bekommen. Manchmal bin ich mir fast sicher, daß ich ihn entdeckt hab, und dann zeigt das Fernsehen plötzlich eine Luftaufnahme, und man sieht nichts als eine Riesenschlange von Fahrern, die sich durch ein Dorf windet. Wenn sein Arbeitstag dann vorbei ist, hat meiner schon wieder angefangen. Und Andy ist auch nicht gerade ein Weltmeister im Postkartenschreiben. Ich kauf mir jeden Tag die *L'Équipe* und lese, wo er war und was noch vor ihm liegt, und such mit dem Finger das Tagesergebnis nach seinem Namen ab. Im Moment ist er an 152. Stelle von 178.

Andy tönt gerne rum, was das Radfahren für harte Arbeit ist. Ich sag immer, ich bin wahrscheinlich genauso fit wie er. Betty und ich stehen von sieben Nächten sechs auf der Bühne, dreizehn Shows die Woche. Er ißt *Steak und einen Salat um sieben sagt Sean* und liegt um neun im Bett; wenn er unter die Decke kriecht, hab ich also noch zwei Shows vor mir. Andy sagt, Fahrradfahren ist reine Charaktersache, als wär das nur beim Fahrradfahren so. Monsieur Thalabert sagt, er sucht seine Mädchen immer nach der Persönlichkeit aus, und das ist wahr.

Wir sind alle Persönlichkeiten, jede auf ihre Art. Wenn ich Andy ärgern will, dann sag ich, Radfahren kann jeder. Damit meine ich, man muß nicht genau Größe 75 haben oben herum und alles andere entsprechend wohlproportioniert. Man muß nicht auf den Zentimeter genau eins siebzig sein. Und man hat auch keine Vorschriften darüber, daß man sein Aussehen ohne Genehmigung der Geschäftsleitung auf keinen Fall verändern darf.

Es gibt eine Menge Vorschriften, aber sie dienen unserem eigenen Schutz. Man darf nicht im Clubgebäude trinken, man darf sich in einem Umkreis von zweihundert Metern nicht mit Männern verabreden, man muß das Gewicht halten, man muß pünktlich sein, man bekommt Urlaub, wann sie das wollen, und so weiter. Darum nehmen sie gern Mädchen aus England. Wir sind sehr diszipliniert und haben gleichzeitig die richtige Figur. Natürlich schicken sie alle, die mit Drogen erwischt werden, auf der Stelle nach Hause.

Wenn ich manchmal so zurückblicke, dann kommt mir das komisch vor. Die Mädchen sind alle sehr hilfsbereit, es ist wie eine große Familie, und für mich ist der Club mein Zuhause. Aber ich bin von zu Hause abgehauen, weil meine Mum mir den Lohn weggenommen und ein Taschengeld zugeteilt hat, und mein Dad hat mir alle möglichen Vorschriften gemacht, wie lange ich ausgehen darf, wie kurz mein Rock sein darf, was für Jungs ich wo und wann treffen darf. Jetzt legt Monsieur Thalabert unser Geld auf ein Sparkonto und beschützt uns vor Männern von der falschen Sorte, und Madame Yvonne bemuttert uns wie eine Glucke. Chriistiin, nicht diesen Rock. Chriistiin, nimm dich in acht vor diesem Jungen. Und so weiter. Aber es macht mir überhaupt nichts aus. Es ist wohl ein Unterschied zwischen dem Zuhause, in dem man aufwächst, und dem, das man sich aussucht.

Manche Leute finden es merkwürdig, wie man sich in aller Öffentlichkeit ausziehen kann. Also, ich schäme mich nicht für das, was die Natur mir gegeben hat. Und eigentlich ist es ja auch kein Ausziehen, wenn man von vornherein fast nichts anhat. Wie Betty immer sagt, es ist alles ständig bedeckt, und wenn es mit Nagellack ist. Es ist alles bedeckt. Man sieht wahrscheinlich genausoviel von Andy, wenn er auf dem Rad sitzt, wie von mir, wenn ich auf der Bühne stehe. Meine Omi war hier, ohne Mum und Dad was davon zu sagen. Ihr hat die Show echt gefallen. Sie fand sie niveauvoll, und sie war stolz auf mich.

* * *

Einmal, das ist jetzt schon ein paar Jahre her, mußte ein Fahrer an dem Tag zum Test. Es sollte eigentlich nach dem Zufallsprinzip gehen, aber na ja, damals war das noch nicht so wie heute, komm mal her und steck deinen Familienstengel in das Reagenzglas, und ein Mann im weißen Kittel schaut dir dabei zu. Manchmal hat man es vorher erfahren, jedenfalls an dem Morgen, und dann wußte man, daß man etwas mehr aufpassen muß, was für Bonbons man so nimmt. Jedenfalls, der Fahrer da weiß, er muß am Abend zum Test, und er macht sich fast in die Hose vor Angst. Er hat es in letzter Zeit ein bißchen übertrieben, der Mann mit dem Köfferchen war ziemlich oft zu Besuch. Also hat er folgende Idee. Er sagt seiner Freundin, sie soll an einer bestimmten Stelle am Straßenrand warten, irgendwo im Wald, wo nicht so viele Leute sind. Und dann, als das Feld kommt, sagt er, er bleibt mal ein bißchen zurück, Pinkelpause oder so, vielleicht hat er auch gesagt, er hat da sein Mädchen gesehen und will ihr einen Kuß geben. Jedenfalls, er hält an, und sie sollte eine Probe für ihn dabeihaben, Sie wissen schon, eine von ihr, in einer Plastiktüte oder so, und das hat sie auch, und er gibt ihr einen Kuß und steckt es sich unter das Trikot. Und nach Feierabend sagen sie dann zu ihm, er soll eine Probe abgeben, und er nimmt das Röhrchen und geht auf die Toilette und kommt wieder zurück und gibt sie ab, alles kinderleicht. Am nächsten Morgen soll er sich bei den Ärzten melden, und das wundert ihn nun echt, weil er weiß ja, sein Test muß sauber sein. Er hat keinen blassen Schimmer. Und wissen Sie, was die ihm erzählen? «François», oder wie er gleich hieß, «François, die gute Nachricht ist, du bist sauber. Die schlechte Nachricht ist, du bist schwanger.»

* * *

In einer anderen Geschichte von Andy warten Linda und Sean Kelly, daß Stephen Roche von der Dopingkontrolle wiederkommt. Das war bei der Amstel Gold Classic 1984. In Meersten. Das liegt in Holland. Ich kenn mich mittlerweile ganz gut aus, wie Sie sehen. Während sie da warten, sitzt Linda auf dem Auto, und als sie aufsteht, ist da ein Fleck, wo sie ihre Hand hatte. Sean Kelly ist, wie Andy sagt, sehr eigen. Er hat ein Taschentuch aus der Tasche gezogen und den Fleck weggewischt. Ohne was zu sagen, hat einfach den Fleck weggewischt. Linda sagt so was in der Art wie: Jetzt seh ich, was deine Prioritäten sind, erst kommt das Auto, dann das Fahrrad und dann die Frau. Sean Kelly sieht sie an, vollkommen ernsthaft, und wissen Sie, was er dann sagt? Er sagt: «Das Fahrrad kommt zuerst.»

Wir kommen ganz gut miteinander aus. Unseren schlimmsten Streit hatten wir gleich am Anfang. Ich hab in den französischen Zeitungen nach seinem Namen gesucht, und als ich ihn gefunden hab, seh ich, daß sie ihn *un domestique* nennen. Das heißt Domestike auf französisch. Und da er immer ein bißchen machomäßig herumgetönt hat, wie die Franzosen echt Respekt haben vor den britischen Fahrern, weil sie so zäh sind, sag ich zu ihm, du bist also bloß ein Domestike? Er sagt, er ist ja erst das zweite Jahr dabei, also muß er selbstverständlich für die anderen Wasser holen und Nachrichten weitergeben und ein Rad abgeben oder manchmal auch das ganze Fahrrad, wenn jemand Wichtigeres es braucht, zum Beispiel wenn sie einen Platten haben. Er hat gesagt, er ist Teil einer Mannschaft, einer für alle und alle für einen. Ich hab gedacht, jetzt macht er sich aber wichtig, also hab ich mir nicht auf die Zunge gebissen, sondern gesagt, das hört sich eher an wie alle für einen und nicht so sehr wie einer für alle. Er hat gesagt, was zum Teufel denn ich davon versteh, obwohl ich das allerdings sollte, bei mir wär das mit dem Tanzen doch genauso, ich bin nur ein Teil einer Mannschaft, und ich sollte ja nicht so blöde sein und mir einbilden, daß irgend jemand meinetwegen da hinkommt. Was er als nächstes gesagt hat, weiß ich noch ganz genau. Er hat gesagt, ich wäre doch nichts als ein winziges Stück Pizzabelag, und daran sollte ich denken, wenn ich das nächste Mal mit meiner Muschi da rumwackel, bloß hat er nicht Muschi gesagt. Und wir wären beide vom gleichen Kaliber. Das war aber nicht nett gemeint, als ob wir gut zusammenpassen, zwei gegen den Rest der Welt, wie es am Anfang gewesen war. Es klang eher so, als wäre ich nicht viel besser als ein Häufchen Hundedreck, und er wäre auch nicht viel besser. Es hat nur Sekunden gedauert, und die Sache war total verfahren. Kennen Sie das Gefühl? Ich muß da immer an die Möwen denken. Sie sind nie umgekehrt und wieder zurückgeflogen. Er hat mit den Armen gerudert und sie beschimpft, aber das war denen ganz egal. Sie sind uns bis hierher gefolgt.

Sie können sich vorstellen, wie elend mir war. Er war immer noch wütend, aber nach einer Weile sind wir ins Bett gegangen und … na ja, er hatte ja kein Radrennen in nächster Zeit. Nur haut das so nie ganz hin, nicht wahr? Irgendwo im Hinterkopf denkt man jedesmal, ich weiß ja, warum wir das jetzt machen, und du doch auch. Hinterher hat er gesagt, man weiß eben nie, wann man sein Hinterrad verliert, nicht wahr? Man merkt halt nur, daß der Vordermann weg ist, und dann wartet man, daß einem die Straße die Haut vom Leibe reißt. Er hat nicht nur mich gemeint. Er hat alles gemeint.

* * *

Als Sean Kelly und Linda geheiratet haben, raten Sie mal, was seine Kumpels da gemacht haben? Sie wissen doch, wenn ein Soldat oder so heiratet, dann halten sie draußen vor der Kirche alle die Säbel über den Kopf, wenn das Paar rauskommt? Also, Sean Kellys Kumpels haben ein paar Laufräder hochgehalten und einen Bogen damit gebildet, dann ist er mit Linda darunter durchgeschritten. Finden Sie das nicht nett?

Der Priester, der sie getraut hat, hat eine Rede gehalten und gesagt, die Ehe ist wie die Tour de France, es geht über unterschiedliches Gelände und unterschiedliche Straßen, und manchmal fährt es sich leicht und manchmal schwer, und weiter so in dem Stil. Und da steht Sean Kelly auf und sagt: «Eine Bemerkung zu Father Butlers Rede. Ich glaube nicht, daß die Ehe und die Tour de France genau das gleiche sind. Wenn es beim Radrennen nicht klappt, kann man einfach absteigen.»

Das ist allerdings auch nicht so leicht. Vor den Pyrenäen haben wir einen Ruhetag. Ich weiß nicht, ob das gut oder schlecht ist. Jeder hat Angst vor den hohen Bergen. Wissen Sie, was die Fahrer über die Berge sagen: Sie ziehen dich aus, bis du nackt dastehst, das sagen sie. Die Steigungen, die dünne Luft, die irren Abfahrten. Die Vögel in der Luft, die da über einem hängen. Große Vögel, solche, die Karnickel fressen und so Zeug. Man muß sich einfach klarmachen, daß alle anderen auch Angst haben. Und man gewöhnt sich nie daran, so heißt es wenigstens. Haben Sie mal von Alpe d'Huez gehört? Das liegt in den Alpen. Da war ein erstklassiger Fahrer, der hatte eine Scheißangst davor, deshalb hat er in einem Jahr seinen Trainingspartner genommen und ist im Urlaub da hingefahren. Zwanzig Mal sind sie da raufgefahren, bis er seine Angst verloren hatte. Zwanzig Mal. Das nächste Jahr, als die Tour nach Alpe d'Huez kam, hat er sich nicht mehr gefürchtet. Das war ein Fehler. Der Berg hat ihn umgepustet.

Der Besenwagen, wie wir ihn nennen, das ist das Schlimmste. Der kehrt dich auf. Der kommt am Ende mit einem Besen auf dem Dach und wartet nur drauf, daß du schlapp machst. Er ist ständig da und sitzt dem letzten Mann auf der Straße im Nacken. Heute hatte ich ihn neben mir. Komm doch rein, laß dich heimbringen, das war ein übler Sturz vorhin, dir tun doch jetzt sicher die Muskeln weh, ist ein schöner weicher Sitz da drin. Kehr, kehr. Als hättest du so einen beschissenen Versucher neben dir. Mußt keine Angst mehr haben, mußt nicht mehr strampeln. Leg die Füße hoch. Kürz dir den Heimweg ab. La Grande Boucle schafft keiner auf Anhieb, du hast schon mehr getan, als man überhaupt erwarten konnte. Mach dich nicht für die ganze Saison kaputt. Na komm schon, steig ein. Kehr, kehr, daß die Straße hübsch sauber bleibt. Wie willst du denn für deinen Mannschaftsführer Wasser holen, wenn du fünfundzwanzig Minuten zurück liegst? Komm mir ja nicht mit diesem dämlichen Stolz. Niemand macht dir einen Vorwurf. Komm rein, leg die Füße hoch, hier ist noch viel Platz. Kehr, kehr. Guck dir nur die Berge an. Die ziehen dich aus, bis du nackt dastehst.

* * *

Gleich am Anfang hat Andy mir noch eine Geschichte erzählt. Er wollte mir imponieren, was für *harte Burschen* das alles sind. Ich kann den Ausdruck schon nicht mehr hören. Der heilige Sean Kelly hatte also irgendwas am Hintern. Die Einzelheiten weiß ich nicht mehr, nur daß es natürlich schmerzhafter war als alles, was eine Frau je begreifen wird. Er wurde irgendwie behandelt, und es war immer noch genauso schmerzhaft, aber er ist trotzdem weitergefahren. Es war nicht in Frankreich, daran kann ich mich aus irgendeinem Grund erinnern. Jedenfalls, als Andy mit der Geschichte fertig war, hätte ich ganz klar beeindruckt sein sollen, aber es hörte sich so … nicht gerade doof an, aber sagen wir mal, mir blieb auch nicht die Spucke weg. Also hab ich gesagt, und dann? Andy hat gefragt, wie meinst du das, und dann? Ich hab gesagt, hat Sean Kelly denn das Rennen gewonnen? Andy sagt nein, und ich sag, na, dann hat es sich doch gar nicht gelohnt, oder? Und ich hab gemerkt, daß er sauer wird. Er hat gesagt, okay, ich will dir sagen, was dann war, wo es dich doch so brennend interessiert. Es war so, daß er weitergefahren ist, und ein, zwei Tage später sind die Fäden aufgegangen, als er im Sattel saß, und seine Hose war voller Blut, und er mußte aufgeben, verstehst du jetzt, warum ich ihn bewundere? Also, ich hab ja gesagt, aber ich bin mir nicht sicher, ob ich nicht nein gemeint hab.

* * *

Mister Douglas hat mir von Brambilla erzählt. Der Name sagt Ihnen wahrscheinlich nichts, wenn Sie nicht vom Fach sind. Er war Italiener. Ist lange her. Hat die Tour am allerletzten Tag verloren, was nicht oft passiert. Aber deswegen hat Mister Douglas mir nicht von ihm erzählt. Er war ein richtiger Profi. Ein harter Bursche. Wenn er meinte, er fährt schlecht, dann hat er sich selbst ins Gesicht geschlagen und sich mit der Pumpe gepeitscht und sich das Wassertrinken verboten, auch wenn er noch was über hatte. Ein richtig zäher Charakter. Man muß auch ein bißchen verrückt sein, wenn man so was macht wie wir. Jedenfalls, er hatte sich einen Namen gemacht und eine schöne Karriere hinter sich, und nun kam er allmählich in die Jahre. Und eines Tages gehen seine Kumpels ihn besuchen und finden ihn unten im Garten. Er hatte so eine Art Grube ausgehoben oder eher einen schmalen Graben, aber richtig tief. Und wissen Sie, was er da gemacht hat? Er hat sein Fahrrad begraben. Aufrecht begraben, so wie es war, wenn er darauf fuhr. Und seine Kumpels haben ihn gefragt, was das soll. Da hat Brambilla ihnen erzählt, was er macht. Er hat sein Fahrrad begraben, weil er sich nicht mehr für würdig hielt, es zu fahren. Mister Douglas hat gesagt, diese Geschichte soll ich nie vergessen, und das hab ich auch nicht.

Eremitage

Sie sahen es von dem Dampfer nach Pauillac aus, als die blatternarbige Fassade noch zu einem Viertel von der Frühnachmittagssonne erhellt war. Um elf hatten sie sich in Bordeaux an der Place des Quinconces eingeschifft und ihre Korbstuhlplätze unter einem gestreiften Sonnensegel eingenommen. Auf dem Vorderdeck direkt unter ihnen drängten sich die Passagiere der dritten Klasse und brachten lebende Tiere, Betriebsamkeit und Lärm mit sich. Florence fühlte bei diesem Beweis ganz normaler, von der Hitze ungetrübter Lebenslust ihre Kräfte schwinden; Emily dagegen lebte geradezu auf.

«Schau dir den Mann dort an, Florence. Er redet nicht einfach nur. Er … er *tanzt* seine Unterhaltung.»

«Vermutlich sagt er etwas sehr Prosaisches.»

«In dem Fall», entgegnete Emily unverzagt, «in dem Fall erlaubt ihm sein Gebaren, das Prosaische zu transzendieren.» Sie holte ihren Skizzenblock hervor und begann den herumhüpfenden Burschen mit seiner scharf geschnittenen Nase, dem kahlen Kopf, der blauen Bluse, der Stummelpfeife und den geschmeidigen Händen zu zeichnen.

«Ich wünschte, ich könnte soviel Transzendenz entdecken wie du, meine liebe Emily. Sie ist anscheinend überall um dich herum. Nur transzendierst du den Mann noch weiter, indem du ein Kunstwerk aus ihm machst.»

«Du wirst mir meine gute Laune nicht nehmen. Und im übrigen glauben wir alle an die Transzendenz. Du bemäntelst das nur, indem du es praktische Verbesserungen nennst.»

Sie saßen friedlich auf ihrem Platz, zwei Engländerinnen in den Dreißigern, beide mit Strohhut und braunem Schuhwerk angetan, während der Dampfer durch einen Winterwald von

Schiffsmasten steuerte. Dampfpfeifen waren hier der hellste Vogelruf. Ein Schlepper namens *Ercule* schäumte den Fluß auf wie *café au lait;* kleinere Fährboote jagten Wasserspinnen gleich vor ihrem Bug dahin. Drei Wochen waren sie nun schon unterwegs und hatten den südlichsten Punkt ihrer Reise erreicht. Bald würden sie, wie alle Jahre, jede in das eigene Dorf in Essex zurückkehren, zu den Uralwinden und der beklemmenden Unterhaltung von Rübenbauern. Natürlich bauten diese Salontölpel andere Früchte an, doch wurden sie von Florence und Emily in ihren vertraulichen Gesprächen beharrlich so bezeichnet.

«Ich werde niemals heiraten», sagte Florence unvermittelt. Bei ihr klang das wie eine sachliche Feststellung ohne jedes Bedauern.

«Auf jeden Fall», antwortete ihre Freundin, den Gedanken fortspinnend oder sich ihn womöglich zu eigen machend, «ist es sattsam bekannt, daß ein Rübenbauer sich jeder denkbaren Transzendenz entzieht.»

Der kleine Dampfer lavierte von einem Ufer zum anderen, nahm Händler und Bauern, Vieh und Priester auf und setzte andere ab. Die Garonne verband sich mit der Dordogne und wurde zur Gironde. Emilys Rock bauschte sich im Wind, bis sie eine Landkarte darauf drückte, auf der die Châteaus des Médoc vermerkt waren. Sie hob einen kleinen Feldstecher vor die Brillengläser und nahm eine ihrer Reisegefährtin wohlvertraute, schulmeisterlich gekrümmte Haltung ein. Vor Beychevelle erläuterte Emily, das Château habe einst einem Admiral gehört und eine Zeitlang habe jedes Schiff, das auf dem Fluß vorüberfuhr, ihm seine Reverenz erweisen und das Segel dippen müssen, was auf französisch *baisser la voile* heiße, und dieser Ausdruck sei zu dem gegenwärtigen Namen korrumpiert worden.

«Wie kurios», bemerkte Florence fröhlich.

Emily wies auf Margaux und Ducru-Beaucaillou hin, auf

Léoville-las-Cases und Latour, wobei sie jeden Namen auf Baedeker-Art ausschmückte. Hinter Latour hielt sich das Schiff dicht am Ufer und nahm Kurs auf Pauillac. Gerippte Weingärten zogen sich wie grüner Manchesterkord vor ihnen dahin. Ein verfallener Landungssteg kam in Sicht, gefolgt von einem halb schwarz befleckten Stück Kord. Dann, ein wenig höher, eine flache Fassade, die im Sonnenschein sandig gelb leuchtete, mit einer kurzen, die Erdgeschoßfenster halb verdeckenden Terrasse. Nachdem sie das Fernglas mit einem Stups nachgestellt hatte, entdeckte Emily, daß in dem Terrassenbalkon mehrere Geländersäulen fehlten und andere bedenklich schief standen. Florence nahm das Fernglas. Die Fassade wies große Löcher auf, in den oberen Fenstern waren einige Scheiben zerbrochen, und das Dach schien landwirtschaftlichen Experimenten überlassen.

«Nicht eben unsere Eremitage», bemerkte sie.

«Wir werden es also morgen besichtigen?»

Dieser neckische Zeitvertreib war im Laufe der letzten zwei Jahre auf ihren Ausflügen nach Frankreich entstanden. Müßiges Schauen legte ein anderes Leben nahe: in einem Fachwerkhaus in der Normandie, einem schmucken *manoir* in Burgund, einem Château in der Einöde des Berry. In letzter Zeit hatte dies einen neuen, absichtsvollen Ernst angenommen, den keine der beiden Frauen recht zugeben wollte. So verkündete Florence ein über das andere Mal, dies sei wiederum nicht ihre Eremitage, und bald darauf gingen sie es besichtigen.

Château Dauprat-Bages war in der großen Klassifikation von 1855 nicht aufgeführt. Es war ein bescheidener *cru bourgeois*, 16 Hektar mit Cabernet Sauvignon, Merlot und Petit Verdot bepflanzt. Während der letzten zehn Jahre hatte die Reblaus den grünen Kordsamt schwarz gefärbt, und unter dem geschwächten und verarmten Besitzer war eine zögerliche Neupflanzung begonnen worden. Vor drei Jahren war er verstorben und hatte alles einem jungen Neffen in Paris hinterlassen, der snobistischerweise lieber Burgunder trank und sich des Châteaus Dauprat-Bages so rasch als möglich zu entledigen suchte. Doch ließ sich kein Nachbargut überreden, die verseuchten Weingärten zu übernehmen; daher plagten sich der *régisseur* und der *homme d'affaires* mit Hilfe von Gelegenheitsarbeitern weiter ab und erzeugten einen Wein, der, wie sie selbst zugaben, auf das Niveau eines *cru artisan* herabgesunken war.

Als Florence und Emily zu einem zweiten Besuch wiederkehrten, wandte Monsieur Lambert, der *homme d'affaires*, ein kleiner Mann mit schwarzem Anzug, Filzkappe und stacheligem Schnurrbart von zugleich hektischer und gebieterischer Wesensart, sich unvermittelt an Emily, die er für die jüngere und demzufolge gefährlichere der beiden hielt, und verlangte zu wissen: «Êtes-vous Américaniste?»

Sie mißverstand ihn und antwortete: «Anglaise.»

«Américaniste?» wiederholte er.

«Non», antwortete sie, und er brummte beifällig. Sie hatte das Gefühl, eine Prüfung bestanden zu haben, ohne daß man ihr gesagt hatte, worin die Prüfung bestand.

Am nächsten Morgen meinte Florence bei einem aus Austern und heißen Würsten bestehenden Frühstück im Hôtel d'Angleterre in Pauillac sinnend: «Man kann nicht behaupten, daß sie hier Landschaft haben. Sie haben eher Konturen.»

«Dann wird die Veränderung zu Essex nicht gar zu groß sein.»

Beide bemerkten, daß *würde* und *könnte* dem verführerischen Reiz von *ist* und *wird* erlegen waren. Fünf Sommer lang waren sie nun schon zusammen durch Frankreich gereist. Im Hotel teilten sie ein Bett miteinander; zu den Mahlzeiten erlaubten sie sich Wein; nach dem Abendessen rauchte Florence eine einzige Zigarette. Jedes Jahr war es ein berauschendes Entrinnen, Rechtfertigung und Tadel ihres Lebens unter den Rübenbauern zugleich. Bislang waren ihre Ausflüge zu den

Franzosen unbeschwert und tändelnd gewesen. Nun meinte Emily zu spüren, wie etwas – nicht das Schicksal, doch die geringere Macht, die ihrer beider Leben bestimmte – sie zwang, Farbe zu bekennen.

«Es ist allerdings dein Geld», sagte sie und gestand damit ein, daß die Sache nun wahrlich sehr ernst geworden war.

«Es war das Geld meines Vaters, und ich werde keine Kinder haben.»

Florence, die größere und etwas ältere der beiden, tat Entscheidungen gern durch die Blume kund. Sie war dunkel und kräftig und hatte eine trügerische Manier nüchterner Entmutigung an sich. In Wahrheit war sie sowohl tüchtiger als auch sanftmütiger, als es den Anschein hatte, trotz eines ergebenen Hangs, allein die gröberen Umrisse eines jeden Vorhabens zu sehen. Die Feinheiten konnte man stets getrost Emily überlassen; Emily, schlank, blond, sorgsam bis ins kleinste, die durch ihre Goldrandbrille Notizbücher, Skizzenblocks, Fahrpläne, Zeitungen, Speisekarten, Baedeker, Landkarten, Fahrscheine und das Kleingedruckte in Verträgen in Augenschein nahm; Emily, ängstlich und doch optimistisch, die jetzt voller Verwunderung sagte: «Aber wir verstehen gar nichts vom Weinbau.»

«Wir wollen uns ja nicht um den Posten einer *vendangeuse* bewerben», antwortete Florence mit einer lässigen Überheblichkeit, die nicht ganz und gar spöttisch gemeint war. «Vater hat nicht verstanden, wie die Sägemühle funktioniert, aber er wußte doch, daß ein Gentleman einen Schreibtisch braucht. Außerdem bin ich gewiß, daß du dich damit befassen wirst. Es kann nicht komplizierter sein als … Kathedralen.» Dies führte sie an als Beispiel aus neuerer Zeit, denn ihrer Ansicht nach hatten sie sich übermäßig lange zu Füßen des Standbilds von Bertrand de Got, Erzbischof von Bordeaux und späterhin Papst Klemens V. aufgehalten, während Emily sich in Erläuterungen zu den romanischen Bögen aus dem 12. Jahrhundert im

Mittelschiff sowie zu einer doppelchörigen Anlage aus irgendeinem anderen – sicherlich früheren, oder auch späteren – Jahrhundert erging.

Der burgundische Neffe nahm Florences Angebot an, und sie verkaufte ihr Haus in Essex; Emily verständigte Bruder Lionel, den Advokaten, daß er sich eine neue Haushälterin suchen müsse (eine Nachricht, die zu übermitteln sie sich seit Jahren gesehnt hatte). Im Frühjahr 1890 siedelten die beiden Frauen unwiderruflich nach Frankreich über, wobei sie außer der Standuhr, die jede einzelne Stunde von Florences Kindheit geschlagen hatte, keine nennenswerten Andenken an England mit sich nahmen. Als sich ihr Zug am Quai d'Austerlitz in der Gare d'Orléans in Bewegung setzte, gestand Emily eine letzte Besorgnis ein.

«Wirst du dich auch nicht langweilen? Ich meine, in meiner Gesellschaft. Dies ist nicht nur ein Ausflug.»

«Ich habe beschlossen, daß das Château deinen Namen tragen soll», erwiderte Florence. «Ich fand schon immer, daß es Dauprat-Bages noch sehr an Romantik fehlt.» Sie steckte ihre Hutnadel zurecht, als wolle sie jeden Protest abwehren. «Was die Rübenbauern anbetrifft, so glaube ich nicht, daß ihr Andenken so rasch verblassen wird. Wie sie tanzen! Diese Tölpel haben es kaum bemerkt, wenn sie einen Menschen mit Füßen traten!»

Madame Florence und Madame Emily stellten Monsieur Lambert und Monsieur Collet zu verbesserten Bedingungen erneut als *homme d'affaires* und *régisseur* ein. Monsieur Lambert fand dann eine Haushälterin, drei Gutsarbeiter, ein Dienstmädchen und einen Gärtner für sie. Das Strauchwerk wurde aus dem Dach gegraben, das Geländer repariert, die blatternarbige Fassade ausgebessert, der Landungssteg erneuert. Florence versah den Haushalt und führte die Aufsicht über den neu angelegten *potager;* Emily oblag die Verwaltung des Weingartens. Die Gemeinde Dauprat nahm die Frauen freundlich auf: Sie schufen Arbeitsplätze und wollten einen verfallenen Weingarten wieder zu Wohlstand bringen. Niemand erhob Einspruch, als das Château Dauprat-Bages zu dem Château Haut Railly wurde. Mochte es *les Anglaises* auch an Religion fehlen, so luden sie den Curé doch jeden November zum Tee und wohnten im April würdevoll seiner alljährlichen Segnung der Weinstöcke bei. Was man an Wunderlichkeiten bei ihnen bemerkte, ließ sich leicht dem armseligen Dasein zuschreiben, das sie gewiß vordem auf jener fernen Insel ertragen hatten, in deren kaltem, feuchtem Klima nicht einmal ein Elsässer Wein gedieh. So wurde zum Beispiel vermerkt, daß sie begeisterte Anhängerinnen der sparsamen Haushaltsführung waren. Ein gebratenes Federvieh reichte ihnen wohl eine Woche; Seife und Bindfaden wurden bis auf den letzten Zentimeter aufgebraucht; Leintücher wurden gespart, indem die Frauen ein Bett teilten.

Ende September fiel ein fröhliches, ungehobeltes Völkchen zu der *vendange* ein; sie wurden mit riesigen Mahlzeiten beköstigt und durften nach Herzenslust von dem *petit vin* des Vorjahres trinken. Florence und Emily waren beeindruckt, daß sich darauf keine Trunkenheit einstellte. Auch waren sie verwundert, Männer und Frauen einträchtig nebeneinander im Weingarten arbeiten zu sehen. Monsieur Lambert erläuterte, die Frauen würden geringer entlohnt, denn sie redeten mehr. Dann schilderte er mit verschmitztem Kopfschütteln einen besonderen örtlichen Brauch. Es war den *vendangeurs* strikt verboten, von den gepflückten Trauben zu essen, und zur Kontrolle mußten die Frauen jeden Morgen zum Abschluß die Zunge herausstrecken. War das Beweisstück purpurrot, so hatte der Aufseher das Recht, zur Strafe einen Kuß zu fordern. Florence und Emily behielten die Überlegung für sich, daß sich dies etwas primitiv anhörte, während der *homme d'affaires* mit einem nahezu dreisten Augenzwinkern schloß: «Manchmal essen sie natürlich mit Absicht.»

Nachdem der erste Jahrgang sicher eingebracht war, kam der

bal des vendangeurs. Markttische wurden im Hof aufgestellt, und dieses Mal waren die Auswirkungen des Alkohols leichter zu erkennen. Zwei Fiedler und eine Ziehharmonika spornten die schwerfälligen Weinleser zu einer Tanzerei an, die dessenungeachtet eine Grazie und Energie aufwies, mit der auch der abstinenteste Rübenbauer nicht mithalten konnte. Da nicht genügend Frauen zur Stelle waren, erkundigte sich Florence bei Monsieur Lambert, ob es mit der Schicklichkeit vereinbar sei, wenn er die neue Besitzerin des Châteaus zum Tanz führe. Der *homme d'affaires* bezeichnete das Angebot als ehrenvoll, meinte jedoch, wenn Madame sich seiner Führung anvertrauen wolle, daß andere in ihrer Situation wohl eher vom Ehrenplatz an der Tafel aus zusehen würden. Daher klopfte Florence in gereizter Resignation mit dem Fuß den Takt mit, während schmächtige und drahtige Franzosen sich um Frauen schlangen, die zumeist größer, molliger und älter waren. Nach etwa einer Stunde klatschte Monsieur Lambert in die Hände, und die jüngste *vendangeuse* überreichte Florence und Emily schüchtern je einen Strauß Heliotrop. Emily hielt eine kurze Dankes- und Glückwunschrede, und dann begaben sich die beiden Frauen zur Ruhe, wobei sie durch das offene Fenster dem Gewirbel und Gestampfe im Hof lauschten, dem Kratzen der Fiedeln und dem unerschütterlichen Frohsinn der Ziehharmonika.

Emily wurde, zu Florences nachsichtigem Entsetzen, im Weinbau sogar bewanderter als in der Kirchenarchitektur. Das war um so verwirrender, als Emily nur selten das korrekte englische Wort für die von ihr gebrauchten Ausdrücke kannte. Sie saß in einem Korbstuhl auf der Terrasse, wo die Sonne ihr loses Nackenhaar zum Glitzern brachte, und hielt Florence Vorträge über die parasitischen Feinde und kryptogamen Erkrankungen der Weinrebe. *Altise*, vernahm Florence, und *rhynchite; cochinelle, grisette, érinose;* da gab es gräßliche Bestien namens *l'ephippigère de Béziers* und *le vespère de Xatart;* dann war da noch *le mildiou* und *le blackrot* (das verstand sie zumindest vom

Englischen her), *l'anthracnose* und *le rot blanc.* Beim Sprechen sah Emily diese Verheerungen auf farbigen Illustrationen vor sich: Vor ihren Brillengläsern wimmelte es von zerfetztem Laub, verderblicher Fleckenbildung und verletztem Geäst. Florence war bemüht, angemessene Besorgnis zu zeigen.

«Was ist eine kryptogame Erkrankung?» erkundigte sie sich brav.

«Die Kryptogamen umfassen nach Linnaeus jene Pflanzen, die keine Staubgefäße und Pistille und demnach auch keine Blüten haben, wie Farne, Algen, Pilze. Desgleichen Moose und Flechten. Das Wort kommt aus dem Griechischen und bedeutet heimlicher Ehestand.»

«Kryptogamen», wiederholte Florence nach Schülerinnenart.

«Es ist Linnaeus' letzte Pflanzenklasse», fügte Emily hinzu. Sie war nun an der Grenze ihres Wissens angelangt, freute sich aber, daß Florence ihr ausnahmsweise dorthin zu folgen schien.

«Die letzte, aber doch sicherlich nicht die geringste.»

«Ich weiß nicht, ob die Kategorien mit einem moralischen Urteil einhergehen.»

«Oh, ganz gewiß nicht», erklärte Florence mit Bestimmtheit, obgleich sie keine Botanikerin war. «Doch wie traurig, daß einige unserer Feinde kryptogam sind.»

Emilys Erörterung dieser nämlichen Erkrankungen mit Monsieur Lambert war umfassender, doch weniger zufriedenstellend. Es schien ihr auf der Hand zu liegen, daß die Forschungsarbeiten der École Nationale d'Agriculture in Montpellier überzeugend waren und daß den verheerenden Auswirkungen der Reblaus durch das Aufpfropfen von Reben auf amerikanische Wurzelstöcke entgegengewirkt werden sollte. Dieser Ansicht war auch Professor Millardet in Bordeaux, selbst wenn in der Weinbauliteratur die Meinungen lebhaft auseinandergingen.

Für Monsieur Lambert lag die Sache bei weitem nicht so

klar auf der Hand; ja, ganz im Gegenteil. Er erinnerte Madame Emily, die ja erst vor kurzem im Médoc zugezogen war, daß die europäische Rebe bei all ihrem Sortenreichtum doch nur aus einer einzigen Art besteht, nämlich *vinis vitifera*, wohingegen die amerikanische Rebe bald zwei Dutzend verschiedener Arten umfaßt. Mehr als zweitausend Jahre hatte die europäische Rebe sich einer nahezu perfekten Gesundheit erfreut, und die Erkrankungen, die sie nunmehr heimsuchten, waren gänzlich, wie ohne jeden Zweifel erwiesen war, der Einführung amerikanischer Reben nach Frankreich geschuldet. Somit, fuhr er fort – und hier keimte in Emily der Verdacht auf, sie hätten beide das gleiche Buch gelesen –, somit konnte es geschehen, daß 1845 Oidium auftrat, 1867 die Reblaus, 1879 der Mehltau und 1884 die Schwarztrockenfäule. Mochten die Professoren an ihren Universitäten glauben, was sie wollten, seine Kollegen in den Weingärten waren der Meinung, wenn man sich einer Krankheit gegenübersehe, so heile man diese nicht, indem man ihre Ursache ins Land hole. Um es so anschaulich wie möglich darzustellen, wer ein Kind mit Lungenentzündung habe, der suche es doch nicht dadurch zu heilen, daß er ein anderes Kind zu ihm ins Bett lege, das bereits an der Influenza leide.

Als Emily weiter für das Pfropfen eintrat, wurde Monsieur Lamberts Miene starr, und er schlug sich mit der Filzkappe gegen das Bein. «Vous avez dit que vous n'étiez pas Américaniste», sagte er unverblümt, als wolle er so die Debatte gewaltsam beenden.

Erst jetzt, da sie ihre Studien absolviert hatte, erkannte Emily die wahre Bedeutung der Frage, die ihr bei der zweiten Besichtigungstour gestellt worden war. Hier war die Welt in *sulfureurs* und *Américanistes* eingeteilt: Für die einen lag die Erlösung von der Reblaus in der Rettung und Wiederherstellung rein französischer Reben durch chemische Behandlung, die anderen wollten aus den Weingärten so etwas wie ein neues Kalifornien machen. Ihre damalige Antwort hatte Monsieur

Lambert unwissentlich bestätigt, daß sie ein *sulfureur* oder vielmehr, wie er sich jetzt ausdrückte, und das mochte sprachliche Korrektheit oder auch leichter Sarkasmus sein, eine *sulfureuse* war. Wenn sie ihm jetzt erzählen wolle, sie habe sich anders besonnen und sei am Ende doch eine *Américaniste*, dann sähen er und Monsieur Collet sich, bei aller Dankbarkeit gegenüber Madame Florence und Madame Emily, gelinde gesagt getäuscht.

«Wie sollen wir das entscheiden?» war Florences Antwort, als Emily ihr das Dilemma erläuterte.

«Nun, uns – dir – gehört das Gut. Und ich habe die neueste Weinbauliteratur gelesen.»

«Mein Vater hat nie verstanden, wie die Sägemühle funktioniert.»

«Dennoch sind die Beine an seinen Schreibtischen, wie ich annehmen möchte, nicht abgefallen.»

«Meine liebe Emily», sagte Florence, «du machst dir so viel Kopfzerbrechen.» Sie lächelte, dann lachte sie nachsichtig in sich hinein. «Und für mich bist du von nun an meine *sulfureuse*. Gelb stand dir schon immer gut.» Wieder lachte sie in sich hinein. Die Sache war, wie Emily erkannte, von Florence zugleich umgangen wie auch entschieden worden: Das war bei ihr häufig der Fall.

Was Florence «Kopfzerbrechen» nannte, war für Emily angemessene Sorge für die Landwirtschaft. Sie schlug eine Erweiterung des Gutes durch Bepflanzen der unteren Wiesen am Fluß vor; doch sie mußte sich sagen lassen, sie seien zu naß. Sie entgegnete, dann solle man Leute aus dem Fenn von East Anglia zum Trockenlegen des Sumpfes ins Land holen – ja, sie wisse genau, welche Grabenbauer hier zu berufen seien; doch sie mußte sich sagen lassen, selbst wenn die Hänge trockengelegt werden könnten, sei der Untergrund für die Weinstöcke nicht geeignet. Als nächstes schlug sie den Einsatz englischer Pferde an Stelle von Ochsen im Weingarten vor. Monsieur

Lambert führte sie in das Weinfeld, und sie warteten am Ende einer Reihe Petit Verdot, während ein Ochsengespann mit Kopfhauben, wie Nonnen sie tragen, zum Schutz gegen die Fliegen auf sie zugeschritten kam. «Sehen Sie», sagte er mit leuchtenden Augen, «sehen Sie, wie sie die Füße heben und aufsetzen. Ist das nicht ebenso graziös wie jedes Menuett, das je in einem Ballsaal von Europa getanzt wurde?» Als Antwort pries Emily die Stärke, Fügsamkeit und Intelligenz englischer Pferde; und in dieser Angelegenheit zeigte sich die Kraft ihrer Beharrlichkeit. Einige Monate später traf ein Paar kräftiger, fiederfüßiger Shirehorse-Pferde in Haut Railly ein. Man brachte sie in den Stall, ließ sie ruhen und lobte sie. Woran das Vorhaben dann scheiterte, konnte Emily nie recht ergründen: Waren die Pferde zu plumpfüßig oder die Landarbeiter zu ungeschickt, sie recht zu lenken? Wie dem auch sei, die Shirehorse-Pferde verzehrten schon bald friedlich ein frühes Gnadenbrot auf den unbestellten unteren Gutswiesen und zogen häufig erstaunte Blicke von dem Dampfer nach Pauillac auf sich.

Diese Fähre konnte, wenn sie nicht allzusehr in Anspruch genommen war, bisweilen dazu bewogen werden, an dem strahlend neuen steinernen Pier des Châteaus Station zu machen. Derartige Piers wurden, wie Emily entdeckte, hierzulande *ports* genannt. Sie hießen so, wie sie selbstverständlich folgerte, weil ihre Zweckbestimmung nicht die einer Anlegestelle für Ausflugsboote, sondern die eines Güterverladeplatzes war: Insbesondere der Wein des Gutes mußte früher ganz offenbar auf dem direkten Wasserweg zum Abfüllen nach Bordeaux gebracht und nicht über Land befördert worden sein. Daher wies sie Monsieur Lambert an, den nächsten Jahrgang auf diese Weise transportieren zu lassen, und er nahm die Anordnung anscheinend hin. Eine Woche später teilte Florence ihr jedoch mit, die Haushälterin habe unter bühnenreifen Tränenfluten ihre Kündigung eingereicht, denn wenn Madame ihren Bruder, den Fuhrmann, nicht zu beschäftigen wünsche, dann sei sie selbst außerstande, für Madame zu arbeiten, da ihr Bruder ein Witwer mit vielen Kindern und für ihr täglich Brot auf den Kontrakt mit dem Château angewiesen sei. Florence hatte selbstverständlich erwidert, dies alles habe man nicht gewußt, und Madame Merle könne unbesorgt sein.

«Kann sich der faule Kerl nicht auch auf den Flußtransport verlegen?» wollte Emily ziemlich schnippisch wissen.

«Meine Liebe, wir sind nicht hierhergekommen, um Unruhe in ihr Leben zu bringen. Wir sind gekommen, um selbst in Frieden zu leben.»

Florence hatte sich mit einer raschen Bereitwilligkeit im Médoc eingelebt, die schon an Trägheit grenzte. Für sie ging der Jahreslauf jetzt nicht von Januar bis Dezember, sondern von einer Weinlese zur anderen. Im November wurde der Weingarten in Ordnung gebracht und gedüngt; im Dezember wurde zum Schutz gegen die Winterfröste leicht gepflügt; am 22. Januar, dem Sankt-Vinzenz-Tag, wurde mit dem Schneiden der Reben begonnen; im Februar und März wurde gepflügt, um die Weinstöcke aufzuschließen; und im April wurde gepflanzt. Der Juni sah die Blüte; der Juli das Spritzen und Stutzen; der August umfaßte die *véraison*, den alljährlich wieder wundersamen Übergang der Trauben von Grün zu Purpurrot; September und Oktober brachten die *vendange*. Während Florence all diesem Geschehen von der Terrasse aus zusah, bemerkte sie eine fortwährende Besorgnis um Regen und Hagel, Frost und Dürre; doch Landleute waren allüberall vom Wetter besessen, und sie beschloß, sich als Gutsherrin von solchen Ängsten frei zu machen. Sie wollte ihre Aufmerksamkeit auf das lenken, was sie liebte: die Weinreben, die ihre Krakenarme kunstvoll um die Stützdrähte schlangen; das bedächtige Knarren und Klirren, wenn die sandfarbenen Ochsen würdevoll ihre Bahn durch den Weingarten zogen; den winterlichen Geruch eines Reisigfeuers. Wenn im Spätherbst die Sonne am Vormittag niedrig stand, saß sie gern mit einer Schale heißer Schokolade in ihrem

Korbstuhl, und ihr schräger Blickwinkel ließ all die rostigen Farben noch intensiver werden: feuerrot, ockergelb und zartburgunder. Das ist unsere Eremitage, dachte sie.

Und so endete jedes Jahr für sie mit dem beweglichen Fest des *bal des vendangeurs*. Der früheren Maßregelung durch Monsieur Lambert eingedenk, hatte Florence im Sommer 1891 mehrere geheimnisvolle Ausflüge nach Bordeaux unternommen. Deren Zweck wurde offenbar, als sie die zweite Weinlese von Château Haut Railly in prunkvoller Abendkleidung beging: ein schwarzes Kammgarnjackett mit passenden Hosen und darunter eine weiße Seidenweste, alles mit eleganter Extravaganz von einem verdutzten französischen Schneider zugeschnitten. Emily trug dasselbe gelbe Kleid wie im ersten Jahr, und als das Festmahl an den Markttischen vorüber war und die Fiedeln und die Ziehharmonika anhuben, da standen *les dames anglaises* auf und tanzten zu ungewohnten Klängen von wilder Ausgelassenheit. Madame Florence wirbelte Madame Emily in leidlicher Nachahmung der drahtigen, schnurrbärtigen *vendangeurs* herum, welche ihrerseits die Demokratie des Tanzbodens geltend machten und ihr Territorium mit Schultern und Hüften verteidigten. Nachdem eine Stunde vergangen war, bemerkten die beiden Frauen mitten im Tanz, daß sie der anderen kaum noch gewahr waren und daß sie leeren Raum erobert hatten. Als die Musik aufhörte, applaudierten die anderen Tänzer, Monsieur Lambert klatschte trocken in die Hände, die jüngste *vendangeuse* brachte zwei Sträuße Heliotrop, Emily hielt ihre Rede, die sich bis auf einen besseren Akzent nicht wesentlich von der des Vorjahres unterschied, und dann begaben *les dames anglaises* sich zur Ruhe. Florence hängte ihren Abendanzug auf, der bis zum nächsten Jahr nicht wieder heruntergeholt werden sollte. In der Dunkelheit gähnte sie schläfrig und führte sich noch ein letztes Mal das Bild der ohne Brille halbblinden Emily vor Augen, wie sie in ihrem gelben Kleid auf dem Hof herumgekreiselt und -gewirbelt wurde.

«Gute Nacht, *ma petite sulfureuse*«, sagte sie mit einem schlaftrunkenen Glucksen.

Die große Krise in der Bewirtschaftung des Châteaus Haut Railly trat im Sommer 1895 ein. Eines Morgens bemerkte Emily, daß der Bruder der Haushälterin an der Tür des *chai* Fässer ablud. Sie beobachtete den Fuhrmann, ohne zunächst zu erkennen, daß die Art und Weise, wie er sie von seinem Karren wuchtete und in den Hof plumpsen ließ, nicht recht angemessen war. Aber natürlich, es war ja offensichtlich – es hätte sofort offensichtlich sein sollen –, die Fässer waren voll.

Als der Fuhrmann fort war, suchte sie den *régisseur* auf. «Monsieur Collet, ich war stets der Meinung, daß wir hier Wein machen.» Der *régisseur*, ein schlaksiger, schweigsamer Mann, brachte seinen Brotherrinnen innigen Respekt entgegen, wußte aber, daß sie jedes Thema vorzugsweise auf ironischem oder indirektem Wege angingen. Daher lächelte er und wartete, daß Madame Emily auf ihr eigentliches Anliegen zu sprechen käme.

«Kommen Sie mit.» Sie ging voran in den Hof und blieb vor den Beweisstücken stehen. Ein Dutzend kleiner Fässer, säuberlich aufgestapelt, ohne ersichtliche Herkunftsbezeichnung. «Wo kommen die her?»

«Aus dem Rhônetal. Sollten sie jedenfalls.» Als Madame Emily nicht antwortete, fuhr er hilfsbereit fort. «Natürlich, früher war es schwieriger. Mein Vater mußte Cahors auf der Dordogne heranschaffen. Dann wurde die Eisenbahn von Sète nach Bordeaux eröffnet. Das war ein großer Fortschritt.»

«Monsieur Collet. Verzeihen Sie, aber meine Frage ist die: Wenn wir hier Wein machen, warum führen wir ihn dann ein?»

«Ah, ich verstehe. *Pour le vinage.*»

Dieser Ausdruck war Emily noch nicht begegnet.

«*Vinage?*»

«Um ihn unserem Wein zuzusetzen. Damit er besser wird.»

«Ist dieser ... ist das ... erlaubt?»

Monsieur Collet zuckte mit den Schultern. «In Paris macht man Gesetze. Im Médoc macht man Wein.»

«Monsieur Collet, damit wir uns recht verstehen. Sie, der Sie für die Produktion unseres Weins verantwortlich sind, Sie verfälschen Château Haut Railly mit Unflat aus dem Rhônetal? Sie tun das ohne Erlaubnis? Sie tun das jedes Jahr?»

Der *régisseur* begriff, daß hier mehr als eine sachliche Erläuterung vonnöten war. Es war stets die jüngere Madame, die Probleme bereitete. Sie hatte, seiner Meinung nach, eine Veranlagung zur Hysterie. Madame Florence hingegen war viel ruhiger. «Tradition schafft Recht», antwortete er. Er konnte es Madame Emily am Gesicht ablesen, daß die geheiligten Worte seines Vaters hier nichts ausrichten konnten. «Nein, Madame, nicht jedes Jahr. Letztes Jahr war ein sehr schlechter Jahrgang, wie Sie wissen, daher ist es notwendig. Sonst kauft uns den Wein niemand ab. Wenn er etwas besser wäre, dann könnten wir ihn mit unserem eigenen Wein verschneiden, mit einigen Fässern 93er. Das nennen wir *le coupage*», fügte er unbehaglich hinzu, ungewiß, ob seine vermeintliche Sünde dadurch größer oder geringer wurde. «Doch das vergangene Jahr war wahrlich mittelmäßig, daher müssen wir diese Fässer zu Hilfe nehmen ... *pour le vinage*.»

Darauf, was Madame Emily als nächstes tat, war er nicht gefaßt. Sie lief zu dem Lagerhaus und kehrte mit Schlegel und Meißel zurück. Augenblicke später waren ein Dutzend Löcher geschlagen, und Emilys Kleid war unten von einer scharf riechenden, aromatischen roten Flüssigkeit befleckt, die erheblich lebendiger wirkte als der Château Haut Railly 1894, der wenige Dutzend Meter entfernt lagerte.

Monsieur Lambert kam, von den Holzhammerschlägen angelockt, aus seinem Kontor gerannt und versuchte, Madame Emily zu beruhigen, indem er die Situation im Lichte der Historie betrachtete. Er erzählte ihr von den sogenannten *vins d'aide* und dem Ausbau des Weins für *le goût anglais*, wie man im Médoc sagte, und daß es sich bei dem Wein, den ein englischer Gentleman auf den Tisch brachte, nur sehr selten um dieselbe Flüssigkeit handelte, die vor Monaten oder Jahren ein bestimmtes Weingut verlassen hatte. Er erwähnte ein spanisches Gebräu namens Benicarlo.

Emilys Ungläubigkeit war wie ein rasendes Fieber. «Monsieur Lambert, ich verstehe Sie nicht. Früher einmal haben Sie mich streng über die Reinheit der Weingärten des Médoc belehrt, daß französische Reben nicht durch amerikanische Wurzelstöcke verfälscht werden dürften. Und doch schütten Sie unbekümmert fässerweise dieses … dieses *Zeug* in den Saft der nämlichen Reben.»

«Madame Emily, lassen Sie es mich so ausdrücken.» Er wurde onkelhaft, beinahe schon priesterlich. «Welches ist der beste Wein des Médoc?»

«Château Latour.»

«Natürlich. Und kennen Sie das Verb *hermitager?*»

«Nein.» Ihr Wortschatz erweiterte sich heute ganz gewiß.

«Das bedeutet, daß man roten Bordeaux mit dem Wein von Hermitage versetzt, einem Rhônewein, wie Sie vielleicht wissen. Damit er Gewicht bekommt. Damit seine Tugenden zur Geltung kommen.»

«Tun sie das auf Latour?»

«Vielleicht geschieht es nicht auf dem Château selbst. Auf den Chartrons, in London … Der *négociant*, der Spediteur, der Abfüller …» Monsieur Lamberts Hände umrissen ein Komplott der Tugend, die der Not gehorcht. «In schlechten Jahren muß es sein. Das war schon immer so. Jeder weiß es.»

«Tun sie es dort, nebenan, auf Latour?» Emily zeigte nach Süden, in die Sonne. «Tun es die Besitzer? Lassen sie sich Fässer wie diese liefern, am hellichten Tage?»

Der *homme d'affaires* zuckte mit den Schultern. «Vielleicht nicht.»

«Dann werden wir es hier auch nicht tun. Ich verbiete es. Wir verbieten es.»

Abends auf der Terrasse, als ihr Kleid noch im Einweichbottich lag, blieb Emily unerbittlich. Florence versuchte zunächst, durch Neckereien ihre Laune zu heben, und gab ihrem Erstaunen Ausdruck, daß eine begeisterte Anhängerin der Transzendenz sich diese nicht auch für ihre Weine wünschen sollte. Doch Emily wollte sich weder erheitern noch Komplimente machen lassen.

«Florence, du kannst nicht behaupten, daß du diese Vorgänge billigst. Wenn das Etikett unseren Wein als einen bestimmten Jahrgang ausweist, und in Wirklichkeit ist es eine Mischung zweier Jahrgänge, dann kannst du doch nicht behaupten, daß du das billigst?»

«Nein.»

«Und so darfst du es um so weniger billigen, wenn unsere Flaschen Wein aus Hunderte von Kilometern entfernten Gegenden enthalten, Gott weiß wo gewachsen und von Gott weiß wem angebaut?»

«Ja. Aber ...»

«Aber?»

«Selbst ich, meine liebe Emily, habe begriffen, daß es gestattet ist, unserem Wein Zucker zuzusetzen, und wie heißt diese Säure noch gleich ...?»

«Zitronensäure, ja, und Weinsäure und Tannine. So sentimental bin ich nicht, mir einzubilden, daß es nicht in mancherlei Hinsicht ein Manufakturprozeß ist. Das Verfahren ist heutzutage ebenso industriell wie landwirtschaftlich. Was ich nicht ertrage, Florence, ist Betrug. Betrug an denen, die unseren Wein kaufen, die ihn trinken.»

«Die Leute kaufen einen Wein doch gewiß deshalb, weil sie wissen, welchen Geschmack er hat. Oder haben sollte.» Emily gab keine Antwort, und Florence setzte ihren Gedanken fort. «Ein Engländer kauft einen Château Latour mit einer bestimmten Erwartung, nicht wahr? Wenn man für den verlangten Geschmack sorgt, gibt man ihm also nur, was er haben will.»

«Florence, ich war nicht darauf gefaßt, daß du dich zum Advocatus Diaboli machst. Es ist mir vollkommen ernst damit. Die Angelegenheit scheint mir von äußerster, alles entscheidender Wichtigkeit zu sein.»

«Das sehe ich.»

«Florence, wir reden im allgemeinen nicht über solche Dinge, und ich würde es nur allzu gern dabei belassen, doch als wir hierherzogen, als wir die Rübenbauern aufgaben, da taten wir das, in meinem Verständnis, weil wir nicht heuchlerisch leben konnten, eingesperrt in diese kalte Förmlichkeit, immer auf die vier Wochen des Jahres wartend, in denen wir entkommen konnten. Wir konnten den Betrug in unserem Leben nicht ertragen.» Emily hatte nunmehr eine lebhafte Röte im Gesicht, und ihre Haltung zeugte von strenger Ruhe. So hatte Florence sie schon häufiger erlebt, wenn sich in einer Angelegenheit die Kraft ihrer Beharrlichkeit zeigte.

«Ja, meine Liebe.»

«Du sagst gern, dies sei unsere Eremitage. Nun, das stimmt, doch nur dann, wenn wir selbst die Regeln festlegen.»

«Ja.»

«Dann dürfen wir nicht heuchlerisch leben, oder mit Betrug, oder glauben, wie Monsieur Collet sich heute morgen mir gegenüber ausdrückte, daß ‹Tradition Recht schafft›. Wir dürfen so nicht leben. Wir müssen an die Wahrheit glauben. Wir dürfen nicht heuchlerisch leben.«

«Du hast vollkommen recht, meine Liebe, und ich liebe dich dafür.»

Dieses Mal wollte es Monsieur Lambert und Monsieur Collet durchaus nicht gelingen, eine der beiden Mesdames umzustimmen. Für gewöhnlich wußten sie bei Madame Florence zu intervenieren, sobald Madame Emily den Rücken gewendet hatte. Sie brachten Pathos und Stolz ins Spiel, machten örtliche und nationale Rücksichten geltend und appellierten an einen Wesenszug, den sie für grundlegende Seelenruhe hielten. Doch dieses Mal erwies sich Madame Florence als ebenso verstockt wie Madame Emily. Auf Notwendigkeit und Tradition gestützte Argumente, Verweise auf die stillschweigend anerkannte Autorität der großen Weingüter wurden ihr vorgetragen, doch alles vergebens. Es durfte weder *vinage* noch *coupage* geben. Es durfte keine verstohlenen Lieferungen anonymer Fässer geben und somit auch keine anschließenden Vernebelungsmanöver in Monsieur Lamberts Kontobüchern. Florence fürchtete eine erneute Kündigungsdrohung, wenn auch bei weitem nicht so sehr wie die Aussicht auf Emilys Mißbilligung. Doch nach einigen Tagen des Schmollens und etlichen bärbeißigen Unterredungen, bei denen anscheinend mehr *patois* gesprochen wurde als sonst, erklärten die beiden Männer, es werde alles so ausgeführt, wie es angeordnet war.

Die Zeit schritt voran. Die neunziger Jahre meinten es besser mit dem Médoc als die achtziger, und die Jahrhundertwende brachte keine Endzeitstimmung mit sich. Florence sinnierte gern, ihr Glas gehe noch nicht zur Neige. Sie hatten sich in den mittleren Lebensjahren behaglich eingerichtet, sie selbst vielleicht behaglicher als Emily; und sie dachten ohne Bedauern an England zurück. Die Verwaltung von Château Haut Railly wurde nun leichter. Das Aufpflanzen des Weinbestands mit ungepfropften Unterlagen war vollendet; die Ochsen tanzten ihr Menuett, die *vendangeurs* vollzogen ihre ungehobelt-fröhlichen Rituale. Der alte Curé setzte sich zur Ruhe, doch sein Nachfolger hielt die ererbten Pflichten in Ehren: Tee im November, Segnung der Weinstöcke im April. Florence widmete sich der Gobelinstickerei, Emily dem Einlegen von Gemüse; auf dem Dampfer nach Bordeaux waren sie nun seltener Gast. *Les dames anglaises* hatten den Reiz des Neuen oder gar Wunderlichen verloren; sie gehörten jetzt einfach dazu.

Emily sann bisweilen darüber nach, wie wenig Spuren sie wahrhaftig auf dem Gut hinterlassen hatten; wie wenig Transzendenz eingetreten war. Sicher, sie hatten Geld eingebracht, doch damit war das Weingut lediglich wieder zu Kräften gekommen, konnte sich besser gegen parasitische Feinde und kryptogame Krankheiten zur Wehr setzen. Und in solchen Momenten, wenn der menschliche Wille ihr weniger auszurichten schien, als die Philosophen behaupteten, stellte sie sich gern vor, daß das Menschenleben selbst einem weinbaulichen Zyklus folgt. Die Kindheit war von Frösten und Beschneidungen, von Kärrnerarbeit am Pflug geprägt: Man mochte nicht meinen, daß sich das Wetter je ändern würde. Und doch änderte es sich, und der Juni brachte die Blüte. Aus Blüten wurden Früchte, und mit dem August kam die *véraison*, der wundersame Farbwechsel, Symbol und Verheißung der Reife. Sie und Florence hatten nun den August ihres Lebens erreicht. Mit Schaudern gestand sie sich ein, wie sehr ihre Reife von den Wechselfällen des Wetters abhängig gewesen war! Sie hatte viele gekannt, die sich nie von der Grausamkeit der frühen Fröste erholten; andere fielen dem Mehltau anheim, der Fäule, der Krankheit; wieder andere dem Hagel, dem Regen, der Dürre. Sie beide – sie und Florence – hatten mit ihrem Wetter Glück gehabt. Mehr war dazu nicht zu sagen. Und das ist auch das Ende der Analogie, dachte sie. Wohl mochten sie nun in der Reife ihrer Jahre sein, doch ließ sich aus ihrem Leben kein Wein pressen. Emily glaubte an die Transzendenz, doch nicht an die Seele. Dies war ihr Flecken Land, ihr Flecken Leben. Dann, irgendwann, kamen die Ochsen und tanzten einen ungewohnten Tanz, und die Pflugschar hinter ihnen brach die Erde tiefer auf.

Am letzten Abend des Jahrhunderts, als die Mitternacht heranrückte, saßen Florence und Emily allein auf der Terrasse von Château Haut Railly. Selbst die vertraute Silhouette der beiden betagten Shirehorse-Pferde unten auf den Wiesen war verschwunden. Die Pferde waren in letzter Zeit dick und scheu geworden und für diese Nacht in den Stall eingesperrt, damit das Feuerwerk sie nicht erschreckte. *Les dames anglaises* waren selbstverständlich eingeladen, den Festlichkeiten in Pauillac beizuwohnen, doch sie hatten die Einladungen ausgeschlagen. Es gab Zeiten, da die Welt sich bewegte und man den Trost der Menge brauchte. Doch es gab auch große Momente, die man besser zu zweit auskostete. Ihnen stand heute nicht der Sinn nach offiziellen Ansprachen, nach dem Gemeindeball, nach dem ersten purpurzüngigen Saus und Braus des neuen Jahrhunderts.

In Decken eingehüllt blickten sie auf die Gironde hinab, die bisweilen von einer vorzeitigen Feuerwerksrakete erleuchtet wurde. Ein zitterndes, doch verläßlicheres Licht kam von der Sturmlaterne, die zwischen ihnen auf dem Tisch stand. Emily sah, daß die Geländersäulen, die sie zehn Jahre zuvor erneuert hatten, sich nicht mehr von den alten abhoben: Sie konnte nicht mehr erkennen, sich nicht mehr erinnern, was neu und was alt war.

Florence füllte ihre Gläser mit dem 1898er Wein nach. Es war eine kleine Ernte gewesen, durch Regenmangel nach einem trockenen Sommer dezimiert. Bereits jetzt war abzusehen, daß der Jahrgang 1899, der zur Zeit in dem *chai* brütete, prachtvoll werden würde, ein großartiges Finale für das Jahrhundert. Doch auch der 1898er hatte seine Tugenden: angenehme Statur, ausgeprägte Fruchtigkeit, gefällige Länge. Ob all diese Tugenden ausschließlich ihm selbst zukamen, war eine andere Frage. Bei all ihrer grundlegenden Seelenruhe fand Florence es doch faszinierend, daß ihr Wein von der Reise im Faß nach Bordeaux bis zu seiner Rückkehr von dort in Flaschen allem Anschein nach eine gewisse zusätzliche Dichte gewann. Einmal hatte sie in fröhlichem Übermut gewagt, diesen Gedanken Emily vorzutragen, die darauf scharf erwiderte, daß jeder gute Wein in der Flasche an Gewicht zunehme. Florence hatte diese

Erklärung stillschweigend hingenommen und sich insgeheim geschworen, das Thema nie wieder anzuschneiden.

«Du kannst stolz sein auf diesen Jahrgang», sagte sie.

«Wir können beide stolz sein.»

«Dann möchte ich einen Trinkspruch auf dich ausbringen. Auf Château Haut Railly.»

«Auf Château Haut Railly.»

Sie tranken und wanderten, ihre Decken um sich legend, an das Geländer der Terrasse. Dort stellten sie ihre Gläser auf der Balustrade ab. Die englische Standuhr schlug zwölf, und das erste Feuerwerk des neuen Jahrhunderts stieg in den Himmel auf. Florence und Emily versuchten spielerisch zu erraten, von wo es kam. Von Château Latour, ganz eindeutig, die rubinrote Feuergarbe ganz in ihrer Nähe. Château Haut Brion, das braungoldene Raunen in der Ferne. Château Lafite, das elegante Gebilde im Norden. Zwischen den stiebenden Lichtern und dem Krachen, das keinerlei Schrecken verbreitete, brachten sie mehrere Trinksprüche aus. Sie wandten sich gen England und tranken; gen Paris; gen Bordeaux. Dann wandten sie sich auf der stillen Terrasse, wo die Sturmlaterne ihre Röcke kitzelte, einander zu und tranken auf das neue Jahrhundert. Eine letzte, irregeleitete Rakete flog niedrig über das Wasser und explodierte über ihrem kleinen *port*. Arm in Arm wanderten sie zum Haus, ließen ihre ungeleerten Gläser auf der Balustrade stehen und die Laterne sich zu öder Stunde ausbrennen. Florence summte einen Walzer, und sie tanzten die letzten Meter bis zu der Terrassentür wie ausgelassene Kinder.

Im Flur, unter dem Gaslicht am Fuße der Treppe, sagte Florence: «Zeig mir deine Zunge.» Emily streckte ein wenig geziert eineinhalb Zentimeter heraus. «Ganz wie ich dachte», sagte Florence. «Trauben gestohlen. Jedes Jahr der gleiche Ungehorsam, *ma petite sulfureuse*.» Emily ließ in vorgeblicher Zerknirschung den Kopf sinken. Florence machte tz-tz und drehte das Licht herunter.

Der Tunnel

Der ältere Herr aus England reiste geschäftlich nach Paris. Er richtete sich bedächtig auf seinem Platz ein und regulierte Kopf- und Fußstütze; von leichten Frühjahrsarbeiten im Garten tat ihm noch der Rücken weh. Er klappte das Tischchen herunter, kontrollierte die Luftdüse und das Leselämpchen. Die Gratiszeitschrift, die Kopfhörerstöpsel und die individuelle Videoanlage mit Onscreen-Informationen über Lunch-Angebot und Weinkarte ließ er unbeachtet. Nicht, daß er Essen und Trinken abgeneigt war: Mit Ende sechzig sah er der nächsten Mahlzeit noch immer mit aufgeregter und bisweilen schuldbewußter Vorfreude entgegen. Doch er erlaubte es sich, etwas altmodisch zu erscheinen – besser gesagt, sich selbst und nicht nur anderen gegenüber etwas altmodisch zu erscheinen. Vielleicht wirkte es ja affektiert, sich Butterbrote von zu Hause und eine kleine Flasche Meursault in einem Kühlmantel mitzubringen, wenn das Mittagessen in der Business-Class zum Service gehörte. Aber er wollte es so, und darum machte er es auch so.

Während der Zug würdevoll aus dem Bahnhof St. Pancras glitt, sann er, wie jedes Mal, über die erstaunliche Binsenwahrheit nach, daß Paris im Laufe seines Lebens näher gerückt war als Glasgow, Brüssel näher als Edinburgh. Er konnte daheim im Londoner Norden aus dem Haus gehen, und keine drei Stunden später spazierte er den sanft geneigten Boulevard de Magenta hinunter, ohne auch nur mit dem Paß gewedelt zu haben. Er brauchte nichts als seinen europäischen Personalausweis, und auch das nur für den Fall, daß er eine Bank ausraubte oder unter die Métro kam. Er zog seine Brieftasche hervor und besah sich das rechteckige Stück Plastik: Name, Adresse, Geburtsdatum, Sozialversicherungsdaten, Telefon-, Fax- und

E-Mailnummer, Blutgruppe, Krankengeschichte, Kreditrahmen und nächste Angehörige. Außer den beiden ersten waren alle diese Angaben unsichtbar in einem kleinen irisierenden Rhombus kodiert. Er las seinen Namen – zwei Wörter mit einem großen Anfangsbuchstaben dazwischen, nach jahrelanger Vertrautheit bar jeder Assoziation – und musterte sein Paßbild. Hageres, längliches Gesicht, Kehlsack unter dem Kinn, rote Gesichtsfarbe und ein paar geplatzte Äderchen infolge Mißachtung ärztlichen Rats in bezug auf den Alkoholgenuß und dazu die üblichen Serienkilleraugen, wie man sie von Paßbildautomaten bekommt. Er hielt sich nicht für eitel, doch in Anbetracht seiner Neigung zu leichter Unzufriedenheit mit den meisten Fotos von sich mußte er sich eingestehen, daß er es wohl doch war.

Vor sechsundfünfzig Jahren war er zum ersten Mal nach Frankreich gefahren, eine Autoreise mit der Familie in die Normandie. Damals hatte es noch keine Roll-on-roll-off-Fähren, keinen Eurostar und keinen Le Shuttle gegeben. Das Auto wurde am Kai von Newhaven auf einer Holzpalette verankert und dann wie Stückgut in den Schiffsbauch geschwenkt. Diese gewohnheitsmäßige Erinnerung ließ vor seinem inneren Auge die verschiedenen Reiserituale abrollen. Er war schon in Dover, Folkestone, Newhaven, Southampton und Portsmouth an Bord gegangen. Er war in Calais, Boulogne, Dieppe, Le Havre, Cherbourg und Saint-Malo angekommen. Er war von Heathrow, Gatwick, Stansted, London City Airport abgeflogen; war in Le Bourget, Orly, Roissy gelandet. In den sechziger Jahren war er über Nacht mit dem Schlafwagen von Victoria zur Gare du Nord gefahren. Etwa zu der Zeit hatte auch der Silver Arrow verkehrt: stolze viereinviertel Stunden von einer Stadtmitte zur anderen, von Waterloo nach Lydd, von Lydd nach Le Touquet, und da wartete dann der Zug nach Paris am Flugplatz. Und sonst? Er war von Southampton (Eastleigh, genauer gesagt) über eine sogenannte Air-Bridge nach Cherbourg geflogen, wobei sein unförmiger Morris Minor im Laderaum eines rumpeligen Transportflugzeugs reiste. Er war in Montpellier, Lyon, Marseille, Toulouse, Bordeaux, Nizza, Perpignan, Nantes, Lille, Grenoble, Nancy, Straßburg, Besançon gelandet. Auf dem Rückweg hatte er den Autoreisezug von Narbonne, Avignon, Brive-la-Gaillarde, Fréjus und Perpignan genommen. Er hatte das Land überflogen, mit Bahn und Bus durchquert, hatte selbst am Steuer gesessen und sich per Anhalter mitnehmen lassen; auf Wanderungen durch die Cevennen hatte er sich saubohnengroße Blasen zugezogen. Er war stolzer Besitzer mehrerer Generationen gelber Michelinkarten, die bei der geringsten Entfaltung lebhafte Träumereien in ihm auslösten. Er konnte sich noch gut an den Schock vor etwa vierzig Jahren erinnern, als die Franzosen den Kreisverkehr entdeckten: da kollidierte die Bürokratie mit der Freiheit des Individuums, dieser urfranzösische Widerstreit. Später hatten sie auch die Stolperschwellen oder schlafenden Polizisten entdeckt: die *ralentisseurs* oder *policiers couchants*. Komisch, daß die Polizisten bei uns geschlafen und sich bei denen nur hingelegt haben. Worauf ließ das schließen?

Der Eurostar tauchte aus dem letzten Londoner Tunnel in den jähen Aprilsonnenschein auf. Böschungsmauern aus bisterfarbenem Backstein mit schreienden Graffiti wichen allmählich einer schweigenden Vorortlandschaft. Es war einer von jenen trügerisch glasklaren Vormittagen: Hausfrauen gingen fälschlicherweise in kurzen Ärmeln ihre Wäsche aufhängen, und junge Männer holten sich Ohrenschmerzen, weil sie voreilig ihr Autoverdeck heruntergelassen hatten. Geklonte Doppelhäuser flogen an seinem Auge vorüber; Pflaumenblüten hingen schwer wie Früchte in den Bäumen. Verschwommen huschten Schrebergärten vorbei, dann ein Sportplatz mit einer Reihe für den Winter abgestellter Kricket-Sichtblenden. Er wandte den Blick vom Fenster ab und machte sich an das Kreuzworträtsel in der *Times*. Vor ein paar Jahren hatte er seinen Schlachtplan gegen die Senilität verkündet: Jeden Tag das Kreuzworträtsel lösen und sich selbst als alten Knacker bezeichnen, wenn man merkt, daß man sich wie ein alter Knacker benimmt. Obwohl – hatten nicht allein schon diese Vorsichtsmaßnahmen etwas Seniles oder Präseniles an sich?

Er beendete seine Selbstbetrachtungen und begann, Spekulationen über seine unmittelbare Nachbarschaft anzustellen. Rechts von ihm saßen drei Männer in Anzügen und dazu ein Typ in einem gestreiften Blazer; ihm gegenüber eine ältere Frau. Älter: Das hieß, etwa so alt wie er selbst. Er sagte sich das Wort noch einmal vor, ließ es auf der Zunge zergehen. Er hatte es nie so recht gemocht – es hatte etwas Schleimiges und Liebedienerisches an sich, wenn man es verwendete –, und nun, da er selbst das war, was das Wort bezeichnete, gefiel es ihm noch weniger. Jung, in mittleren Jahren, älter, alt, tot; so steigerte man das Leben. (Nein, Leben war ja ein Substantiv, demnach wurde das Leben dekliniert, was auf englisch und französisch auch bedeutete, daß es damit bergab ging. Ja, das war sowieso besser: *life declined.* So ergab sich hier wie dort auch noch ein dritter Sinn: ein abgelehntes, nicht voll erfaßtes Leben. «Jetzt erkenne ich, daß ich mich immer vor dem Leben gefürchtet habe», hatte Flaubert einst gestanden. Ob das für alle Schriftsteller galt? Und war es eigentlich eine unumstößliche Wahrheit: Um Schriftsteller zu sein, mußte man in irgendeiner Form das Leben deklinieren – beugen, bergab gehen lassen, dankend ablehnen? Oder: Man war in dem Maße Schriftsteller, in dem man das Leben so behandelte?) Wo war er stehengeblieben? *Älter.* Ja, die aufgesetzte Vornehmheit dieses Ausdrucks sollte verschwinden. Jung, in mittleren Jahren, alt, tot, so ging das. Er verachtete es, wie die Leute um das Alter – ihr eigenes Alter – herumschlichen und es gleichzeitig anderen fröhlich um die Ohren schlugen. Männer Mitte siebzig, die von «einem achtzigjährigen Alterchen» sprachen, fünfundsechzigjährige Frauen, die über ein «armes altes Herzchen» von siebzig Jahren redeten. Da machte man lieber den umgekehrten Fehler. Bis fünfunddreißig war man jung, bis sechzig in mittleren Jahren und danach alt. Also war die Frau ihm gegenüber nicht älter, sondern alt, aber er war auch alt: war es nun schon exakt neun Jahre lang. Dank der Medizin konnte man sich auf ziemlich viel Alter freuen. Ziemlich viel dessen, wie er sich selbst nun schon allzu oft vorkam: anekdotenverliebt, erinnerungsverhaftet, unzusammenhängendes Zeug redend; die lokalen Bezüge noch fest im Griff, doch ängstlich, was den Gesamtzusammenhang anging. Er zitierte gern den Ausspruch seiner Frau, den sie vor langer Zeit geprägt hatte, als sie beide in den mittleren Jahren waren: «Je älter wir werden, desto mehr verfestigen sich unsere unangenehmsten Eigenschaften.» Das stimmte; doch selbst wenn man das wußte, wie konnte man sich davor bewahren? Unsere unangenehmsten Eigenschaften waren solche, die für andere, nicht für uns selbst am deutlichsten zutage traten. Und was waren seine? Eine bestand darin, sich in aller Seelenruhe unbeantwortbare Fragen zu stellen.

Die Männer hob er sich für später auf. Die Frau: silbrige Haare, die keinerlei Anspruch auf Echtheit erhoben (das heißt, die Farbe – das Haar war echt, soweit er das beurteilen konnte), primelgelbe Seidenbluse, marineblaue Jacke mit primelgelbem Ziertuch in der Tasche, karierter Rock, der ... nein, er konnte Rocklängen modisch nicht mehr einordnen, also versuchte er es gar nicht erst. Sie war ziemlich groß, zwischen eins dreiundsiebzig und eins fünfundsiebzig, und sah gut aus. (Dieses andere schleimige Wort – hübsch – lehnte er ab. Auf Frauen jenseits einer gewissen Altersgrenze angewandt, bedeutete es soviel wie «sah früher mal gut aus». Ein grobes Mißverständnis, denn Schönheit war etwas, das sich bei Frauen erst allmählich entwickelte, im allgemeinen um die Dreißig, und das sie später nur selten ablegten. Frühreife, ordinäre Unschuld war etwas ganz anderes. Schönheit war eine abgeleitete Funktion von Selbsterkenntnis plus Kenntnis der Welt; daher konnte man logischerweise höchstens bruchstückhaft schön sein, bevor man um die Dreißig war.) Warum nicht ein Revuegirl aus dem Crazy Horse? Das würde passen. Sie hatte die richtige Größe, den Knochenbau, das gepflegte Aussehen. Unterwegs zu einer Wiedersehensfeier: Das war doch bei denen so Brauch, nicht wahr? Madame Olives Jahrgang '65 oder so. Komisch, daß es das noch gab, daß diese fleißigen englischen Hupfdohlen mit ihrem wie Vorort-Doppelhäuser genormten Aussehen, die sogenannte niveauvolle Erotik tanzten und sich im Umkreis von 200 Yards von dem Club mit niemandem verabreden durften, den derberen sexuellen Wonnen zum Trotz noch immer ihr Publikum fanden. Er malte sich rasch ihre Vorgeschichte aus: Ballettschule in Camberley, Auftritte auf Kreuzfahrtschiffen, ein Termin zum Vortanzen im Crazy Horse; dann ein glitzernder lateinamerikanischer Künstlername, ein Berufsleben in familiärem Betriebsklima, ein vom Club verwaltetes Sparkonto; schließlich, nach vier oder fünf Jahren, heim nach England mit der Anzahlung für einen Modesalon, Verehrer, Hochzeit, Kinder. Er musterte den Ehering, der in der Mitte zwischen zwei weiteren Stücken geologischer Herkunft plaziert war. Ja, das kam ungefähr hin, sie war unterwegs zum fünfzigsten Jahrestag ... Madame Olive hatte natürlich längst das Zeitliche gesegnet, aber Betty aus Falmouth würde da sein, und dann noch ...

Der Blazer von dem Mann schräg gegenüber wirkte ziemlich großkotzig. Natürlich waren alle gestreiften Blazer per se großkotzig, weil sie nach Jerome K. Jerome oder Henley Regatta aussehen wollten, aber die ochsenblutfarbenen und lindgrünen Elemente bei dem da grenzten schon ans Lächerliche. Ein untersetzter Typ in mittleren Jahren mit allmählich grau werdendem Haar, Koteletten und aufdringlich gebräuntem Teint, der gähnend in einer Radsportzeitschrift blätterte. Ein Edelprolet, der mal so richtig die Puppen tanzen lassen wollte? Zu klischeehaft. Ein Fernsehmanager, der hinter den Übertragungsrechten für die diesjährige Tour de France her war? Nein, denken wir mal um die Ecke herum. Ein Antiquitätenhändler unterwegs zum Hôtel Drouot? Schon besser. Das fesche Jackett sollte einen gewissen Verkleidungseffekt bewirken, damit ihn der Auktionator nicht so leicht übersah und die Konkurrenten ihn gleichzeitig unterschätzten, wenn es mit dem Bieten ernst wurde.

Hinter den Männern in den Anzügen sah er ein abgefädeltes Hopfenfeld und den geknickten Schornstein einer Hopfendarre. Er wandte sich wieder seiner näheren Umgebung zu und versuchte, den Burschen gerecht zu werden. Der mit der Brille und der Zeitung schien das Wagenfenster recht eingehend zu mustern: Na schön, machen wir ihn zum Bauingenieur. Der ohne Brille, aber mit Zeitung und gestreiftem Schlips: dritte Garde bei der Europäischen Kommission? Der andere ... ach, das kannst du an den Knöpfen abzählen: Dichter, Denker, Richter, Henker ... tja, immer klappte es nicht, das hatte er bereits gemerkt.

In den alten Tagen – selbst in den älteren Tagen – wäre man mittlerweile wohl schon ins Gespräch gekommen. Heutzutage reichte es bestenfalls zu einer Art zögerlicher Kameraderie. Halt. Alter Knacker. Das Wort *heutzutage* hat dich verraten, es kommt immer vor oder nach einer Aussage, die das abwesende, jüngere, kritische Ich in Grund und Boden verdammen würde. Und was die Empfindung selbst anging: Das kennst du doch auch, vergiß das nicht. In deiner Kinderzeit haben die Erwachsenen ständig herumgesülzt, wie «im Krieg alle *miteinander geredet* haben». Und wie hast du da reagiert, als du noch in der brodelnden Langeweile der Pubertätszeit dümpeltest? Du hast vor dich hingebrummelt, ein Krieg wäre wohl ein ziemlich hoher Preis für dieses offenbar erstrebenswerte soziale Ergebnis.

Ja, aber trotzdem ... Er erinnerte sich ... nein, dieses Verb war, wie er zunehmend feststellen mußte, oft nicht ganz richtig. Er meinte sich zu erinnern oder bildete sich im nachhinein ein oder reimte sich mit Hilfe einer Nostalgie, die so schwammig war wie alter Camembert, aus Filmen und Büchern zusammen, es hätte einmal eine Zeit gegeben, als Reisende, die Europa per Eisenbahn durchquerten, für die Dauer der Fahrt Bekanntschaft schlossen. Da gab es Zwischenfälle, Nebenhandlungen, exotische Gestalten: den libanesischen Geschäftsmann, der Korinthen aus einer kleinen Silberdose aß, den rätselhaften Vamp mit dem unvermuteten Geheimnis – so in der Art. Die britische Reserviertheit wurde mit Hilfe scheeläugig-argwöhnischer Paßkontrollen und der Klingelglocke des weißbejackten Stewards überwunden; oder man ließ vielleicht das perlmutterne Zigarettenetui aufschnappen und schaffte so den sozialen Absprung. Heutzutage ... ja, heutzutage ging die Fahrt durch diesen neuen europäischen Zollverein zu rasch, das Essen wurde an den Platz gebracht, und niemand rauchte. DER TOD DES ZUGABTEILS UND SEINE AUSWIRKUNGEN AUF DIE SOZIALE INTERAKTION DES REISENS.

Das war noch so ein Zeichen der Altknackeritis: das Erfinden mäßig komischer Doktorarbeitstitel. Und dennoch ... Anfang der neunziger Jahre war er einmal in Zürich gewesen und dort in einen schmucklosen, wenig einladenden Zug nach München gestiegen. Der Grund für diese Schäbigkeit wurde bald ersichtlich: Die Endstation war Prag, und es handelte sich um altes kommunistisches rollendes Material, das gnädigerweise die untadelig kapitalistischen Gleise beflecken durfte. Am Fenster saß ein tweedgewandetes Schweizer Paar, mit Reisedecken, Butterbroten und älteren Koffern bepackt (das war schon in Ordnung, ein Koffer konnte – sollte sogar – älter sein), die nur ein Herr in mittleren Jahren aus England in das Gepäcknetz zu wuchten vermochte. Ihm gegenüber saß eine große, blonde Schweizerin in scharlachroter Jacke und schwarzen Hosen, die ein gewisses Goldgeklimper verbreitete. Er hatte sich gedankenlos wieder seiner europäischen Ausgabe des *Guardian* zugewandt. Der Zug hatte gemächlich holpernd die ersten Kilometer zurückgelegt, und wenn er langsamer wurde, ging jedesmal neben ihm mit lautem Knall die Abteiltür auf. Dann fuhr der Zug wieder schneller, und die Tür polterte mit einem weiteren ungedämpften Krachen wieder zu. Alle paar Minuten wurden ein, zwei oder gar vier stumme Flüche gegen einen unbekannten tschechischen Wagenkonstrukteur ausgestoßen. Nach einer Weile legte die Schweizerin ihre Zeitschrift hin, setzte eine dunkle Brille auf und lehnte den Kopf zurück. Die Tür knallte noch ein paarmal, bis der Herr aus England den Fuß dagegen stellte. Dazu mußte er sich etwas verdrehen, und in dieser unbequemen, wachsamen Haltung verharrte er etwa eine halbe Stunde lang. Sein Dienst endete, als ein Schaffner mit der Metallzange an das Fenster klopfte (ein Geräusch, das er schon jahrzehntelang nicht mehr gehört hatte). Sie wachte auf, zeigte ihre Fahrkarte vor, und als der Beamte gegangen war, sah sie ihn an und sagte:

«Vous avez bloqué la porte, je crois.»

«Oui. Avec mon pied», hatte er pedantisch erläutert. Und dann, ebenso unnötig: «Vous dormiez.»

«Grâce à vous.»

Sie fuhren an einem See vorüber. Welcher das sei, hatte er gefragt. Sie wußte es nicht. Der Bodensee vielleicht. Sie konsultierte das andere Paar auf deutsch. «Der Bodensee», bestätigte sie. «Hier ist das einzige Schweizer U-Boot gesunken, weil man vergessen hatte, die Tür zuzumachen.»

«Wann war das?» fragte er.

«Das sollte ein Witz sein.»

«Aha ...»

«Je vais manger. Vous m'accompagnerez?»

«Bien sûr.»

Im Speisewagen wurden sie von breithüftigen tschechischen Kellnerinnen mit müdem Gesicht und naturbelassenem Haar bedient. Er bestellte ein Pils und eine Prager Omelette, sie einen unansehnlichen Haufen von diesem und jenem mit einer Scheibe Rindfleisch, Speck und einem grausam zugerichteten

Spiegelei oben drauf. Seine Omelette erschien ihm so köstlich wie diese unverhoffte Situation. Er trank Kaffee, sie ein Glas heißes Wasser, in dem ein Teebeutel Marke Winston Churchill baumelte. Noch ein Pils, noch ein Tee, noch ein Kaffee, eine Zigarette, während die sanfte deutsche Landschaft vorüberratterte. Sie waren sich uneins gewesen über das Unglücklichsein. Sie sagte, Unglücklichsein käme vom Kopf, nicht vom Herzen her und würde von den im Kopf entstehenden falschen Vorstellungen hervorgerufen; er sah die Sache pessimistischer, unheilbarer und behauptete, Unglücklichsein käme ausschließlich vom Herzen her. Sie nannte ihn *Monsieur*, und sie redeten sich schicklicherweise per *vous* an; er fand die Spannung zwischen dieser sprachlichen Förmlichkeit und der unterstellten Intimität höchst sinnlich. Er lud sie zu seinem Vortrag am selben Abend in München ein. Sie antwortete, sie habe eigentlich nach Zürich zurückfahren wollen. Auf dem Bahnsteig in München hatten sie sich auf beide Wangen geküßt, und er hatte gesagt: «À ce soir, peut-être, sinon à un autre train, une autre ville …» Es war ein vollendeter Flirt gewesen, dessen Vollendung sich dadurch bestätigte, daß sie nie zu seinem Vortrag erschien.

Der Shuttle-Bahnhof in Cheriton huschte vorüber; der Zugführer gab bekannt, daß sie sich dem Ärmelkanal näherten. Zäune, unbefleckter Beton, ein unmerkliches Gefälle, dann aalglatte Finsternis. Er schloß die Augen und hörte im Tunnel der Erinnerung das Echo rhythmischer Sprechchöre. Fünfzehn, zwanzig Jahre mußte das her sein. Vielleicht hatte der dubiose Bursche auf der anderen Seite des Ganges die Erinnerung ausgelöst, indem er sein Ebenbild heraufbeschwor. Menschen wiederholten sich, genau wie Geschichten.

In der privaten Finsternis seiner Vergangenheit drehte er sich um und sah eine Gruppe von Fußballfans auf sich zukommen, Bierdosen in der Hand, die freie Faust gereckt. «Dragons! Dra-gons!» Schwarze Lederjacken, Ringe in der Nase. Sie erspähten den grauhaarigen Lenny Fulton in einem Blazer wie aus dem Comicheft, den kriecherischen und zugleich besserwisserischen Moderator von «Sportsworld UK». Lenny Fulton, «der Mann, der so leicht nichts anbrennen läßt» und der in jener Saison die ungesitteten Anhänger eines Südlondoner Vereins schon mit «schlimmer als Schweine» tituliert hatte – «ja», hatte er weiter gesagt, «sie Schweine zu nennen käme einer Verleumdung dieses bewundernswerten Tieres gleich». Die solcherart Bezichtigten hatten mit spöttischem Einverständnis reagiert. Du nennst uns Schweine? Na schön, dann benehmen wir uns auch wie die Schweine. Zu Hunderten waren sie mit in die Nase geklemmten Messingringen zum nächsten Spiel aufgekreuzt; die Eifrigeren unter ihnen hatten sich die Nasenscheidewand durchstechen lassen und so aus einem Modegag eine bleibende Aussage gemacht. Von den Rängen hatten sie ihre Mannschaft mit lautem Gegrunze angefeuert. Jetzt hatten sie ihren Ankläger gefunden.

«Der verdammte Lenny! Ja, was haben wir denn da?» Verschwommene Bewegungen, wirres Gebrüll, ein Sprühregen von Bier und ein in Panik gekreischtes «Hey, Kumpels», dann wurde Lenny Fulton von seinem Platz gezerrt und abgeschleppt.

An die zehn Minuten lang schauten die anderen Fahrgäste in die Runde und bestärkten sich gegenseitig in ihrem Nichtstun. Dann tauchte Fulton mit seinen Bewachern wieder auf, die ihn annähernd auf seinen Platz zurückschubsten. Er war zerzaust, rot im Gesicht, hatte Bier in den Haaren und trug jetzt einen großen Messingring in die Nase geklemmt.

«Hast verdammt Schwein gehabt, eh, Lenny? *Die Türen.*» Ein etwas größer gewachsener Fan gab ihm einen Klaps ins Gesicht. «Du trägst das Ding, verstanden, Lenny?»

«Schon gut, Kumpels.»

«Bis nach Paris, Scheiße eh. Und im Fernsehen auch. Wir passen genau auf.»

Sie drehten sich um und gingen, wobei ihre Nasenringe

blitzten. Hinten auf ihren Lederjacken waren unübersehbar scharlachrote Drachenflügel aufgestickt. Lenny Fulton sah sich im Kreise seiner nächsten Reisegefährten um und lachte verlegen. «Sind eigentlich gute Jungs. Bloß etwas aufgedreht. Ist ja ein großes Spiel. Nein, gute Jungs.» Er hielt inne, faßte sich an den Nasenring, lachte wieder und setzte hinzu: «Verdammte *Tiere*.» Er fuhr sich mit den Händen durch das feuchte Haar und kämmte es mit den Fingern zurück, bis es so hochstand, wie es die Zuschauer von «Sportsworld UK» kannten. «Wenn die Türen nicht abgeschlossen wären, hätten sie mich rausgeschmissen. Schweine.» Dann fügte er mit sichtlichem und melodramatischem Bedacht die nötige Einschränkung an. «*Schweine* ist viel zu gut für die. Sie Schweine zu nennen käme einer Verleumdung dieses bewundernswerten Tieres gleich.»

Um wieder zu Ruhe und Normalität zurückzufinden, hatten sie über Sport geredet: das Spiel gegen Paris Saint-Germain, die winterliche Kricket-Tournee, das Five Nations Tournament. Er beteiligte sich unbehaglich daran und stellte eine seiner Lieblingsfragen: «Wann wurde das letzte Mal bei den Olympischen Spielen Kricket gespielt, und wer hat die Medaillen gewonnen?» Lenny Fulton sah ihn mit dem professionellen Argwohn an, den er offenbar für den Fall bereithielt, daß ihm jemand mit blödsinnigem Sportgeschwätz auf den Geist ging. «Da ist nicht zufällig ein Trick dabei?» Keiner traute sich zu antworten. «1900, Los Angeles, Gold für England, Silber für Frankreich. Bronze wurde nicht vergeben, weil nur diese beiden Länder angetreten waren.» Das stieß nur auf geringes Interesse. Nun ja, es war schon über hundert Jahre her. Seine zweite Frage sparte er sich: Was war der Sonderpreis in dem Jahr, in dem die Tour de France durch Colombey-les-deux-Eglises führte? Keine Ahnung? Alle drei Bände von General de Gaulles Memoiren.

Als das Mittagessen serviert wurde, sah der Steward Lenny

Fulton fragend an und murmelte: «Dragons vor, eh, Mister Fulton?»

«Scheiß auf die Dragons, und zwar von hier bis Timbuktu. Und noch einen Vierfachen, bitte. Single Malt, nicht euren billigen Verschnitt da.»

«Ja, Mister Fulton.»

Jetzt, Jahre später, wickelte der ältere Herr aus England seine Butterbrote aus, holte den Reisekorkenzieher hervor und machte die kleine Flasche Meursault 2009 auf. Er bot dem Revuegirl aus dem Crazy Horse ihm gegenüber ein Glas an. Sie zögerte, nahm die Flasche, drehte sie um, damit sie das Etikett lesen konnte, und willigte dann ein. «Aber nur zum Kosten.»

Die Leute tranken überhaupt nicht mehr, sinnierte er. Oder sie tranken jedenfalls nicht so wie er, gerade ein bißchen mehr als ratsam. Das war die beste Art zu trinken. Bei den anderen waren es entweder vierstöckige Whiskies samt Gehirnerweichung oder winzigkleine «Probeschlückchen» wie der, den er jetzt einschenkte. Er malte sich aus, wie sie damals in ihren Glitzertagen den kleinen Finger anwinkelte, während sie den *coupe de champagne* hob, den ihr ein heißzüngiger Verehrer bestellt hatte, mit dem sie sich 201 Yards vom Club entfernt traf.

Aber er hatte sich getäuscht. Sie fuhr nicht nach Paris, und sie hatte noch nie getanzt, es sei denn aus Liebhaberei. Sie erzählte ihm, sie fahre nach Reims zu einer vertikalen Verkostung von Krug bis zum Jahrgang 1928 zurück. Sie war eine diplomierte Weinprüferin, und nachdem sie seinen Meursault gegen das weiße Tischtuch gehalten und kurz im Mund herum gespült hatte, erklärte sie, für einen minderen Jahrgang sei er von hinreichender Fruchtigkeit, aber man schmecke den Regen heraus, und das Faßbukett sei ziemlich unausgewogen. Er bat sie, den Preis zu raten, und ihre Schätzung lag noch unter dem, was er dafür gezahlt hatte.

Nun, ein gutes Mißverständnis; nicht großartig, aber nützlich. Das von Casablanca gefiel ihm immer noch am besten.

Dort hatte er vor rund zwanzig Jahren auf dem Weg nach Agadir auf seinen Anschlußflug gewartet; er war durch das schwüle Terminal gehastet und hatte in einer Wartehalle voll seriöser und stoischer britischer Reisender zugeschaut, wie die Lichter auf der Anzeigetafel aufflackerten. Plötzlich war eine junge Frau ausgeflippt und hatte ihre Handtasche über den ganzen Fußboden ausgeleert. Schminkutensilien, Papiertaschentücher, Schlüssel, Geldstücke kamen mit unterschiedlicher Geschwindigkeit herausgefallen, und mit einer Art manischem Trotz schlug sie immer noch auf die Tasche ein, als die schon längst leer war. Dann, ganz langsam, als wolle sie es darauf ankommen lassen, daß das Flugzeug ohne sie abflog, fing sie an, die Sachen wieder einzusammeln und zurückzutun. Ihr Freund blieb verbissen in der Schlange stehen, während sie wutentbrannt und schamlos zugleich wühlte wie ein Lumpensammler.

Sie hatten das Flugzeug wohl doch erwischt, denn sie tauchten im selben Hotel auf, einer oasenhaften Idylle mit sonnenbeschienenen Mandarinenhainen, hinter denen schneebedeckte Atlasberge aufragten. Als er am ersten Morgen zu dem bougainvilleaverhangenen Hauptgebäude wanderte, hatte er gesehen, daß das Mädchen an einem Tisch saß und Aquarellmalerei-Utensilien vor sich ausgebreitet hatte. Da lebte seine Neugier auf das, was sie im Flughafen von Casablanca verloren haben mochte, mit aller Macht wieder auf. Sonnencreme mit dem speziellen Faktor X? Ihre Liste von Kontaktpersonen am Ort? Bestimmt Wichtigeres als das: etwas, das sie fuchsteufelswild gemacht hatte und ihrem Reisegefährten das Blut in die Wangen trieb. Ein Verhütungsmittel, mangels dessen ihr Urlaubsglück in Gefahr war? Insulinkapseln? Wunderzäpfchen? Henna-Haarspülung? Im nachhinein machte er sich ihretwegen Sorgen, und insgeheim ließ ihn der ganze Vorfall nicht mehr los. Er begann, sich ein Leben für sie auszudenken, das den psychologischen Abstand zwischen der tobenden Reisenden und der ruhigen Aquarellmalerin überbrückte. Über Tage hinweg wurden seine

Spekulationen immer barocker, während er seine Unwissenheit hinauszögerte wie eine Versuchung. Am Ende wurde seine Angst, nicht zu erfahren, was das Mädchen wußte – und zweifellos gar nicht recht zu würdigen verstand –, zuviel für ihn. Eines Nachmittags ging er auf sie zu, lobte abgedroschenerweise ihre Arbeit, und fragte dann mit entsetzlicher, verkrampfter Lässigkeit, als stünde sein Glück auf dem Spiel, was sie in Casablanca verloren habe. «Ach», antwortete sie mit scharfer, wegwerfender Stimme, «meine Bordkarte.» Vor Freude hätte er am liebsten gebellt, stand aber nur da wie ein verzweifelter, glotzäugiger Bräutigam, unschlüssig, was ihn mehr ergötzte: das Maßlose seiner Trugbilder oder die Sprödigkeit der Wahrheit. Am nächsten Tag waren sie und ihr Begleiter abgereist, als hätten sie ihren Zweck erfüllt – was sie für ihn zumindest auch hatten.

Er sah auf die französische Landschaft hinaus und betrachtete müßig die spärlichen Neuheiten darin. Schmale Entwässerungsgräben und verschlafene Kanäle. Wassertürme auf Hügelkuppen, manche wie Eierbecher, andere wie Golf-Tees geformt. Bleistiftspitze Kirchtürme statt der rechteckigen in England. Ein Soldatenfriedhof aus dem Ersten Weltkrieg, über dem eine hohe Trikolore wehte. Aber seine Gedanken wanderten immer wieder in die Vergangenheit zurück. Agadir: ja, dieses andere Trugbild vor einem halben Jahrhundert, als er als *assistant* in Rennes unterrichtete. Bei ihm im Kopf war dieses Jahr seines Lebens mittlerweile auf ein paar Anekdoten komprimiert, die schon vor langer Zeit ihre endgültige erzählerische Form gefunden hatten. Aber da war noch etwas anderes, nicht eigentlich eine Anekdote, und daher wohl einc wahrheitsgetreuere Erinnerung. Seine Schüler waren freundlich gewesen – oder hatten ihn zumindest mit humorvoller Neugier behandelt –, nur ein bestimmter Junge nicht. Er konnte sich auf keinen Namen, kein Gesicht, kein Mienenspiel besinnen; nur der Platz des Jungen – hinterste Reihe, etwas rechts von der

Mitte – in dem kleinen, länglichen Klassenzimmer war ihm im Gedächtnis geblieben. Irgendwann einmal, und er wußte nicht mehr, wie es dazu kam, hatte der Schüler rundheraus erklärt, er hasse die Engländer. Nach dem Grund befragt, sagte er, weil sie seinen Onkel umgebracht hätten. Nach der Zeit befragt, sagte er, 1940. Nach der Art und Weise befragt, sagte er, die Royal Navy hätte die französische Flotte bei Mers-el-Kebir heimtükkisch überfallen. Ihr habt meinen Onkel umgebracht: ihr. Für den jungen *assistant d'anglais* waren dieser Haß und seine Ursache ein historischer Schock gewesen, der ihm seine Aufgabe noch schwerer machte.

Mers-el-Kebir. Moment mal, das war doch gar nicht bei Agadir. Mers-el-Kebir lag bei Oran: Algerien, nicht Marokko. Alter Trottel. Alter Knacker. Da hast du die lokalen Bezüge hergestellt, aber den Gesamtzusammenhang nicht erfaßt. Nur hatte er hier nicht einmal die lokalen Bezüge richtig hergestellt. So verfestigen sich die unangenehmsten Eigenschaften. Er redete unzusammenhängendes Zeug, sogar mit sich selbst. Sein Gedankengang war aus dem Gleis geraten, und er hatte es nicht einmal bemerkt.

Jemand reichte ihm ein heißes Tuch; sein Gesicht trocknete es zu einem kalten, feuchten Lappen aus. Noch einmal von vorne. 1940: da fängt es an. Also gut. 1940 lag, das konnte er mit Bestimmtheit sagen, fünfundsiebzig Jahre zurück. Seine Generation war die letzte, die sich noch an die großen Kriege in Europa erinnern konnte, bei der dieserart Geschichte mit der eigenen Familie verwoben war. Vor genau einhundert Jahren war sein Großvater in den Ersten Weltkrieg gezogen. Vor genau fünfundsiebzig Jahren war sein Vater in den Zweiten Weltkrieg gezogen. Vor genau fünfzig Jahren, 1965, hatte er sich zu fragen begonnen, ob er in dem Fall der lachende Dritte sein würde. Und so war es denn auch gekommen: Sein ganzes Leben lang hatte sein großes, historisches, europäisches Glück angehalten.

Vor hundert Jahren war sein Großvater als Freiwilliger mit seinem Regiment nach Frankreich verschifft worden: Ein oder zwei Jahre später war er zurückgekehrt, er hatte sich den Brand in den Füßen geholt und war als dienstuntauglich entlassen worden. Rein gar nichts aus seiner Zeit dort war erhalten geblieben. Es gab keine Briefe von ihm, keine bräunlichen Feldpostkarten, keine von seinem Uniformrock abgeschnittene Ordensspange mit seidigen Bändern; nicht ein Knopf, nicht ein Stück Arras-Spitze als Andenken hatte sich vererbt. Grandma hatte sich im vorgerückten Alter zu einer fanatischen Wegwerferin entwickelt. Und dieses Fehlen auch des kleinsten Souvenirs wurde durch eine zweite Verschleierungs- und Nebelschicht weiter kompliziert. Er wußte oder meinte zu wissen oder hatte zumindest sein halbes Leben lang geglaubt, daß sein Großvater freimütig von seiner Einberufung, Ausbildung, Abreise nach Frankreich und Ankunft dort erzählte; doch darüber hinaus konnte oder wollte er nichts sagen. Seine Geschichten hörten stets an der Front auf und überließen es den anderen, sich hektische Vorstöße durch den widerwärtigen Schlamm auf einen gnadenlosen Empfang hin auszumalen. Derartige Verschlossenheit schien mehr als verständlich: korrekt, vielleicht gar glanzvoll. Wie konnte man das Gemetzel jener Zeit mit bloßen Worten ausdrücken? Das Schweigen seines Großvaters, ob traumatisch oder durch seinen heldenhaften Charakter bedingt, war angemessen gewesen.

Doch eines Tages, als beide Großeltern schon tot waren, hatte er seine Mutter nach dem schrecklichen Krieg ihres Vaters gefragt, und sie hatte seine Gewißheiten, seine Geschichte unterminiert. Nein, sagte sie, sie wisse nicht, wo in Frankreich er gedient hatte. Nein, sie glaube nicht, daß er der Front überhaupt nahegekommen war. Nein, er habe den Ausdruck «in die Schlacht ziehen» nie gebraucht. Nein, er sei durch seine Erlebnisse nicht traumatisiert worden. Aber warum hatte er dann nie über den Krieg gesprochen? Die Antwort seiner Mutter kam nach einer längeren Bedenkpause: «Ich glaube, er hat nicht darüber gesprochen, weil er es nicht interessant fand.»

Und das war das. Daran war nun nichts mehr zu ändern. Sein Großvater gehörte jetzt zu den Vermißten von der Somme. Sicher, er war zurückgekommen; nur hatte er eben hinterher alles verloren. Sein Name könnte ebensogut in den großen Bogen von Thiepval gemeißelt sein. Bestimmt war er als Angehöriger seines Regiments in ein *livre d'or* eingetragen, ein Beleg für dieses nicht vorhandene Ordensband. Aber das würde nichts nützen. Kein Willensakt konnte jene Gestalt mit Wickelgamaschen und vielleicht auch Schnurrbart von 1915 wieder auferstehen lassen. Er war jeglicher Erinnerung entschwunden, und keine in Tee getunkten, unförmigen kleinen französischen Kuchen würden jene fernen Wahrheiten freisetzen. Nur mit einer anderen Technik konnte man ihnen auf die Spur kommen, nämlich der, auf die der Enkel dieses Mannes noch immer spezialisiert war. Da sollte er schließlich in seinem Element sein, bei dem Wissen und Nichtwissen, den fruchtbaren Trugbildern, den partiellen Entdeckungen und nachhallenden Fragmenten. Das war der *point de départ* seines Gewerbes.

Tommies hatten sie vor hundert Jahren geheißen, als Frankreich abgeholzt wurde, um Balken für die Schützengräben zu gewinnen. Später, als er in Rennes Lehrer war, nannte man ihn und seine Landsleute *les Rosbifs:* ein liebevolles Etikett für diese robusten, verläßlichen, wenn auch phantasielosen Insulaner aus dem Norden. Aber noch später fand man einen neuen Namen für sie: *les Fuck-offs*. Großbritannien war das Sorgenkind Europas geworden und schickte seine halbherzigen Politiker aus, damit sie Unwahrheiten über ihre Obliegenheiten verbreiteten, und seine Zivilguerillas, damit sie die Straßen unsicher machten, ohne die Sprache zu können und die Nase rümpfend über das Bier. Fuck off! Fuck off! Fuck off! Aus den Tommies und den Roastbeefs waren die Fuck-offs geworden.

Was war daran verwunderlich? Er hatte nie so recht daran

geglaubt, daß die Menschheit besser, geschweige denn vollkommen werden könnte; ihre kleinen Fortschritte waren wohl ebenso spontaner Mutation wie sozialen oder moralischen Steuerungsmaßnahmen zu verdanken. Im Tunnel der Erinnerung wurde ganz nebenbei an Lenny Fultons Nasenring gezerrt und «Dragons vor, eh, du Fotze?» gemurmelt. Ach, vergiß es. Oder vielmehr, betrachte die Dinge mal etwas langfristiger: Es waren ja nicht immer die lieben alten Tommies und Roastbeefs gewesen, nicht wahr? Davor hatten sie jahrhundertelang, bis zu der Jungfrau von Orléans zurück (wie im Oxford English Dictionary belegt), Goddems und Goddams und Goddons geheißen, gotteslästerlich fluchende Verwüster des glücklichen Landes im Süden. Von Goddem zu Fuck-off: kein sehr weiter Weg. Und überhaupt, alte Männer mit ihrem Lamento über die ungebärdige Jugend: was für ein abgedroschenes Leitmotiv. Genug der Klagen.

Nur war Klagen nicht ganz der richtige Ausdruck. Meinte er vielleicht Verlegenheit, Scham? Ein bißchen, aber nicht in erster Linie. Die Fuck-offs waren ein Verstoß gegen die Sentimentalität, das hatte er wohl gemeint. Ein Urteil über andere Länder ist selten fair oder präzise: Die Magnetkraft wirkt in Richtung Verachtung oder aber Sentimentalität. Das erste interessierte ihn nicht mehr. Und was die Sentimentalität betraf, die wurde ihm wegen seiner Ansichten über die Franzosen bisweilen zum Vorwurf gemacht. Wenn die Anklage so lautete, bekannte er sich immer schuldig und machte als mildernden Umstand geltend, dazu seien andere Länder schließlich da. Das eigene Land idealistisch zu sehen war ungesund, denn beim ersten klaren Blick stellte sich alsbald Ernüchterung ein. Daher diente die Existenz anderer Länder der Deckung des Idealismusbedarfs: Sie waren eine Variante des Schäferspiels. Mit diesem Argument handelte er sich ab und zu eine weitere Anklage wegen Zynismus ein. Das war ihm egal; eigentlich war es ihm sowieso egal, was die Leute heutzutage von ihm dachten. Dafür stellte er sich gern ein französisches Pendant seiner selbst vor, das in die entgegengesetzte Richtung fuhr und auf ein abgefädeltes Hopfenfeld hinausschaute: einen alten Mann im Shetlandpullover, verzückt von Orangenmarmelade, Whisky, Bacon and Eggs, Marks and Spencer, *le fair-play, le phlegme* und *le self-control;* von Cream Teas in Devonshire, Shortbread-Keksen, Nebel, Bowlerhüten, Kirchenchören, geklonten Häusern, Doppeldeckerbussen, Revuegirls aus dem Crazy Horse, schwarzen Taxis und Dörfern in den Cotswolds. Alter Knacker. Ein französischer alter Knacker. Ja, aber warum sollte man ihm diese notwendige Exotik mißgönnen? Vielleicht lag das wahre Vergehen von *les Fuck-offs* in einem Verstoß gegen die Sentimentalität dieses imaginären Franzosen.

Er hatte kaum etwas von der Strecke wahrgenommen: eine hinter Glas projizierte Landschaft, eine zwanzigminütige Tunnelfahrt, dann wieder projizierte Landschaft. Er hätte in Lille aussteigen und die letzte noch erhaltene Schlackenhalde Frankreichs besichtigen können: Das hatte er schon immer einmal vorgehabt. Als er das erste Mal in dieser Gegend Frankreichs war, hatten da Hunderte dieser Anthrazithügel schwarz im Regen geglänzt. Dann ging es mit der Industrie bergab, und die verlassenen Halden wurden malerisch: grüne, verdächtig symmetrische Pyramiden, wie die Natur sie nie erschaffen hätte. Später entdeckte man irgendeine Technik zum Vermahlen oder Einschmelzen der Schlacke – die Einzelheiten hatte er nicht mehr im Kopf –, und jetzt war schon seit geraumer Zeit nur noch eine einzige Halde übrig, von der man die Pflanzendecke entfernt hatte, so daß sie sich wieder in ihrer wahren Schwärze zeigte. Dieser Überrest war jetzt in das Freilichtmuseum an der Somme integriert: das Grubenpony streicheln, das Diorama angucken, wo ein Bergmann mit verrußtem Gesicht wie ein Steinzeitmensch hinter dem Glas stand, im Slalom die Schlakkenhalde hinuntersausen. Allerdings war es den Besuchern ausdrücklich untersagt, auf die Halde zu steigen; man durfte auch kein Stück Schlacke wegnehmen. Uniformierte Wärter hüteten das Mineral, als hätte es einen echten und nicht nur angenommenen Wert.

War der Kreis dieser Geschichte damit geschlossen? Nein, ein geschlossener Kreis kam nie zustande: Wenn die Geschichte dieses Kunststück versuchte, dann verfehlte sie ihre Umlaufbahn wie ein Raumschiff, dessen Pilot zu viele Flaschen von diesem Meursault getrunken hatte. Die Arbeit der Geschichte bestand vor allem im Eliminieren, im Verschwindenlassen. Nein, das war auch nicht richtig. Er dachte an das Umgraben seines Gemüsegärtchens im Londoner Norden: Da hob man im Schweiße seines Angesichts den Boden aus, und jedes Frühjahr brachte das Rigolen etwas anderes zum Vorschein; dabei blieb die eigentliche Bodenfläche stets konstant. Das Freilegen dieser Scherbe von einer Guinness-Flasche, dieser Filterkippe, dieses Kronkorkens oder gerippten Kondoms wurde also durch das Vergraben anderer Sachen aus früheren Jahren wieder ausgeglichen. Und was wollten sie jetzt vergraben? Nun, dem Europäischen Parlament lag ein Antrag zur Rationalisierung der Friedhöfe aus dem Ersten Weltkrieg vor. Alles selbstverständlich furchtbar dezent und respektvoll und mit Versprechungen von feinfühligen demokratischen Konsultationen gespickt; aber er war alt genug, um zu wissen, wie Regierungen arbeiten. Also würden sie irgendwann, vielleicht erst nach seinem Tod, doch unausweichlich die Gräberfelder verschwinden lassen. So würde es kommen. Hundert Jahre Gedenken sind doch wohl genug, wie ein selbstgefälliger Redner sich in der Debatte ausgedrückt hatte. Wir folgen dem gewohnten Beispiel der Schlackenhalde und behalten ein einzelnes Musterexemplar, der Rest wird umgepflügt. Wozu braucht man mehr?

Sie hatten Roissy hinter sich gelassen. Ein Rangierbahnhof voll müßiger Pendlerzüge sagte ihm, daß sie sich Paris näherten. Der altvertraute rote Gürtel der nördlichen Vororte. Immer mehr schillernde Graffiti auf nacktem Beton, wie in London. Hier allerdings hatte irgendein Minister für kulturelle Angelegenheiten die Sprayer zu Künstlern erklärt, deren Formensprache Hip-hop und Skateboardfahren als Ausdrucksmittel kreativer Selbstverwirklichung in nichts nachstand. Alter Knacker. Geschähe ihm ganz recht, wenn das derselbe Minister gewesen wäre, der ihm den grünen Anstecker verliehen hatte, den er jetzt im Knopfloch trug. Er schaute nach unten und sah ihn sich an: noch so eine kleine Eitelkeit wie die, mit seinem Foto unzufrieden zu sein. Er musterte seinen Anzug, der annähernd richtig saß: Mode und Körperkonturen entwickelten sich immer weiter auseinander. Der Bund schnitt in einen expandierenden Bauch, während die Beine geschrumpft waren und die Hose schlabberig nach unten hing. Man benutzte keine Einkaufsnetze mehr, aber er konnte sich noch erinnern, wie sich diese Netze voller Gemüse wunderlich gebeult hatten und so die Form dem Inhalt anpaßten. Das war also jetzt aus ihm geworden: ein alter Mann, vor lauter Erinnerungen klumpig und ungestalt. Die Metapher wies allerdings einen Fehler auf: Im Gegensatz zu Gemüse hatten Erinnerungen die Eigenart, krebsartig zu wuchern. Das Einkaufsnetz beulte sich jedes Jahr mehr, wurde immer schwerer und zog einen schief zur Seite.

Was war er denn letztlich anderes als ein Sammler und Sichter von Erinnerungen: seinen Erinnerungen, den Erinnerungen der Geschichte? Dazu noch ein Verpflanzer von Erinnerungen, der sie an andere weitergab. Das war eine durchaus ehrenwerte Art, sein Leben zu verbringen. Er redete sich selbst unzusammenhängendes Zeug vor, und anderen sicher auch; er trudelte wie ein alter eisenradbewehrter *alembic*, der knarzend von Dorf zu Dorf rollt und überall Proben destilliert. Doch da waren auch so viele gute Seiten, so viel innere Kraft, daß er noch immer in der Lage war, seinen Beruf auszuüben.

Der Zug fuhr artig und behutsam in die Gare du Nord ein. Im Tunnel der Erinnerung ließ Lenny Fulton seinen Nasenring unter dem Sitz verschwinden, als hätte er ihn nie getragen, und spurtete zur Tür. Die übrigen, Erinnerungen wie gegenwärtige Gestalten, hier wie anderswo, nickten sich zum Abschied verlegen zu. Der Zugführer dankte ihnen, daß sie mit Eurostar gefahren waren, und hoffte, sie bald wieder an Bord begrüßen zu dürfen. Ein Schwarm von Reinigungspersonal stand bereit, den Zug in Besitz zu nehmen und den Anflug von historischem Grus daraus zu entfernen, den diese Gruppe von Fahrgästen hinterlassen hatte, und ihn für eine andere Gruppe vorzubereiten, die sich zur Begrüßung verlegen zunicken und wieder einen Anflug von Grus hinterlassen würde. Der Zug gab einen ausgiebigen, gedämpften mechanischen Seufzer von sich. Lärm, Leben, eine Stadt war wiedergewonnen.

Der ältere Herr aus England aber begann, als er wieder zu Hause war, die Geschichten zu schreiben, die Sie gerade gelesen haben.

Neue englische Literatur

Julian Barnes
Metroland
Vor meiner Zeit
Flauberts Papagei
In die Sonne sehen
Eine Geschichte der Welt in 10 1/2 Kapiteln
Darüber reden
Das Stachelschwein
Briefe aus London
Dover – Calais

John Cleese & Connie Booth
Fawltys Hotel

Andrew Cowan
Schwein
Gemeinsame Sache

Kathleen Fergusson
Die Haushälterin

Stephen Fry
Der Lügner
Das Nilpferd
Paperweight
Geschichte machen
Columbus war ein Engländer

David Huggins
Der große Kuß

Hugh Laurie
Der Waffenhändler

David Lodge
Ins Freie
Ortswechsel
Kleine Welt
Saubere Arbeit
Neueste Paradies Nachrichten
Literatenspiele
Die Kunst des Erzählens
Therapie
Sommergeschichten – Wintermärchen
Wunde Punkte

Jonathan Lynn
Mayday

Moy McCrory
Der Schrein
Nancy und der allerletzte Affe

Spike Milligan
Puckoon

Monty Python
Flying Circus: Sämtliche Worte I & II
Fliegender Zirkus: Die deutschen Shows
Der Heilige Gral
Das Leben Brians
Der Sinn des Lebens

Tom Murphy
Die Verführung der Moral

Kim Newman
Anno Dracula
Der rote Baron

Geoff Nicholson
Alles und noch mehr
London, London

Michael Palin
Hemingways Stuhl
Von Pol zu Pol
Rund um den Pazifik

David Thomas
Girl

Tim Waterstone
Lebensläufe

Nigel Williams
2 1/2 Männer im Boot